수선경

허담 新무협 판타지 소설

FANTASTIC ORIENTAL HEROES

수선경 3

허담 新무협 판타지 소설

초판 1쇄 찍은 날 § 2013년 9월 3일
초판 1쇄 펴낸 날 § 2013년 9월 9일

지은이 § 허담
펴낸이 § 서경석

편집부장 § 권태완
편집책임 § 어정원

펴낸곳 § 도서출판 청어람
등록번호 § 제1081-1-89호
등록일자 § 1999. 5. 31
어람번호 § 제2-2390호

주소 § 경기도 부천시 원미구 심곡2동 163-2 서경B/D 3F (우) 420-822
전화 § 032-656-4452팩스 § 032-656-4453
http://www.chungeoram.com
E-mail § chungeorambook@daum.net

ISBN 978-89-251-3447-5 04810
ISBN 978-89-251-3391-1 (세트)

허담 新무협 판타지 소설

FANTASTIC ORIENTAL HEROES

水仙經

수선경

3

[암중모색(暗中摸索)]

청어람
도서출판
람

第一章 검의 주인

수선
경

"어쨌거나 그건 당신 거요."

자부 진인 등나의 말에 타유가 당황스런 얼굴을 했다. 청풍과 공묘천도 마찬가지이다.

천산 천마성의 고수들과의 싸움 이후 네 사람은 빠르게 이동해 어느새 감숙의 경계에 들어서고 있었다. 타유와 청풍이야 급히 모가장의 표행을 쫓아 난주로 가야 하니 당연한 길이었지만 공묘천과 자부 진인 등나는 얼떨결에 타유를 쫓아 감숙의 경계까지 온 것이다.

그러다가 문득 자신이 감숙에 들어섰다는 것을 깨달은 등나가 갑자기 단천마검을 타유에게 건네고 작별을 고했다. 누구도 예상치 못한 행동이었다.

"정말 내게 주겠다는 것이오?"

타유가 다시 물었다. 신중한 표정이다. 이미 천마성의 고수들을 상대하며 단천마검의 무서움을 경험한 타유다. 또한 그도 무인이므로 이런 절대의 검이 탐나지 않는 것은 아니다.

그러나 이런 기물은 함부로 취할 수 없다. 세상의 화(禍)가 언제나 이런 기물로 인해 생겨남을 모르지 않는 타유다.

"그렇소. 그 검은 그대의 것이오."

타유의 질문에 등나가 확실하게 대답해 준다. 그의 눈은 단천마검을 들고 강호의 고수들에게 쫓길 때보다 한결 맑아져 있었다. 타유는 등나의 눈을 보고 그가 단천마검에 대한 욕망에서 벗어났음을 깨달았다. 그럼에도 단천마검을 의천맹과 같은 큰 세력이 아니라 자신에게 맡기는 이유는 여전히 궁금하다.

"이유가 무엇이오?"

"지금까지 난 그 검에 취해 세상을 향한 허황된 야망을 꿈꿨소. 그러나 냉정하게 말하자면 난 세상을 볼 수는 있어도 가질 수는 없는 그릇이오. 그 사실을 누구보다 잘 알고 있는 나조차 그 검의 기운에 취하지 않을 수 없었소. 아마도 그래서 그 검이 신묘한 힘에도 불구하고 마검이라는 이름이 붙은 모양이오. 그런데 기이하게도 당신은 그 검을 손에 쥐고도 눈빛이 흔들리지 않았소."

"내가 세속의 욕망을 초월한 사람으로 보이오?"

타유가 쓸쓸한 표정으로 되물었다. 타유 스스로 동의할 수 없는 평가다.

"물론 그렇게는 생각지 않소. 그대도 하고 싶은 일들이 있겠지."

"그런데 어째서 내가 이 검의 기운에서 자유로울 거라 생각한 거요?"

"이유는 모르지만 어쨌든 결과가 그렇지 않소? 그대는 내가 단천마검을 처음 주었을 때는 아예 뽑지도 않았소. 스스로 단천마검의 기운을 경계한 것이지. 그리고 미련없이 내게 돌려줬소. 그 사실은 어쨌든 그대가 욕심이 있든 없든 그 욕심을 제어할 능력이 있다는 말이오."

등나의 말에 곁에 서 있던 공묘천이 문득 고개를 끄덕였다.

"그 말은 자부 진인의 말씀이 맞는 것 같소. 나 같으면 아마도 단천마검을 들고 도주했을 거요."

공묘천의 말에 등나가 실소를 흘렸다.

"하하, 그야 공 노사의 본업이니 비난할 수는 없지요. 아무튼 이후 그대는 천마성의 고수들을 상대하면서 두 번째로 단천마검을 잡았소. 그때는 검을 들어 적을 베고 단천마검의 진면목을 확인했지. 그런데 그럼에도 불구하고 다시 검을 내게 돌려줬소. 이후 이곳까지 오면서 단 한 번도 단천마검에 욕심을 보인 적이 없소. 나조차도 단천마검을 대하고는 욕망에 휘말렸는데 말이오."

"난… 마음 숨기는 수련을 한 사람이오."

"물론 그대의 검이 살수의 검이란 것을 모르지 않소. 그러나… 자부하건대 나 등나는 수련으로 감춰진 본심을 읽어낼 수 있는 능력이 있다고 생각하오."

강호사대현인이라면 능히 이런 말을 할 수 있다. 타유가 묵묵히 고개를 끄덕이며 말한다.

"음, 솔직히 말하자면 진인의 말씀이 맞소. 이상하게도 난 이 검에 욕심이 생기지 않소. 물론 그렇다고 이 검이 싫다는 것은 아니오. 단지 나의 심기에 검의 존재가 영향을 미치지 않는다고나 할까? 이유는 나도 모르겠소. 나 또한 좋은 병기, 강한 무공에 대한 욕심은 언제나 간직하고 있는데 말이오."

타유의 말에 등나가 얼른 대답했다.

"바로 그것이오. 내가 그대에게 단천마검을 주기로 결정한 이유가. 그대는 이상하게도 단천마검의 기운에 압도되지 않았소. 그렇다고 그대가 무적의 절대무공을 지닌 것도 아니오. 아, 물론 그대의 무공을 낮춰 보는 것은 아니오. 그대의 무공은 솔직히 나로서도 짐작하기 어려운 경지니까. 그러나 천하의 무인이라면 누구라도 단천마검의 기운에서 자유로울 수 없소. 그런데 당신은 아니었소. 그래서 난 지금까지 그대와 동행하면서 그 이유에 대해 곰곰이 생각하고 있었소. 왜 그대는 단천마검의 기운에서 자유로운 것일까. 그러다가 결국 난 한 가지 결론에 이르렀소."

"그게 무엇이오?"

당사자인 타유보다 공묘천이 더 호기심을 드러냈다. 그는 이미 등나의 이야기에 깊이 빠져 있었다.

"이유는 생각보다 간단했소. 타 대협이 단천마검의 기운에 빠져들지 않은 이유는 타 대협 자신이 단천마검과 닮아 있기 때문이었소."

"그게 무슨 소리요? 사람이 검과 닮다니?"

공묘천이 되물었다.

"지금껏 내가 단천마검을 지니고 있으면서 느낀 것을 한마디로 표현하자면 어둠 속에 도사린 차가운 빛, 깊고 깊은 어둠을 뚫고 나갈 수 있는 그 빛과 같다는 것이오. 아마 단천마검을 본 모든 사람은 누구나 이런 느낌을 받았을 것이오. 단지 그 느낌을 제대로 표현하지 못했을 뿐이지. 그런데 난 타 대협에게서 바로 그러한 느낌을 받았소. 어쩌면 타 대협이 살법을 수련했기 때문일지도 모르지만… 어쨌든 타 대협의 품성은 무거운 가운데 한 줄기 강렬한 기운이 뻗어 오르는 듯한 그런 느낌이었소."

"음, 듣고 보니 그렇기도 하군."

공묘천이 흘깃 타유를 보며 말했다. 타유는 묵묵부답으로 등나의 말을 기다릴 뿐이다.

"대저 마음의 움직임이란 자신과 다른 무엇인가를 대했을 때 선명하게 일어나는 법이오. 자신의 성품과 어울리는 것을 대했을 때는 물에 물탄 듯 술에 술탄 듯 변화가 없게 마련이고 반대의 경우는 격렬한 흥분을 일으키는 법이오. 이것이 바로 타 대협이 단천마검의 기운에 흔들리지 않는 내가 생각하는 이유요. 물론 아닐 수도 있지만 이렇게 결론을 내리고 나니 결국 단천마검의 당대 주인은 타 대협이란 생각이 드는구려. 그래서 그대에게 이 검을 주는 것이오. 신검의 주인은 하늘이 정하는 것, 타 대협이 이런 인연으로 단천마검을 만난 것도 다 하늘의 정한 운명이란 생각이 드오."

등나의 설명이 끝나자 타유가 단천마검을 들어 올렸다. 검집에 몸을 숨긴 단천마검은 조용하다. 타유가 검을 빼 들었다.

그릉!

검신과 검집의 마찰음이 무겁게 일어난다. 동시에 검집을 벗어난 단천마검이 차갑고 날카로운 빛을 뿌려댄다.

'대단한 검이야.'

타유는 내심 생각했다. 몇 번 쥐어보기는 했지만 이렇게 자세히 단천마검을 살피는 것은 처음이다. 그런데 등나의 말을 들어서 그런지 단천마검이 무척 손에 익다. 아주 오랫동안 써온 검처럼 편안한 느낌이다.

"당신의 말이 맞을지도 모르겠소."

타유가 자신도 모르게 중얼거렸다. 그 말에 청풍이 깜짝 놀라 타유를 바라봤다. 그가 아는 타유는 물욕이 없는 사람이다. 아무리 등나가 권해도 함부로 단천마검을 받을 사람이 아닌 것이다. 그런 타유가 단천마검을 받으려 하고 있었다.

"그 검은 당신 것이오."

등나가 다시 한 번 분명하게 자신의 의사를 표시했다. 그러자 타유가 한순간 검에 진기를 주입했다. 그러자 더욱 기이한 일이 벌어졌다. 그토록 강렬하던 검의 기운이 한순간 사라져

버린 것이다.

"엇?"

공묘천이 갑자기 단천마검의 강렬한 기운이 사라지자 화들짝 놀라 당혹스런 음성을 흘려냈다. 그런데 놀란 것은 타유도 마찬가지였다. 단천마검에 진기를 주입하는 순간 검으로부터 시원한 기운이 그의 팔을 통해 자신의 몸으로 흘러들었기 때문이다. 밖으로 뿜어지던 단천마검의 기운이 기이하게도 타유의 손을 통해 타유의 내부로 들어오고 있었다. 그리고 그 기운은 타유에게 전혀 이질적이지 않았다.

'인연이란 말이 맞는 것인가?'

타유가 눈을 가늘게 뜨며 단천마검을 다시 바라본다. 그러자 그 모습을 지켜보고 있던 등나가 말했다.

"검의 기운이 무리없이 주인에게 전해지니 이는 그대에게 새로운 팔이 하나 더 생긴 것과 같은 이치일 거요. 역시 단천마검의 주인은 타 대협이오. 아마 그대가 그 검을 들고 있는 한 누구도 그 검이 단천마검인 줄 모를 거요. 그 강렬한 기운이 세상에서 사라지고 오직 당신에게만 흐를 테니까."

등나가 축복 같은 말을 한다. 단천마검이 위험한 이유는 검의 기운에 주인이 압도당하는 일 말고도 여럿이 있다. 그중 가장 위험한 것은 세상의 모든 사람이 단천마검을 원한다는 사실이다.

만약 타유의 손에 단천마검이 있다는 것을 세상 사람들이 안다면 타유는 등나가 강호인들에게 쫓기듯 무림의 고수들에게 평생 쫓기는 신세가 될 터였다. 그러나 단천마검이 타유의 손에서는 평범한 검으로 변하니 아마 누군가에게 타유가 검을 들어 이 검이 단천마검이라고 말해도 오히려 비웃음을 당하게 될 것이다. 그러니 타유로서는 세간의 시선을 걱정할 필요가 없었다. 물론 이곳에 있는 사람들이 함구해야 하는 일이지만 말이다.

"검의 주인이 정해졌군."

공묘천도 단천마검이 타유의 것임을 인정했다. 그런 그의 표정이 오히려 시원해 보였다. 그는 여전히 단천마검을 의천맹에 가져가는 것이 옳은 것이 아닌지 고민하고 있었던 것이다.

"검의 주인이 정해졌으니 난 떠나겠소."

둥나가 말했다.

"어디로 가시려오?"

공묘천이 급히 물었다. 그러자 둥나가 잠시 생각에 잠겼다가 입을 열었다.

"그가 살아 있다는 것을 알았으니 그의 곁을 살펴볼 생각이오. 그가 서호에서와 같은 일을 벌이지 않기를 바라며 말이오."

의천맹에 머물고 있다는 마뇌를 두고 하는 말이다. 그러자 공묘천이 고개를 끄덕였다.

"그렇구려. 하긴 누군가는 그를 살펴볼 필요가 있을 것 같소. 진인의 말대로라면 그는 뛰어난 사람이지만 호승심이 강하니 무리할 수도 있겠구려. 그럼 같이 갑시다."

"동행을 하자는 말이오?"

"그를 살피자면 나 같은 사람이 제법 쓸모가 있을 거요."

"불편한 일이 생길 수도 있소."

"하하, 그거야말로 내가 바라는 바요. 사실 내가 도둑질을 하는 이유는 세상살이가 무료해서인데, 복잡한 일이 생긴다면 그 또한 재미있지 않겠소?"

공묘천의 대답에 등나가 미소를 짓는다. 볼수록 재미있는 사람이란 생각이 드는 모양이다.

"공 노사와 함께라면 나도 즐거울 것 같소. 좋소. 함께 갑시다. 두 사람, 우린 여기서 작별해야겠소."

등나가 타유와 청풍을 보며 말했다. 그러자 타유가 가볍게 고개를 숙여 보였다.

"좋은 선물 감사하오."

"충고 한 가지 하리다."

"……?"

"호랑이를 잡으려면 호랑이 굴에 들어가는 것이 최선이오. 밀문은 수많은 고수들이 우글거리는 용담호혈이오. 모가장주의 장자를 베면 일이 오히려 어려워질 수도 있소."

"그걸 어찌……?"

타유가 깜짝 놀라 물었다. 그와 청풍은 자신들이 모가장 표행을 노리고 있다는 말을 한 적이 없다. 그런데 등나는 마치 머릿속에 들어왔던 사람처럼 자신들의 목적을 정확히 알고 있었다.

"며칠 전 객잔에서 타 대협이 객잔의 점소이에게 모가장의 표행에 대해 묻는 것을 들었소. 밀문에 원한이 있다는 것은 이미 알고 있었고, 밀문과 모가장은 불가분의 관계. 타 대협의 행보가 모가장의 표행이 향했다는 난주로 향하고 있으니 두 사람의 목적이 그들임을 아는 것이야 어려운 일이 아니라오. 더군다나 그들을 언급할 때 타 대협의 눈에 살기가 어렸으니 그들에게 살의를 품고 있음을 짐작할 수 있었소."

"음……."

타유가 나직하게 침음성을 흘렸다. 한줄기 서늘한 기운이 등골을 타고 내린다. 타유는 무척 신중하게 행동하고 있다고 스스로 생각했다. 그런데 은연중 자신의 행동에 마음속의 생각이 묻어나고 있었다는 말이 아닌가. 물론 그걸 알아챌 수 있는 사람이 그리 많지는 않을 테지만 말이다.

"단천마검을 들고 모가장을 상대하는 일은 쉬울 수도 있소. 하지만 단천마검을 가졌다 해도 밀문을 상대하는 일은 쉬운 일이 아니오. 타 대협이 원하는 것이 밀문 전체인지 혹은 그중 한두 명의 원한이 있는 사람인지는 알 수 없으나 애초에 밖에서 힘으로 치기에는 너무나 강한 세력이오. 그러니 오히려 그들 속에 들어가 일을 도모하는 것이 낫지 않을까 생각하오."

불쑥 타유의 마음속에 의구심이 솟는다. 자신에게 단천마검을 주고 또한 밀문을 상대할 계책을 말해주는 둥나는 정말 믿어도 좋은 사람일까. 그와 함께한 시간은 그리 길지 않다. 그 시간으로는 자부 진인 등나를 판단할 수 없으니 그의 호의 또한 선선히 받아들이기 어렵다.

"충고 고맙소이다."

타유가 덤덤하게 대답했다. 등나의 충고를 받아들이는 것인지 혹은 그의 계책을 거부한 것인지 알 수 없다.

"별말씀을. 부디 무운을 빌겠소."

"감사하오. 가자."

타유가 청풍의 보며 말했다. 그러자 청풍이 얼른 말에 올라 서북으로 난 관도로 앞서 나갔다.

"다음에 다시 뵙지요."

타유가 공묘천에게도 가볍게 고개를 숙여 보이고는 이내 청풍의 뒤를 쫓았다.

"무슨 생각이신 거요?"

타유와 청풍이 떠나자 공묘천이 등나에게 물었다. 그러자 등나가 눈을 가늘게 뜨며 말했다.

"그를 통해 밀문을 좀 더 알아야겠소."

"그에게 단천마검을 주고 그를 모가장에 들여보낸다 한들 그가 진인의 뜻대로 움직이겠소?"

"그 스스로 움직이면 그것으로 족하오. 난 곁에서 그를 보는 것으로 밀문에 대해 알게 되겠지."

그러자 공묘천이 놀란 표정으로 물었다.

"곁에서 그를 본다니 그게 무슨 말이오? 설마 의천맹이 아니라 모가장으로 갈 생각이오? 마뇌를 살피겠다 하지 않았소?"

"그를 홀로 밀문에 들여보내고서야 나에게 무슨 이득이 있겠소."

둥나가 미소를 지으며 말했다. 그러자 공묘천이 고개를 갸웃하며 물었다.

"물론 밀문과 진인의 관계가 좋은 것은 아니나 이토록 위험을 무릅쓰고 그들을 살피는 이유가 무엇이오? 단천마검은 이미 수중을 벗어나지 않으셨소?"

"애초엔 나도 그럴 생각이 없었소. 그러나 밀문에 백혈랑의 고수들이 똬리를 틀고 있다면 나로서도 이대로 있을 수는 없는 일이오. 비록 서호에서는 서로 등을 졌지만 송백림 형제들의 복수를 아니할 수는 없소이다."

"그럼 차라리 의천맹의……."

공묘천이 말을 이으려는 순간 둥나가 손을 들어 공묘천의 말을 막았다.

"아! 마뇌 이야기라면 그만합시다. 그는… 믿을 수 없는 사람이오, 적어도 나에게는."

둥나가 공묘천에게 단호하게 말을 하고는 신형을 돌렸다. 그러자 공묘천이 재빨리 그의 뒤를 따르며 물었다.

"모가장에는 어찌 들어가실 생각이오?"

"나에게는 만 가지 계책이 있으니 그중 하나만 써도 충분한 일이오."

＊　　　＊　　　＊

차가운 한기가 뿌연 안개를 만들어낸다. 아침 일찍 떠난 모가장의 표행이 계곡을 따라난 위태로운 길을 전진하고 있었다. 길 아래로 깎아 세운 듯한 절벽이 이어져 있고, 그 아래 계곡에서 올라오는 물안개가 채 사오십 장 앞을 내다보기 어렵게 한다.

"조심하라! 이제 곧 계곡을 벗어날 것이다!"

모잠을 보필하며 실질적으로 모가장의 표행을 이끌고 있는 양광이 소리쳤다. 모가장의 무사들은 양광의 독려 속에 능숙하게 험한 산길을 뚫고 나갔다.

그렇게 한 시진 정도를 이동하자 드디어 계곡의 끝이 보였다. 계곡이 끝나는 곳에서부터는 안개도 보이지 않았다. 계곡의 물길은 동쪽으로 흘러가 아스라이 보이는 큰 강에 합류하고 있었다.

그 물길을 넘어 푸른 초원이 이어졌다. 초원에 들어서면 난주로 가는 관도가 있을 테니 이제 여정은 거의 막바지라고 할 수 있었다. 끝이 보이자 표행의 이동 속도가 조금 더 빨라졌다. 눈에 보이는 목표는 없던 힘도 나게 하는 법인 모양이다.

"워워! 모두 잠시 멈춰라!"

갑자기 양광이 일행을 멈춰 세웠다. 그러고는 앞으로 걸어나와 난감한 표정으로 중얼거렸다.

"도대체 어떻게 된 일이지? 이 석교는 무척 튼튼한 것인데 무너지다니……."

계곡이 동쪽으로 틀어지며 길을 가로막는 위치에 놓인 작은 석교가 무너진 채 길을 막고 있었다. 석교의 길이는 길지 않았다. 계곡의 넓이라야 넓은 곳이 이십여 장 안쪽이었으므로 계곡이 좁아지는 지점에 놓인 석교의 길이는 겨우 십여 장이 조금 넘었다.

그러나 짧은 다리라도 일단 무너져 있으면 모가장의 표행에는 큰 장애가 된다. 사람만 움직이는 것이라면 다리가 없어도 상관없지만 표행은 사람과 마차가 함께 움직이는 일이라 다리가 무너져서는 표행을 계속할 수 없었다.

"어찌 된 일입니까?"

보통 표행의 움직임에는 관여하지 않던 모잠까지 앞으로 나섰다. 그러자 양광이 모잠을 보며 말했다.

"대공자, 보시다시피 석교가 무너졌습니다. 잠시 길을 지체해야 할 것 같습니다."

"이상한 일이군요. 본래 이 석교는 수백 년 동안 무너진 일이 없는데……."

모가장의 대공자 모잠은 평소 안하무인의 성정으로 유명하지만 아무리 그라도 모가장 사풍객의 우두머리인 양광을 함부로 대하지는 못했다.

"그러게 말입니다. 하지만 크게 걱정하지 마십시오. 잠시 쉬고 계시면 다리를 복구하겠습니다. 다행히 석교인지라 그 자재가 그대로 있으니 손을 보는 것은 크게 어렵지 않을 겁니다."

"알겠습니다. 그러지요."

모잠이 고개를 끄덕이자 양광이 모가장의 무사들을 보며 소리쳤다.

"마차를 세우고 모두 앞으로 나서라! 무너진 다리를 복구한다!"

양광의 말이 떨어지자 모가장의 무사들이 서둘러 마차와 말에서 내려 무너진 다리 앞으로 다가왔다.

"하중!"

모가장의 무사들이 앞으로 나서자 양광이 그중 한 사람을 불렀다. 그러자 한 사내가 양광 앞으로 다가온다.

"찾으셨습니까, 어르신!"

"고칠 수 있겠지?"

양광이 묻자 하중이란 사내가 시선을 돌려 무너진 석교를 보다가 고개를 끄덕인다.

"다행히 모두 무너진 것이 아닙니다. 뼈대는 멀쩡하니 수리하는 것은 어렵지 않을 겁니다."

"좋아, 그럼 자네가 맡아서 수리를 하게."

"예, 어르신."

하중이란 사내가 고개를 숙여 대답하고 앞으로 나서며 동료들에게 말했다.

"자, 모두 날 좀 도와주시게. 힘을 합치면 그리 어렵지 않은 일일세."

하중의 말에 모가장의 무사 십여 명이 하중을 따라 무너진 석교 아래위로 움직였다.

석교 수리가 시작된 후에도 양광은 자리를 뜨지 않고 계곡의 끝자락에 서서 사람들의 작업하는 모습을 지켜보고 있었다. 양광이 지켜보고 있으니 석교를 수리하는 사람들도 게으름을 피울 수 없어 석교는 빠르게 복구되어 갔다.

그렇게 반 시진 정도가 흐르자 석교가 어느덧 제 모습을 찾아가기 시작했다. 그러자 양광이 고개를 돌려 석교 보수에 참여치 않고 휴식을 취하고 있던 모가장의 식솔들을 보며 명을 내렸다.

"떠날 준비를 하라!"

양광의 명이 떨어지자 휴식을 취하고 있던 모가장의 표사들이 황급히 일어나 말과 마차를 준비하기 시작했다.

그런데 그때였다.

쐐애액!

갑자기 하늘이 어두워지는 듯싶더니 한순간 소낙비 같은 화살비가 내리기 시작했다.

퍼퍼퍽!

"악!"

급작스런 비명이 터져 나왔다. 순식간에 서너 명의 사람과 두어 마리의 말이 그 자리에 고꾸라졌다.

"조심하라! 기습이다!"

양광의 경고가 터져 나오자 모가장의 표사들이 재빨리 석교 아래와 마찬가지로 몸을 숨겼다. 그 사이에도 화살이 쉬지 않고 떨어져 내렸다.

차창!

양광을 비롯한 고수들이 검을 뽑아 들고 화살을 쳐내기 시작했다. 그러고는 재빨리 화살이 날아오는 지점을 찾았다. 화살은 석교 위쪽 산비탈에서 날아오고 있었는데 한 번에 날아드는 화살의 숫자가 근 이십여 발에 달하는 것으로 보아 적지 않은 숫자의 불청객이 매복해 있음이 분명했다.

"어느 놈이 감히 모가장의 표행을 공격하느냐!"

양광이 화살 서너 대를 한 번에 쳐내며 사자후를 터뜨렸다. 그러나 매복자들은 계속 화살을 날릴 뿐 아무런 대답이 없다.

"쳐야겠습니다."

어느새 양광의 곁으로 다가온 모잠이 투기를 드러낸다. 그의 눈에 벌건 혈광이 돋는다.

"대공자께서는 이곳에 계시지요. 제가 가서 처리하겠습니다."

양광이 말했다. 그러자 모잠이 고개를 저었다.

"아닙니다. 같이 갑시다. 보아하니 그 숫자가 적지 않으니 우리도 전력을 기울여야 할 것 같군요."

모잠이 눈을 가늘게 뜨고 매복자들을 살피며 말했다. 그러자 양광이 선선히 고개를 끄덕였다.

"알겠습니다. 그럼 일시에 놈들을 치도록 하겠습니다."

"그럽시다. 벌써 손실이 적지 않으니 서둡시다."

모잠이 동의하자 양광이 매복자들을 향해 신형을 날리며 소리쳤다.

"적을 친다! 모두 따르라!"

명령일하, 석교와 마차에 의지에 화살을 피하고 있던 모가장의 표사들이 일제히 밖으로 뛰어나와 매복이 있는 산비탈을 향해 달리기 시작했다.

쐐애액!

모가장의 표사들이 돌진을 시작하자 매복자들이 날리는 화살의 강도도 더욱 강렬해졌다. 그 기세에 산비탈로 돌진하던 모가장의 표사 두 명이 다시 목숨을 잃었다.

그러나 동료의 죽음을 뒤로하고 앞으로 달려 나간 모가장의 표사들은 어느새 적의 면전에 도달했다.

"죽어랏!"

누군가의 고성이 터지면서 사방에서 도검이 격돌하기 시작했다. 매복자들은 모두 복면을 하고 있었는데 족히 스무 명은 되어 보여서 천하에 명성이 자자한 모가장의 표사들조차도 한 번에 우위를 점하기 어려웠다.

험한 산비탈에서 벌어지는 싸움은 그 자체로 위험하기 짝이 없었다. 자칫 발을 헛디디면 상대에게 치명적인 허점을 드러내기 때문에 모가장의 표사들이나 기습한 매복자들이나 조심스럽기는 마찬가지였다.

"이놈들!"

한순간 대호가 포효하는 듯한 외침이 일어나더니 모잠이 장

내에 뛰어들었다.

서걱!

"큭!"

모잠이 뛰어들며 휘두른 일도에 복면인 한 명이 맥없이 쓰러졌다.

"모두 죽여라!"

적을 베 피를 본 모잠이 살기를 일으키며 소리쳤다. 그러고는 또 다른 적을 찾아 몸을 날렸다. 그런데 그 순간 한 명의 호리호리한 체구를 지닌 복면인이 모잠의 앞을 막아섰다. 그러자 그렇잖아도 살기가 올라 있던 모잠이 불문곡직하고 앞을 막아선 상대를 향해 도를 휘둘렀다.

캉!

모잠의 도가 복면인의 검에 막혔다. 순간 모잠이 두어 걸음 뒤로 물러나더니 조금 놀란 표정으로 복면인을 바라봤다.

"검을 쓸 줄 아는구나!"

모잠이 경계심을 드러내며 말했다. 그러나 복면인은 말이 없었다. 대신 검을 수평으로 눕히더니 그대로 모잠을 찔렀다.

"놈!"

모잠이 노성을 토하며 자신의 심장을 찔러오는 검을 튕겨내고는 번개처럼 신형을 회전하며 상대를 내려쳤다.

캉!

다시 모잠의 도와 복면인의 검이 격돌했다. 그리고 이번에는 누구도 뒤로 물러나지 않았다. 서로의 거리가 한 자 사이로 다가들었다. 두 사람의 시선이 날카롭게 엉켜든다.

"이제 보니 계집이구나!"

모잠이 복면에 뚫린 구멍을 통해 드러나는 상대의 눈빛에서 상대가 여인임을 알아챘다. 그러자 모잠의 투기가 더욱 달아올랐다. 모잠은 평소 천하의 영웅임을 자처했다. 그 출신이 모가장이라는 상가이기는 하지만 모잠 스스로는 자신을 상인이 아니라 무인이라 생각하고 있었다.

또한 무인으로서 자신의 무공에 대한 자신감도 충만했다. 모가장의 막대한 금력을 이용해 모아들인 무공 비급과 영약, 그리고 모가장을 뒤에서 후원하는 밀문의 고수로부터 얻은 가르침이 모잠을 강호에서 보기 드문 고수로 성장시켰던 것이다. 그런 자신의 무공으로 한낱 여인을 상대하고 있다는 것이 모잠의 자존심을 긁었다.

"죽이지는 않으마. 대신 네 몸을 봐야겠다."

모잠이 상대의 수치심을 자극한다. 그러나 상대는 여전히 감정의 변화가 없다. 대신 번개처럼 발을 차올려 모잠의 턱을 가격했다. 둘 사이의 거리가 한 자 안쪽임을 생각하면 놀라운 각법이다.

탁!

모잠이 신형을 틀며 한 손으로 상대의 발등을 낚아챘다. 순간 복면인이 훌쩍 제비를 돌더니 모잠으로부터 삼사 장 뒤로 물러났다.

"계집이라 하여 사정을 봐주진 않겠다. 순순히 내 품에 들어

오면 모를까."

모잠이 여전히 상대의 심기를 자극하며 강력한 도초를 뿌렸다.

우웅!

도에서 파공음이 일어나는가 싶더니 뿌연 도기가 도신에 서렸다. 상가의 자손으로 도기를 일으킬 만한 경지에 이르렀다는 것은 놀라운 일이 아닐 수 없다. 확실히 세간의 평가처럼 이제 모가장은 상가가 아니라 무가가 되었음이 분명했다.

복면인은 자신을 향해 떨어지는 모잠의 도기를 가만히 응시하고 있다가 번개처럼 검을 휘둘렀다. 그러자 복면인의 검에서도 반월형의 검기가 일어났다.

콰앙!

도기와 검기가 격돌하자 앞서 도검이 충돌하던 것과는 비교할 수 없는 격돌음이 일어났다. 천지가 진동한다. 장내의 사람들이 그 충격에 놀라 잠시 싸움을 멈출 정도였다.

"물러난다."

처음으로 복면인의 입에 열렸다. 그 첫마디가 후퇴의 명이다. 순간 모가장의 표사과 혈투를 벌이고 있던 복면인들이 기다렸다는 듯이 숲속으로 달아나기 시작했다. 모잠을 상대하던 복면의 여인 역시 뒤도 돌아보지 않고 숲으로 뛰어들었다.

"계집, 올 때는 몰라도 갈 때는 내 허락이 필요할 것이다!"

모잠이 복면여인의 뒤를 추격하기 시작했다. 그러자 양광이 그런 모잠을 향해 소리쳤다.

"대공자, 돌아오십시오! 위험합니다!"

그러나 이미 모잠은 양광의 충고를 들을 수 없는 거리로 멀어졌다.

"이런, 좋지 않군."

양광의 표정이 어두워졌다. 그가 급히 몸을 돌려 모가장의 표사들에게 명을 내렸다.

"셋은 나를 따르고 나머지는 돌아가서 기다려라. 표물을 단단히 지키고 있거라."

"예, 어르신!"

모가장의 표사들이 일제히 대답했다. 명을 내린 양광이 서둘러 몸을 날려 모잠이 달려간 방향으로 움직였다.

"섯거라, 계집!"

모잠이 복면여인의 뒤를 추격하며 호통을 쳤다. 그러나 여인은 잡힐 듯 잡힐 듯하면서도 교묘하게 모잠의 추격을 피해 달아나고 있었다. 숲은 점점 깊어졌다. 어느 순간부터는 여인과 함께 도주하던 복면인들의 모습도 보이지 않았다. 더불어 모잠의 뒤를 쫓아와야 할 모가장의 표사들도 보이지 않았다.

어느새 모잠과 복면여인은 단둘이서 숲을 달리고 있었다. 고요한 숲에 두 사람의 발걸음 소리만이 어지럽게 일었다. 한순간 모잠이 도를 어깨 위로 쳐들더니 벼락처럼 던져 냈다.

윙윙!

모잠의 도가 왕벌이 우는 소리를 내며 허공에서 빙빙 돌아

앞서 달리는 복면여인의 등으로 꽂혀들었다. 순간 복면여인이 재빨리 신형을 틀더니 들고 있던 검으로 모잠의 도를 겨우 막아냈다.

"하하, 이제 도망은 끝이야! 이젠 이 어르신께서 네 얼굴을 봐야겠다! 눈매를 보니 제법 쓸 만한 얼굴이겠구나!"

모잠이 득의한 웃음을 흘리며 여인의 앞에 내려섰다. 그러고는 여인의 검에 막혀 아름드리나무에 박힌 자신의 도를 잡아 뺐다.

"인정하지. 여인치고는 대단한 무공을 지녔어. 나 모잠을 제법 어렵게 했거든. 그래서 말인데, 순순히 날 따르는 것이 어떻겠나? 본 장은 이미 서남 삼성을 지배하고 있다. 모가장을 따른다면 굴욕은 없고 영화만이 있을 뿐이야. 물론 그 전에 왜 이런 일을 벌였고, 누가 배후인지를 말해야겠지. 어떤가? 날 따르겠나?"

모잠이 제법 대범한 제안을 한다. 그러자 여인의 입에서 한 줄기 비웃음을 흘러나왔다.

"홍, 모가장 따위가 어찌 서남 무림의 패자가 될 수 있었겠느냐? 모가장의 뒤에 밀문이 버티고 있어 가능한 일이지. 모가장이야 밀문에 목줄이 매인 사냥개가 아니더냐? 세상의 어느 누가 사냥개의 밑으로 들어가겠느냐?"

여인의 냉랭한 대꾸에 모잠이 화를 내려다가 이내 고개를 저으며 말했다.

"좋아, 우리 모가장의 사정에 대해 제법 알고 있군. 그러나 한 가지 모르는 사실이 있어. 그건 바로 나 모잠에 대한 것이지. 모가장이 밀문의 힘을 빌려 서남 삼성을 제패한 것은 사실이다. 그러나 그렇다고 모가장이 밀문의 사냥개인 것만은 아니야. 이제 모가장은 엄연한 밀문의 일원이 될 자격을 갖추었지. 머지않아 아버님께서는 밀문의 수뇌가 될 것이다. 그러니 날 따르는 것을 부끄러워할 필요는 없다. 자, 이제 마지막 기회를 주지. 날 따르겠느냐?"

모잠으로서는 제법 인내심을 발휘하고 있는 것이었다. 그는 본래 성정이 조급한 편인데도 이렇게 인내심을 발휘하고 있는 것은 여인의 무공이 범상치 않아 보였기 때문이다.

모잠이 속한 세계, 혹은 그가 꿈꾸는 밀문은 치열한 양육강식의 세계였다. 강한 자는 군림하고 약자는 지배받는 세계. 그 세계에서 살아남자면 기회가 될 때마다 힘을 키울 필요가 있었다.

복면여인의 무공은 그런 의미에서 모잠에게 큰 힘이 될 수 있었다. 물론 그의 말대로 복면 밖으로 드러난 그녀의 눈매에서 느껴지는 아름다움 역시 모잠이 인내심을 발휘하게 하는 한 이유기도 했다. 그러나 모잠의 기대는 여인의 한마디에 처참하게 무너졌다.

"너 따위에게 몸을 의탁할 마음은 없다. 이제 그만 승부를 내자꾸나."

팟!

여인의 검이 어느새 모잠의 가슴을 베어온다.

"웃! 이 계집이!"

모잠이 갑작스런 여인의 공격에 놀라 훌쩍 뒤로 물러나며 도를 휘둘렀다.

창!

도검이 충돌하며 불꽃이 일어났다. 그런데 그 순간 여인의 모습이 모잠의 시야에서 사라졌다.

"헛?"

모잠이 당황했다. 여인의 무공이 뛰어난 줄은 알았지만 자신의 눈앞에서 모습을 감추는 신법은 지금까지 보지 못했던 움직임이다. 모잠이 재빨리 주변을 살폈다. 그러나 어디서도 여인의 모습을 발견할 수 없다.

"나서라!"

모잠이 큰 소리로 외쳤다. 그 순간 그의 우측에서 한 자루 비도가 날아들었다.

"이년!"

모잠의 입에서 불식간에 욕설이 흘러나왔다.

깡!

모잠의 도에 비도가 튕겨져 나갔다. 모잠이 비도가 날아온 곳을 향해 신형을 움직였다. 그러나 여인은 다시 사라진 후였다. 모잠의 얼굴에 분노와 당혹스러움이 뒤엉켜 나타났다.

순간 그의 머릿속에 한 가닥 생각이 스치고 지나갔다. 복면 여인이 그를 피해 달아난 것이 아니라 그를 유인해 이곳까지 데려왔다는 것이다. 그러자 한순간 식은땀이 흘러내렸다.

뒤를 돌아보았다. 그러나 모가장의 식솔은 여전히 보이지 않았다. 지금이야말로 일객 양광의 도움이 필요할 때였다. 그러나 그의 모습은 보이지 않는다.

"일객!"

모잠이 사자후를 터뜨렸다. 이 정도면 양광이 자신의 위치를 파악했을 것이다.

"그 나이에 다른 사람의 보살핌이 필요한 건가?"

방향을 알 수 없는 곳에서 여인의 목소리가 들렸다. 한껏 비웃음이 담긴 목소리다.

"나서라!"

모잠이 숲을 향해 소리쳤다. 그러나 여인은 대답 대신 그의 등 뒤쪽에서 다시 비도를 던져냈다.

"계집!"

모잠이 번개처럼 비도를 쳐내고는 비도가 날아온 방향으로 달려갔다. 그러나 역시 다시 텅 빈 숲이다. 여인은 귀신처럼 그의 시야에 잡히지 않았다.

모잠이 두 다리를 땅에 박고 서서 사방을 둘러보았다. 이럴 때는 이리저리 움직이는 것보다 한곳에서 적의 공격을 기다리는 편이 낫다. 모잠이 도를 부여잡고 으르렁거렸다.

"와라!"

모잠의 고함 소리가 숲을 흔들었다. 그런데 그때 문득 모잠의 머리 위에 검은 그림자가 생겨났다. 마치 나무에 매달린 거미처럼 그림자는 소리 없이 내려와 모잠의 머리 반 장 위에서 멈췄다. 그리고 그림자의 끝에서 한 줄기 빛이 번쩍였다. 그런데 그때였다.

쐐액!

모잠은 자신의 좌측에서 한 줄기 빛이 뻗어 나오는 것을 보고는 그 빛을 향해 도를 움직였다. 그러나 빛은 그를 향해 오지 않고 그의 머리 위를 향해 뻗어 나갔다. 모잠의 시선이 자연스럽게 빛의 움직임을 따라 자신의 머리 위로 향했다.

창!

순간 모잠의 머리 위에서 빛과 빛이 충돌했다. 거미처럼 내려온 검은 그림자가 뻗어낸 검과 숲에서 뻗어 나온 또 다른 검이 모잠의 머리 바로 위에서 충돌한 것이다. 그리고 그중 하나의 검이 뎅겅 부러져 나갔다.

"헉!"

모잠이 대경하며 땅을 굴렀다. 그러고는 삼사 장을 더 구른 후에야 신형을 일으켰다. 그런 그를 향해 나무에 매달린 복면 여인이 소리쳤다.

"운이 좋구나, 모가야! 그러나 다음번에는 이런 행운이 없을 것이다!"

여인은 자신의 말이 미처 다 끝나기도 전에 무성한 나뭇가지 사이로 모습을 숨겼다. 그사이 어느새 여인의 검을 막아낸 인물이 장내에 모습을 드러냈다.

"누, 누구요?"

모잠이 당황한 표정으로 모습을 드러낸 사내에게 물었다.

사내는 검을 막 검집에 꽂아 넣고 있었다.

"괜찮으시오?"

사내가 모잠에게 물었다.

"나, 난 괜찮소? 그런데 뉘시오?"

"괜찮다니 다행이오. 난 우겸이라 하오. 아들 녀석과 함께 여행을 하는 중이었소."

불쑥 나타나 모잠을 위기에서 구한 사람은 바로 타유였다.

"그런데 왜 날……?"

생각해 보면 이상한 일이다. 강호에서 친분이 없는 사람을 도와주는 것은 극히 드문 일이다. 그건 한쪽에는 은혜를 베푸는 일이지만 다른 한쪽과는 원수를 맺는 일이기 때문이다.

더군다나 양쪽 중 누가 옳고 누가 그른지 알 수 없는 일이니 대부분의 사람들은 강호에서 타인의 싸움을 만나면 구경을 하든지 아니면 자리를 피하게 마련이다.

"복면을 쓰고 암습이나 하는 자를 본래 싫어해서 말이오. 그리고 모가장이라면 당금 강호의 명문대파이니 당연히 옳고 그름이 정해져 있는 것 같기도 하고……."

타유가 몇 마디 말을 늘어놓자 모잠이 이내 고개를 끄덕이며 대답했다.

"역시 시류를 아는 영웅이시구려. 오늘 나를 도와주신 것에 대한 사례는 분명히 해드리겠소. 우리 모가장은 은원에 대한 계산이 분명한 문파요."

"하하, 뭐 꼭 대가를 바라고 한 일은 아니오. 그저 모가장과 좋은 인연을 맺고 싶어서……."

타유가 겸연쩍은 표정으로 말꼬리를 흐렸다. 그때 숲에서
청풍이 모습을 드러냈다. 그러자 모잠이 화들짝 놀라며 도를
들어 올렸다.

"아, 걱정 마시오. 내 아들놈이오."

타유가 재빨리 손을 저으며 말했다. 그러자 모잠이 안도의
숨을 내쉬며 도를 내렸다.

"아드님이셨구려. 내가 실수를 할 뻔했소이다."

"하하, 창졸간에 일을 당했으니 낯선 사람을 경계하는 것은
당연한 일이지요."

"그리 이해를 해주시니 고맙소이다."

모잠이 가볍게 포권을 해 보인다. 그때 다시 숲 저쪽이 어지
러워지더니 양광이 세 명의 모가장 수하를 데리고 달려왔다.

"대공자, 괜찮으신지요?"

양광이 모잠의 곁으로 내려서며 모잠의 몸을 살폈다.

"괜찮습니다. 그 계집의 간계에 빠져 위험할 뻔했으나 여기
우 대협의 도움으로 위기에서 벗어났습니다."

"아, 그러셨군요. 다행입니다. 행방을 찾을 수 없어 걱정했
습니다."

양광이 안도의 한숨을 내쉰다. 모잠은 다음 대 모가장의 장
주로 유력한 사람이다. 비록 그에게 한 명의 경쟁자가 있지만
그런 그에게 이상이 생긴다면 양광으로서는 모가장주의 얼굴
을 볼 면목이 없을 터였다.

"자세한 이야기는 일단 돌아가서 하지요. 그자들이 우리를 숲으로 유인했으니 그사이 표행에 무슨 위해를 가할지도 모릅니다."

모잠이 말했다. 그러자 양광이 얼른 고개를 끄덕인다.

"맞습니다. 서둘러 돌아가는 것이 좋겠습니다."

양광이 동의하자 모잠이 타유를 보며 말했다.

"혹 갈 길이 바쁘지 않으시면 함께 저희 모가장의 표행이 있는 곳에 잠시 들르시겠습니까? 일이 이 지경이 되어 제대로 대접할 수는 없지만 한잔 술이라도 대접하고 싶소이다."

"뭐… 급한 일이야 없지만……."

타유가 말꼬리를 흐린다.

"하면 같이 가십시다. 내 이대로 우 대협을 보내기는 너무나 아쉽소이다."

모잠이 간곡하게 권한다. 그러자 타유가 못 이기는 척하며 모잠을 따라나섰다.

"그럼 그럴까요?"

"하하, 이거 오늘 내가 아주 귀한 분을 사귀게 될 것 같소이다. 하하하!"

모잠과 타유는 얼추 비슷한 연배여서 모잠은 좀 더 친근함을 느끼는 모양이다.

그렇게 모가장 일행과 섞여든 타유와 청풍이 모잠을 따라 장내를 떠났다.

사람들이 떠난 숲이 금세 조용해졌다. 그런데 잠시 후 조용하던 장내에 검은 인영이 조용히 내려섰다. 앞서 모잠을 공격했던 바로 그 복면여인이었다.

"무서운 검이었어. 자칫하다간 팔이 잘릴 뻔했다. 그런데… 어째서 그는 마지막 순간에 검을 거둬들였을까? 그리고 왜 나를 더 이상 공격하지 않았을까?"

복면여인이 타유 등이 사라진 숲을 보며 중얼거렸다. 그러다가 다시 고개를 갸웃하며 입을 열었다.

"그러고 보니 어디선가 본 것 같기도 하고……. 아, 어쨌든 모잠 그자는 운이 좋구나. 목을 자를 수 있었는데. 후우, 모가장을 상대하는 일이 결코 쉽지가 않구나. 과연 내 생에 복수를 끝낼 수 있을지……."

*　　　*　　　*

초원으로 들어선 일행은 두어 시진이 지나기도 전에 짐을 풀고 숙영 준비를 했다. 큰 싸움을 벌인 탓에 사람들의 몸과 마음이 모두 지쳐 있어서 계속 움직이는 것은 무리라고 생각한 양광의 결정이었다.

그런데 숙영지를 구축하는 모습이 지금까지와는 사뭇 달랐다. 마차를 원형으로 세워 외벽을 만들고 그 안에 천막을 쳤다. 천막들 사이에 큰 불을 놓아 숙영지에 온기를 일으키고 그곳에서 식사를 준비하기 시작했다. 흉수들의 습격 이후 부쩍 조심스러워진 모가장의 표행이었다.

타유와 청풍은 모가장의 표행과 동행하고 있었다. 모잠과 양광이 극구 대처에 나가 제대로 대접을 할 때까지 동행해 달라고 청했기 때문이다.

타유와 청풍으로서는 그 청을 기다리고 있었던 바이므로 큰 망설임 없이 모가장의 표행에 합류했다.

투툭!

마른 나무가 뜨거운 열기를 이기지 못하고 비명을 터뜨린다. 그러자 불꽃이 더욱 거세가 타올랐다. 높게 타오르는 모닥불 옆에 초원에서 보기 힘든 근사한 상이 놓여 있다.

모가장의 재력은 확실히 대단해서 긴 표행 길에도 진미로 가득한 상을 차려 내놓은 것이다. 일행 중에는 오직 표사들의 음식을 준비하기 위한 숙수도 포함되어 있어서 사람들은 여행 중에도 박한 음식을 먹지 않을 수 있었다.

"우 대협의 도움에 다시 한 번 감사드리오."

모잠이 은근한 목소리로 감사를 표하며 타유의 잔에 술을 따른다. 타유가 고개를 까딱이고는 천천히 술맛을 음미하며 술을 들이켰다. 그러자 그 모습을 보고 있던 양광이 물었다.

"실례가 되지 않는다면 사문을 알 수 있겠소이까?"

양광의 질문에 타유가 술잔을 놓으며 입을 열었다.

"본래 우리 부자의 무공은 가문에 전해져 오는 것으로 따로 사문을 두고 있지 않소이다. 선조께서 세상의 부귀영화에는 관심이 없어 속세를 등지고 심산에 은거해 무공만을 수련해 왔기에 세상에 알려진 가문도 아니지요. 딱히 세력을 키우는 것도 아니고."

"아, 은거기인이셨구려. 하긴 그런 무공을 지니시고도 무척 초탈한 모습이어서 그러리라 생각은 했소이다. 그런데… 여행을 하신다고 들었는데 어디로 가시는 길이셨소이까?"

양광의 질문에 타유가 가는 미소를 지으며 대답했다.

"천하를 떠도는 여행자가 딱히 목적지를 두고 있지는 않지요. 단지 이번에는 난주에 한번 다녀올까 하는 중이었소이다. 매년 오월이면 난주에 큰 장이 서지 않소이까?"

"음, 서역의 대상들이 항상 오월이면 난주에 들어 진귀한 물건들을 풀어놓는 것을 두고 하시는 말씀이구려."

"바로 그렇소이다. 서역까지 여행을 할 입장은 아니니 그렇게라도 다른 세상의 풍물을 구경하려 한 것이지요."

"하긴 제법 재미있는 구경이긴 할 것이오. 하면… 우리와 함께 난주까지 동행하면 어떻소이까?"

"음, 난주까지 말이오?"

타유가 조금 망설이는 듯한 모습을 보이자 모잠이 얼른 양광의 말을 거들었다.

"우 대협, 그리하시지요. 표행을 따라가시면 좀 더 편히 가실 수 있을 것이오."

"너무 신세를 많이 지는 것이 아닌가 하여……."

타유의 말에 모잠이 얼른 손을 저었다.

"어허, 신세라니요. 내 목숨을 구해주셨으니 어찌 만금인들 아깝겠소이까. 그리고 솔직히 말하자면 우 대협께서 동행해

주신다면 오히려 우리가 신세를 지는 것이지요. 낮에 기습을 한 자들이 언제 다시 나타날지 모르는데 우 대협이 곁에 있으시면 그야말로 천군만마를 얻은 것이나 다름없을 겁니다."

모잠의 말에 타유가 천천히 고개를 끄덕인다.

"그리 생각하신다면 동행하도록 하지요."

"고맙소이다."

모잠과 양광이 동시에 입을 열었다. 사실 두 사람은 비록 타유의 도움으로 복면인들의 습격을 물리치기는 했지만 여전히 그들에 대한 두려움을 가지고 있었다. 그러니 타유와 같은 고수의 동행은 그들에겐 행운이나 마찬가지였다.

술잔이 여러 번 오고 갔다. 취기가 오르자 사람들은 급격히 피로감을 느꼈다. 긴장했던 마음이 풀리며 몸이 피곤을 호소하는 것이다. 덕분에 일행은 평소보다 일찍 각자 잠자리를 찾아들었다.

"일단 계획대로는 되었네요."

"그렇지?"

청풍의 말에 타유가 되물었다. 그러자 청풍이 다시 물었다.

"난주에 간 이후에는 어떡하죠? 계속 모가장에 머물 수 있는 이유가 있어야 할 텐데."

"두고 보자꾸나. 혹 기회가 없으면 만들면 되는 것이고, 아무튼 무슨 일이 생길 것 같은 예감이 드는구나."

"살수의 본능인가요?"

"후후, 이 녀석, 내가 살수의 업을 놓은 지가 언제인데……."

타유가 나직하게 웃음을 흘렸다. 그러자 청풍이 타유를 따라 웃다가 문득 정색을 하며 물었다.

"낮에 표행을 습격한 복면인은 누구일까요?"

"모르지. 하지만 그의 무공을 보건대 보통 인물은 아닌 듯하더구나. 뭐, 모가장이 지금의 성세를 이루는 과정에서 흘린 피가 적지 않았을 테니 그들에게 원한을 갖고 있는 사람이 어디 한둘이겠느냐?"

"그렇다면 미안한 일이군요."

"그렇지? 그래서 애써 검을 독하게 쓰지 않은 것이란다. 복면여인을 죽이려면 죽일 수도 있었지만……."

"짐작은 하고 있었어요."

"아무튼 이 단천마검은 정말 놀랍더구나. 복면여인의 무공이 그리 녹록지 않았는데 단번에 그녀의 검을 잘라 버렸어."

"하늘이 아버지에게 선물한 검 같아요. 제가 봐도 딱 아버지의 검이에요."

"그렇게 보이느냐?"

타유가 검을 들어 눈앞에 세우며 물었다. 겉으로 보기에 타유의 손에 들린 단천마검은 평범한 검과 다를 바가 없다. 그러나 타유는 손을 통해 단천마검의 기운을 고스란히 느끼고 있었다. 그 기운이 그의 몸으로 들어오면 타유는 평소보다 몇 배의 힘을 낼 수 있을 것 같은 기분이 들었다.

"조심해야겠어. 공력을 절제없이 쓸 수도 있으니."

타유가 나직하게 중얼거렸다.

더 이상의 공격은 없었다. 모가장의 표행이 난주성에 이를 때까지 표사들은 긴장을 늦추지 않았지만 결국 복면인의 공격은 더 이상 이어지지 않았다.

난주성에 이른 모가장의 표행은 성에서 가장 큰 장원을 찾아들었다. 성주의 거처보다도 화려한 장원, 난주의 모든 것을 품고 있다는 장원, 바로 호금장이었다.

호금장을 눈앞에 두자 오랜만에 타유는 가슴이 뛰기 시작했다. 살수의 평정심으로도 뛰는 가슴을 진정시킬 수 없었다. 그런 타유의 마음을 읽었는지 청풍이 가만히 그의 손을 잡는다.

"결국 여기를 다시 왔구나."

타유가 나직하게 중얼거렸다.

"정말 그들을 만나보실 건가요?"

"그래야겠지."

타유가 묵묵히 고개를 끄덕였다.

"호불 부자를 베실 건가요?"

청풍이 조금은 걱정스런 표정으로 물었다. 그러자 타유가 한참 침묵을 지키다가 대답했다.

"청부가 너무 오래 걸렸어. 네 어머니는 이미 그 청부의 대가를 수십 년간 치렀는데 난 아직 네 어머니의 청부를 끝내지 못했구나. 그러니 지금이라도 끝낼밖에!"

타유의 대답에 이번에는 청풍이 침묵을 지켰다. 누구도 말릴 수 없는 일이라는 사실을 깨달은 것이다.

마차가 멈췄다.

선두에 선 모잠과 양광 앞에 호금장의 식솔들이 달려 나왔다. 그들은 이미 모가장의 방문을 알고 있었는지 두 사람을 무척 극진하게 대했다. 그리고 잠시 후 다시 한 떼의 사람이 모가장의 표행을 맞으러 나왔는데 그중 한 명이 타유의 눈에 익었다.

네 사람의 장정이 드는 가마에 앉은 노인, 백발이 성성한데 얼굴빛은 나쁘지 않다. 그러나 그의 사지는 몹시 불편해 보여 그가 장원 안에서도 두 발로 걷지 않고 가마를 타는 이유를 알 수 있었다. 호금장의 장주 호불이었다.

*　　*　　*

쩅쩅쩅!

쇠 두드리는 소리가 산을 울린다. 동해가 보이는 작은 산골 마을 화암골의 한 대장간에서 흘러나오는 소리다.

소리가 들려온 지도 벌써 수개월, 근방 제일의 대장장이라는 화암골 방남산의 대장간은 오늘도 쇠망치 소리로 아침을 시작했다.

온몸이 땀으로 범벅이 된 청년이 아이 머리만 한 망치로 두꺼운 쇠를 두드리고 있다. 바위라도 단번에 부숴 버릴 것 같은 망치질이지만 쇠에는 제대로 된 흠집 하나 남지 않는다. 청년이 한동안 망치질을 하다 지쳤는지 쇠를 불구덩이 속에 던져놓고는 큰 숨을 내쉬었다.

"휴우! 정말 대단한 놈이야. 이래 가지고서야 평생이 걸린들 검을 만들 수 있을까?"

청년이 마른 천을 들어 얼굴의 땀을 닦아냈다. 그때 청년의 뒤에 노인 방남산이 나타났다.

"벌써 지친 것이냐?"

"벌써라뇨? 새벽부터 한 시진을 넘게 두드렸는데."

"그런데도 모양은 별로 변한 것 같지 않은데?"

방남산의 말에 청년 강검산이 정색하며 물었다.

"정말 가능한 일일까요?"

"뭐가 말이냐?"

"저 녀석으로 검을 만드는 일 말입니다."

"어허! 벌써 그런 나약한 소리를 하느냐? 천하제일의 대장장이 방남산의 아들이 벌써 지쳤단 말이냐?"

"지쳤다기보다는 사람이 할 수 있는 일인가 싶어서 말이지요."

"사람이 할 수 없는 일을 너에게 시키겠느냐?"

"하지만 이렇게 해서는……."

강검산이 고개를 절레절레 흔들며 불구덩이 속에서 벌겋게 달궈지고 있는 쇳덩어리를 바라봤다. 그러자 방남산이 강검산의 어깨에 손을 올리며 물었다.

"신공의 성취는 어떠하냐?"

갑작스런 질문에 강검산이 고개를 돌려 방남산을 바라본다. 갑자기 왜 신공의 성취를 묻는지 궁금하다는 표정이다. 그러자 방남산이 불꽃이 이는 눈으로 불구덩이 속의 쇠를 보며 말했다.

"저 쇠가 검의 모양을 갖추려면 네게 전한 신공의 성취가 칠성은 넘어야 할 게다."

"검의 제련에 신공의 힘이 필요하단 말인가요?"

"그렇다. 그러나 신공이 일으키는 힘이 필요한 것이 아니라 그 기운이 필요한 것이다. 너에게 전수한 신공은 불의 힘을 다루는 신공이니 칠성의 경지를 넘어선다면 넌 저 쇠를 굳이 불에 달구지 않고도 제련해 나갈 수 있을 것이다."

방남산의 말에 강검산이 말했다.

"그럼 아직 멀었군요. 이제 겨우 오성을 넘었으니…… 일성을 높이는 데 걸리는 시간이 점점 길어지고 있어요. 이번에는 한 이삼 년 걸릴까?"

"그럴지도. 아무튼 그건 네 몫이고, 난 배가 고프구나."

방남산이 퉁명스레 말했다. 그러자 강검산이 벗어놓았던 적삼을 걸치며 말했다.

"제게 일할 때는 좀 손수 차려 드세요."

"싫다. 장성한 아들이 있는데 왜……."

"아이구, 알았어요. 금방 준비할게요."

강검산이 손을 내저으며 대장간을 나섰다. 그러자 방남산이 강검산이 듣지 못하게 중얼거렸다.

"네놈의 성취는 사실 놀라운 것이다. 화신밀공의 성취가 너처럼 빠른 화마경주는 지금껏 없었을 게다. 아쉬움이 들 정도야, 네 대에서 화마경의 역사를 끝내는 것이. 그러나 약속은 약속. 오경의 역사는 이제 끝내야 할 때다."

第二章 오래된 청부

수선경

　호금장은 이십 년 전과 마찬가지로 여전히 번성하고 있었다. 과거 타유에 의해 불탔던 흔적은 이십 년이 지난 지금은 찾아볼 수 없었다. 오히려 그 전보다 더 크고 웅장한 건물들이 들어서 있었고, 그 면적도 두어 배는 커져 있는 듯 보였다.

　그런데 다른 것도 있었다. 이 커다란 장원, 난주를 움직이는 이 호금장에서 호불 부자의 위치는 이십 년 전과 달랐다. 이미 난주에 오기 전부터 호불 부자의 비루한 처지를 듣지 못한 것은 아니었으나, 타유의 눈으로 직접 목격하고 확인한 호불 부자의 처지는 그야말로 몰락이라고밖에 표현할 수 없었다.

　호불의 사지가 불구가 된 것은 이미 널리 알려진 사실이었고, 호중자의 처지 역시 호불 못지않았다. 아니, 어떤 면에서는 호중자의 처지가 더욱 비참했다. 호불이야 명목상이나마 호금장의 주인으로서 여전히 존중을 받고 있었지만 호중자는 난주에서도 호금장에서도 완전히 잊힌 존재가 되어 있었던 것이다.

그들이 몰락한 이유는 하나였다. 그 이유가 그들의 몸이 타유의 점혈에 의해 불구가 된 것 때문은 아니었다. 그들의 처지가 비루하게 된 것은 호금장의 실질적인 주인 송자섭 때문이었다.

호금장의 모든 실권은 총관 송자섭에게 있었다. 본래 송자섭은 야심만만한 자였는데, 호불 부자가 건재할 때에는 그들에게 충성을 다하다가 그들이 위기에 처하자 외부의 고수 흑우저를 끌어들여 호금장의 실권을 장악한 것이다.

호불 부자로서는 온몸이 만신창이가 되었고, 또 이미 흑우저에게 구함을 받을 때 호금장의 재산 절반을 내어주겠다고 약속했으므로 흑우저를 앞세운 송자섭이 호금장의 실권을 야금야금 장악하는 것을 두고 볼 수밖에 없었다.

그동안 송자섭이 호금장을 장악하는 것을 반대한 사람이 없지는 않았다. 호불의 아우이자 과거 호금장의 일총관이었던 호광은 송자섭에게 호금장을 빼앗긴 것을 원통해하며 그를 제거하기 위한 계략을 꾸몄으나 결국 송자섭에게 탄로가 나 죽임을 당하고 말았다.

그렇게 호광까지 죽여 버리자 송자섭이 호금장을 차지하는 것을 반대하는 사람은 아무도 없었다. 오히려 살아남은 자들은 송자섭에게 호금장이라는 이름을 폐하고, 호불 부자를 죽인 후 송가장이나 혹은 다른 이름으로 간판을 바꿔 달자고 권하기도 했다. 그러나 송자섭은 마치 자신에게 대단한 의리라도 있는 양 호금장이라는 이름을 그대로 사용하면서 호불을 명목적인 장주로 내세우기를 고집했다.

그리하여 사람들은 겉으로는 송자섭이 주인을 배신하지 않는 의로운 사람이라고 치켜세우면서 속으로는 세상에서 가장 독한 사람이라고 경멸하면서 두려워하고 있었다.

그런데 그 송자섭에게도 두려운 존재가 있었다. 그건 바로 송자섭에게 호금장을 온전히 맡겨놓고 장원을 떠났다가 일 년에 한두 번씩 들러 막대한 금자를 가져가는 흑우저였다.

애초에 송자섭은 호금장을 장악한 후 흑우저마저 제거할 생각을 품었다. 그러나 그는 감히 흑우저를 도모하지는 못했는데, 그건 흑우저의 뒤에 그가 상상할 수 없는 거대한 세력이 도사리고 있다는 것을 알았기 때문이다.

"후후후, 결국 밀황류에서 단천마검을 얻지 못했다는 거지?"

흑의 장삼을 걸친 노인이 태사의 깊이 몸을 기댄 채 호금장의 실질적인 주인인 송자섭에게 말을 건네고 있었다.

"그렇습니다. 결국 자부 진인 등나는 단천마검을 개방에 넘긴 모양입니다. 개방에서는 극구 부인하고 있지만 당시 자부 진인이 몸을 뺀 것은 개방의 도움 때문이라고 하니 결국……."

"흐웅, 재미있게 되었군. 밀문이 아주 곤란하게 되었어. 가뜩이나 의천맹의 준동으로 강남의 정세가 어지러운데 단천마검을 얻지 못하고 오히려 의천맹에 넘겨주었으니 말이야."

노인이 음산한 웃음을 흘리며 말했다.

"의천맹이라면 본 문에게도 위협이 되는 자들이 아닙니까?"

송자섭이 조심스레 물었다. 그는 아마도 호금장의 총관 말고 다른 신분을 새로 가진 듯 보였다.

"물론 의천맹이 우리 흑룡문에도 골치 아픈 존재이기는 하지. 그러나 결국 그들을 직접 상대해야 하는 곳은 밀문이야. 우리야 한 다리 건너서지. 밀문이 의천맹과 싸우느라 세력을 소진하면 우리로서야 나쁠 것이 없지. 혼돈시가 얼마 남지 않았으니."

"혼돈시라 하시면……?"

송자섭이 처음 듣는 말인 듯 되물었다. 그러자 흑우저가 고개를 저으며 말했다.

"그대는 알 것 없다. 그대는 호금장의 일에만 신경 쓰도록 하라."

흑우저의 말에 송자섭이 얼른 고개를 숙인다.

"알겠습니다. 그리하겠습니다."

그러면서도 송자섭의 눈빛이 영활하게 반짝인다. 그러나 흑우저는 그런 송자섭의 눈빛을 보지 못한 채 다시 말을 이었다.

"다음 달 보름까지 금자 일만 냥을 준비하도록."

"금자 일만 냥이라시면……."

송자섭이 짐짓 곤란한 표정을 짓는다.

"어려운가?"

흑우저의 눈썹이 꿈틀거린다. 그러자 송자섭이 이내 고개를 저었다.

"아닙니다. 준비하겠습니다."

송자섭의 대답에 그제야 흑우저의 얼굴색이 본래대로 돌아왔다. 그러면서 송자섭을 달래듯 말했다.

"내 대업이 성취되는 날 그대의 노고를 잊지 않을 것이다. 문주께서도 항상 그대에게 고마운 마음을 갖고 계시지."

"황공할 따름입니다."

송자섭이 마치 황제의 교지라도 받은 듯 머리를 조아린다.

"대업의 성취를 위해서라면 호금장 정도는 버려도 된다. 천하가 우리의 손에 들어오는 날 그대의 손에 쥐어지는 광영은 호금장 따위와는 비교도 되지 않을 것이다."

"명심하겠습니다."

"모가장의 손님들을 잘 대접해서 보내도록. 단천마검을 손에 넣지 못했으니 기분이 몹시 상했을 거야. 허허허!"

흑우저가 오랜만에 기분 좋은 웃음을 흘린다.

"여부가 있겠습니까?"

송자섭이 흑우저를 따라 비릿한 미소를 지었다. 그러자 흑우저가 고개를 끄덕이며 나직한 목소리로 물었다.

"약은?"

"여기."

송자섭이 얼른 검은색 목함을 흑우저에게 건넸다. 그러자 흑우저가 목함을 건네받아 뚜껑을 열었다. 약간 비릿한 냄새가 목함에서 흘러나왔다. 그러나 흑우저는 역겨운 냄새에도 불구하고 목함에 든 물건을 자세히 살폈다.

"좋군."

"다른 때보다 훨씬 좋은 듯합니다."

"좋아, 이 정도면 몇 개월은 문제없겠군."

"최선을 다해 모아두겠습니다."

"고마우이. 이 일이 비밀인 것은 잊지 않고 있겠지?"

"여부가 있겠습니까?"

송자섭이 굳은 얼굴로 머리를 끄덕였다. 그러자 흑우저가 손을 내저으며 말했다.

"좋아, 그럼 이제 그만 물러가게. 쉬어야겠어."

흑우저의 말을 금세 알아들은 송자섭이 자리에서 일어났다. 그러고는 다시 한 번 고개를 숙이며 말했다.

"편히 쉬십시오."

"알겠네. 내일 보세."

흑우저의 대답을 들은 송자섭이 천천히 뒷걸음으로 흑우저의 면전에서 물러났다.

드르르!

송자섭이 방문을 닫자 흑우저가 다시 목함에 시선을 주었다. 그러고는 그 안에서 환약 한 알을 꺼내 입안에 넣었다.

"후우!"

흑우저가 환약을 삼키고는 깊은 숨을 내쉬었다. 그러면서 태사의에 눕듯이 등을 대고는 한 손으로 왼쪽 어깨, 빈 소매가 힘을 잃고 늘어져 있는 곳을 쓰다듬으며 중얼거렸다.

"얼른 대책을 찾아야 해. 내가 이렇게 약에 의지해 무공을 유지하고 있다는 것이 문주에게 알려지면 문주는 반드시 날 버리고 말 것이야."

송자섭이 살짝 열린 문틈으로 흑우저를 살피고 있다. 그의 눈에 경멸의 빛이 흐른다. 방에서는 약에 취한 흑우저가 태사의에 깊이 몸을 묻고 잠든 듯 눈을 감고 있었다. 그러나 그가 잠들지 않았다는 것을 송자섭은 알고 있었다. 수년 전 그가 잠든 줄 알고 들어갔다가 죽음 직전까지 이른 적이 있다.

흑우저는 자신이 약에 취한 모습을 누구에게도 보이고 싶어 하지 않았다. 약을 할 때 그를 방해하는 자들은 거의 모두 죽임을 당했다. 그러니 이렇게 몰래 그를 살펴보는 일도 위험천만한 일이다. 비록 약이 없이는 지금의 몸을 유지할 수 없는 흑우저이지만 무공만은 여전해서 송자섭이 도저히 감당할 수 없는 경지에 있었다.

송자섭이 조심스레 걸음을 옮겨 흑우저의 처소에서 완전히 벗어났다. 섬돌 아래로 내려선 송자섭이 시선을 돌려 흑우저의 처소를 노려본다.

"흥! 이 검은 돼지야, 너의 운명도 이제 얼마 남지 않았다. 그 약이 언제까지 널 지켜줄 수 있을 것 같으냐. 네가 약의 기운에 의지해 무공을 유지하고 있다는 것을 이미 흑룡문주께서도 알고 계신다. 그럼에도 널 그대로 두는 것은 네 능력을 뼛골까지 쓰실 생각이기 때문이지. 그러나 얼마 지나지 않아 그 약의 기운이 오히려 널 죽이게 될 것이다."

송자섭의 눈에 살기가 돈다.

"이제 얼마 남지 않았어. 후후후, 그때가 되면 내가 너의 자리에 있을 것이다. 나도 이 호금장에 만족하지 않아. 어리석은 놈. 그리고 보면 이십 년 전 상가 계집과 살수 놈이 나에겐 큰 복덩이나 다름없군. 호불을 병신으로 만들고 나에게 흑룡문이라는 단단한 동아줄을 내려주었으니까. 더군다나 흑우저 저자의 팔까지 잘라주었으니. 후후후, 세상지사 새옹지마라 하더니 이런 행운이 나에게 찾아올 줄이야. 하하하!"

송자섭이 조금 더 크게 웃음을 터뜨렸다. 그러고는 이내 자리를 떠났다.

"송자섭 저자는 제법 쓸모가 있겠군. 꼬리에 불을 붙이고 소굴로 들어가는 쥐새끼와 같이 쓰일 수도 있겠어. 그렇다면 생각을 바꿔야겠군. 송가가 아니라 흑가를 베어야겠어."

지붕 위에서 멀어지는 송자섭을 보고 있던 타유가 나직하게 중얼거리고는 이내 흑우저가 들어 있는 건물 안쪽으로 사라졌다.

흑우저는 여전히 눈을 감고 있었다. 송자섭이 건넨 약이 어떤 것인지는 알 수 없으나 사람의 정신을 혼미하게 만드는 것임은 분명했다.

　타유가 문틈으로 흑우저를 살폈다. 여전히 태사의에 앉아 미동이 없는 흑우저이다.

　기이한 일이다. 사람들의 이목을 꺼려하면서 번을 서는 호위무사 한 명 두지 않은 흑우저다. 하긴 이 건물은 호금장 내에서도 철저히 출입이 금지된 곳이니 굳이 호위무사를 둘 필요가 없었을지도 모른다. 오히려 호위무사의 존재가 흑우저에게 거슬릴 수도 있다. 물론 그것이 타유에게는 큰 도움이 되고 있었지만.

　타유가 슬쩍 문을 밀었다. 반 자 정도 문이 열리자 그의 몸이 빨려들어 가듯 방 안으로 들어갔다.

　흑우저는 여전히 미동도 없었다. 어쩌면 깊이 잠들었을 수도 있다. 타유가 그런 흑우저를 한동안 바라보다 천천히 그를 향해 다가갔다. 이제 타유와 흑우저의 거리는 일 장 안쪽으로 좁혀졌다.

　언제부터인지 눈을 감고 있는 흑우저와 그를 바라보고 있는 타유 사이에 팽팽한 긴장감이 흐르기 시작했다. 마치 서로 눈을 뜨고 상대를 노려보고 있는 것 같은 긴장감이다.

　타유가 천천히 검을 뽑았다. 단천마검이다. 누군가를 베기 위해 단천마검을 뽑는 것은 처음이다. 다른 검이 없는 것은 아니었으나 이 기이한 긴장감이 타유로 하여금 단천마검을 뽑게 만들었다.

　단천마검을 뽑아 들자 차가운 냉기가 그의 손을 통해 몸 안으로 들어온다. 검의 기운이다. 그러자 타유의 몸 안에 있던 본래의 진기가 단천마검의 기운과 뒤섞여 새로운 힘을 만들어 내기 시작했다.

타유가 천천히 검을 들어 올렸다. 단천마검의 기운이 더욱 짙어졌다. 그리고 막 타유가 흑우저의 목을 향해 단천마검을 내려치려는 순간 갑자기 흑우저의 손이 움직였다.

"놈!"

쐐액!

날카로운 파공음과 함께 흑우저가 타유의 명치를 향해 검을 뻗어냈다. 벼락처럼 급작스런 기습이었다. 보통의 경우라면 속절없이 목숨을 내놓아야 하는 상황. 그러나 타유는 마치 흑우저의 기습을 예상하고 있었다는 듯 들고 있던 단천마검을 내려쳤다.

땅!

날카로운 충돌음이 울려 나왔다. 단 한 번의 그 충돌음 뒤에는 다시 모든 것이 조용해졌다.

흑우저의 손에 들려 있는 검은 중간이 뎅경 부러져 있었다. 아니, 부러졌다기보다는 베어졌다는 것이 정확했다. 깨끗하게 잘려 나간 표면이 그걸 증명하고 있었다.

더불어 흑우저의 가슴에도 깊은 검흔이 남았다. 그의 검을 자르고 들어간 타유의 단천마검이 만든 상처였다.

"허어억!"

흑우저가 깊은 숨을 내쉬었다. 그러자 붉은 피가 그의 상처에서 흘러나왔다. 흑우저는 이미 반발한 의지를 잃고 있었다. 대신 그의 얼굴에 의구심이 드리운다.

"누가 보냈느냐?"

흑우저가 숨을 헐떡이며 물었다.

"당신 자신이, 그리고 내 아내가."

타유가 대답했다.

"그게… 무슨 소리냐? 문주나… 혹은 그 송가 놈이 보낸 게 아니고?"

"그를 의심하고 있었나?"

"흐흐흐, 뱀 같은 놈이지. 자신의 주인을 잡아먹고 사는… 그런 놈은 믿을 수가 없어."

흑우저도 이미 송자섭을 경계하고 있었던 듯싶다.

"그래서 약을 복용하면서 오히려 허점을 드러냈던 것이군. 그가 오기를 기다리며."

"놈을 벨 기회를 노리고 있었지."

"그를 통제하고 있지 않았나?"

"흐흐, 문주는 무서운 사람이야. 어느새 놈을 수중에 넣었더라고. 기회가 되면 날 제거할 생각이었지. 호금장이 내 손에 있으면 언제든 내가 문주 자리를 노릴 거라 생각했을 테니까."

흑우저의 말에 타유가 고개를 갸웃했다.

"이상한 문파군."

"흑룡문은 본래 그런 문파다. 양육강식의 법칙이 철저히 지켜지는 문파지. 물론 혈막오류 문파가 모두 그렇지만……."

"오류?"

"혈막이라고 들어봤나?"

"혈막?"

타유가 다시 되물었다. 그러자 흑우저가 죽어가는 몸을 뒤척이며 말했다.

"이제 보니 강호사에 깊이 관여한 자가 아니었군. 그렇다면 개인적인 원한이 있다는 말인데, 설명해 봐. 나와 어떤 악연을 맺었지?"

"혈막이 뭐지?"

타유가 여전히 질문을 던졌다. 그러자 흑우저가 고개를 저었다.

"내 질문에 먼저 대답을 해. 그래야 내 대답을 들을 수 있을 거야. 나야… 이미 죽은 목숨이니 아쉬울 것도 없고."

흑우저의 말에 타유가 서슴없이 오래전에 잘린 흑우저의 왼쪽 팔소매를 잡아챘다.

"이 팔을 자른 사람."

순간 흑우저의 눈이 커졌다. 죽어가던 그의 눈에 다시 생기가 도는 듯했다. 흑우저가 자세히 타유의 얼굴을 살폈다. 그러나 그의 머리는 타유를 기억해 내지 못했다.

"정말 그때 그놈인가?"

흑우저가 물었다.

"그렇다니까. 이제 대답해 봐. 혈막이 뭐지?"

"흐흐흐, 이런 망할 놈을 보았나? 내 팔을 베어 이십 년 동안 날 고생시켜 놓고 거기에 더해 이젠 날 죽게 만든 놈이 내게 입을 열라니, 참으로 고약한 욕심을 가진 놈이로구나."

"난 아내를 잃었어."

"뭐?'

"그때 당신이 우리 일에 관여하는 바람에 아낸 깊은 병을 얻었지. 그리고 결국 죽고 말았어. 애초에 악연을 시작한 쪽은 내가 아니라 그대다. 그대가 호불을 구하러 오지만 않았어도 우린 이렇게 만날 일이 없겠지. 그러니 억울해할 일이 아니야. 그대 스스로 만든 악연이다."

타유의 차가운 말에 흑우저가 천천히 고개를 끄덕였다.

"그리 본다면 그렇지. 호금장을 욕심내던 찰나에 송가의 청을 듣고 일을 꾸몄으니까. 호금장을 손에 넣으면 정말 많을 것을 얻을 수 있었기 때문이지. 그런데 오히려 그 호금장을 얻으려다 너에게 한 팔을 잃고 말았지. 그리하여 나는 새로 무공을 수련해야 했다. 그리고 이제야 한 팔이 없는 약점을 극복하고 예전의 경지를 벗어나 문주와 한판 승부를 보려 하는 차였는데, 끌끌, 우리가 악연은 악연인 모양이야."

흑우저의 말에 타유가 잠시 그를 바라보다가 물었다.

"그럼 약을 쓰는 것은 눈속임이었군."

"알아챘군. 문주의 경계심을 늦출 필요가 있었어. 내가 호금장을 장악한 이후 문주의 눈초리는 사나워졌지. 그래서 한 팔을 잃어 예전과 달리 나약해졌다는 것을 보여줄 필요가 있었지. 일이 거의 성공했는데."

흑우저가 아쉬운 빛을 보였다. 그사이에도 피는 계속 흘러나와 흑우저의 안색은 점점 창백해지고 있었다.

"혈막이 뭐지?"

타유가 그가 죽기 전에 들어야겠다는 듯 급히 물었다.

"혈막, 무서운 이름이지. 세상은 모르지만 그 이름이 지난 이백여 년 간 무림은 물론 천하를 지배했다. 원 왕조 역시 혈막의 그늘에서 자유롭지 못하다."

그러자 타유가 놀란 표정으로 물었다.

"어떻게 그런 세력이 세상에 알려지지 않았지?"

"어둠 속에 있는 것이 세상을 움직이는 데 좀 더 유리했으니까. 혈막의 존재가 천하에 알려졌다면 아마도 천하의 무림인들이 힘을 모아 그들을 상대하려 했을 거야. 그건 잘해야 양패구상. 혈막이 원하는 바가 아니었지. 그들은 자신들을 드러내는 대신 어둠 속에서 무림을, 천하를 움직여 왔다. 그런데 최근들어 그 혈막이 변하고 있다. 혈막의 강자들이 세상에 자신을 드러내려 하고 있어. 그리하여 나에게도 기회가 올 것 같았는데, 쿨럭! 재수없게 네놈을 만난 거지."

흑우저가 한 모금 피를 토해냈다.

"혈막오류라고 했는데 오류는 또 무엇인가?"

"제길! 정말 날강도가 따로 없군. 죽어가는 사람에게 밑천을 드러내라니. 하지만 좋아. 말해주지. 네놈이 얼마나 엄청난 곳을 건드렸는지 알려주마. 천마성과 혈마천, 살막과 밀문, 그리고 독곡 이 다섯이 혈막의 오류다. 네가 상대해야 할 곳이 바로 이런 곳이다. 내가 속한 흑룡문은 그중 하나인 살막의 한 가지이지. 과연 이러한 혈막을 감당할 수 있겠느냐?'

흑우저가 비웃듯 물었다. 한순간 타유는 아득해지는 느낌을 받았다. 흑우저가 입에 올린 다섯 세력 중 세 곳은 타유도 아는 곳이다. 그런데 그들 셋이 하나의 끈으로 연결되어 있을 거라고는 전혀 예상치 못한 타유였다.

"그 다섯이 하나인가?"

타유가 급히 물었다. 그러자 흑우저가 숨을 헐떡이며 대답했다.

"물론 하나는 아니지. 그러나 또한 하나이기도 하다. 그들은 경쟁을 하면서도 협력하고 협력하면서도 상쟁한다. 그 끈이 끊어지지 않는 한 천하는 영원히 혈막오류의 그늘에 있게될 것이다. 아쉬운 일이야. 혈막은 몰라도 살막의 주인이 될 기회는 충분히 있었는데… 끄윽!"

흑우저가 긴 숨을 들이마셨다. 그러나 그 숨은 그의 목을 넘어가다 이내 도로 뱉어졌다. 더 이상 숨을 쉴 힘이 흑우저에게는 없었던 것이다.

"흐흐, 내가 왜 네게 이런 이야기를 해주는지 아느냐?"

"……?"

생각해 보면 이상한 일이다. 흑우저에게 타유는 원수다. 그런데 그는 타유에게 세상에 알려지지 않은 비밀의 세력 혈막오류에 대해 많은 것을 전해주고 있다. 이유가 없을 수 없다.

"화가 나, 도달하지 못한 꿈에 대해. 그리하여 깨뜨려 버리고 싶다. 날 이 지경으로 만든 것들과 인간들에 대해. 넌 결국 혈막에 도전하게 될 거다. 너와 같은 눈빛을 가진 자는 결코 복수를 멈추지 못해. 도망치려 해도 결국에는 다시 돌아와 혈막에 도전하게 되겠지."

흑우저의 눈에서 빠르게 생기가 사라진다. 그러면서도 그는 말을 이었다.

"그러나 넌 결코 네 복수를 완성할 수 없을 것이다. 너 따위 한 놈 날뛴다고 흔들릴 혈막이 아니니까. 넌 그저 횃불을 보고 달려드는 하루살이에 지나지 않는다. 흐흐흐, 이것이 네놈에 대한 나의 복수다. 넌 결코 이루어질 수 없는 복수에 네 평생을 던지게 될 거다. 그러다 결국 혈막의 그 거대한 피의 바다에 빠져 죽겠지. 흐흐흐, 그러나 네가 최소한 흑룡문주 정도는 죽여줬으면 좋겠군. 사실 그가 실질적인 너의 원수라고 할 수 있어. 호금장의 일에 관여하란 명을 내린 것이 결국 그니까 말이야. 부탁인데, 문주 정도는 죽여줘. 그래야 나도 저승에서나마 약간의 보람을 느끼지. 후욱! 커컥!"

흑우저가 다시 숨을 몰아쉬다 사래가 걸린 듯 칵칵거린다.

"혼돈시… 혼돈시를 다시 한 번 경험하고 싶었는데……."

흑우저가 이제는 혼잣말로 중얼거렸다. 그리고 그것이 그가 남긴 마지막 말이었다.

"혼돈시는 또 뭐냐?"

타유가 재빨리 흑우저의 잡아 들었다. 그러나 이미 흑우저의 숨은 끊어져 있었다.

"제길! 이게 무슨……!"

타유가 욕지거리를 흘렸다. 마치 자신이 빠져나올 수 없는 수렁에 빠진 느낌이다. 흑우저의 목숨을 빼앗는 대신 그가 쳐놓은 함정에 빠진 것 같다.

그리고 그제야 타유는 중요한 사실 하나를 깨달았다. 정작 묻고 싶었던 것, 흑룡문에 몸담고 있다는 천살문주 홍암에 대해서는 한마디도 묻지 못한 것이다.

흑우저 정도의 고수라면 필시 홍암의 행적을 세세하게 알고 있을 것이다.

"음!"

타유가 침음성을 흘리며 가만히 숨을 골랐다. 애써 숨을 고르자 심장이 느려지고 그의 마음도 차분해졌다. 그의 시선이 다시 냉정하게 흑우저의 시신을 바라봤다. 그러고는 한마디를 던졌다.

"당신 말대로 난 그들에게로 향하겠지. 그러나… 그들이 신이 아닌 이상 나에게도 가능성은 있어. 왠지 난 당신이 말한 그 혈막이라는 곳이 그렇게 두렵게 느껴지지 않아. 물론 허황되게 들릴지도 모르겠지만… 더군다나 밀문이 있고, 또한 천살문의 문주가 있는 곳이니 언젠가는……."

타유가 신형을 돌렸다. 그러고는 들어갈 때와 마찬가지로 아무런 흔적을 남기지 않고 흑우저의 방을 빠져나왔다.

아침부터 분주하게 움직이는 사람들 소리가 들린다. 타유

등이 묵고 있는 방문 밖에서도 호금장의 식솔들이 어두운 낯빛으로 소리 낮춰 나누는 이야기들이 들려왔다.

모잠과 양광 역시 어두운 표정이긴 마찬가지였다. 타유와 청풍은 모가장 사람들과 함께 지내고 있었기에 하룻밤 사이에 변한 그들의 분위기를 쉽게 눈치챌 수 있었다. 그리고 물론 타유는 그 이유도 알고 있었다.

적어도 모잠과 양광 정도의 지위에 있는 사람이라면 지난밤 암중에 호금장을 움직이는 고수 흑우저가 죽었다는 것을 전해 들었을 것이다.

"효과가 있는 것 같은데요?"

청풍이 말했다. 그러자 타유가 고개를 끄덕였다.

"우리가 선택할 수 있는 수단 중 가장 강한 수였다."

"표정이 밝지 않으세요."

타유의 대답을 들으며 청풍이 걱정스레 말했다. 그러자 타유가 고개를 끄덕였다.

"걱정이 없지 않구나."

"혈막이라는 세력 때문에요?"

청풍은 지난밤 타유로부터 흑우저가 말한 이야기를 전해 들었다. 그 또한 밀문과 흑룡문 뒤에 그토록 거대한 세력이 도사리고 있다는 것을 전해 듣는 순간 막막한 벽을 만난 것 같은 느낌이 들었다.

"그들 때문이라고는 해도… 결국은 너 때문이다."

타유가 청풍을 보며 말했다.

"저 때문이라뇨?"

청풍이 의아한 표정으로 되물었다.

"나 혼자라면 죽음인들 무서울 게 있겠느냐? 아내도 친구도 모두 저승에서 날 기다리고 있는데. 그런데 너는……."

그제야 청풍이 타유의 마음을 읽었다. 그는 자신을 걱정하고 있는 것이다. 복수의 길에 뛰어든 청풍이 혈막이라는 거대한 세력에 부딪쳐 산산이 부서져 버릴까 봐 그걸 걱정하고 있는 타유였다.

"제 걱정은 마세요."

청풍이 안심시키듯 말했다. 그러자 타유가 정색한 표정으로 말했다.

"지금이라도 이 일은 내게 맡기고 넌 고려로 가는 것이 어떻겠느냐?"

"고려요?"

"그래. 이곳의 일은 내게 맡겨두고 넌……."

"그런 말씀 마세요. 이 일은 제 일이에요. 아시잖아요?"

청풍이 단호하게 말했다. 그 말 한마디에 타유는 더 이상 청풍에게 고려로 갈 것을 권하지 못했다. 이 일이 자신보다는 청풍의 일이라는 것은 그 자신이 더 잘 알고 있다. 금석촌을 멸문시킨 모가장과 밀문을 상대하는 것이 청풍에게 주어진 운명이다. 그 운명을 타유에게 맡기고 떠날 청풍이 아니다.

청풍은 커가면서 점점 청담의 성정을 닮아가고 있었다. 과거 청담은 말이 없고 조용한 성품이면서도 일단 자신이 할 일을 결정하면 한 걸음 물러남이 없는 과단한 성정의 사람이었다. 그 성정에 타유가 매료되기도 했는데 청풍은 그런 청담과 비슷한 면이 많았다.

평소 청풍은 타유에게 온순한 아들이었지만 고집을 피우기 시작하면 타유도 상목혜도 그의 고집을 꺾을 수 없었다.

"알겠다. 나도 네가 고려로 가리라고는 생각지 않았다. 단지… 상대해야 할 자들이 너무 큰 적이라……."

"방법이 있을 거예요. 일단 밀문에 들어가 보면……."

"그래, 한번 방법을 찾아보자꾸나. 그러자면 몇 명을 더 손봐줘야겠군."

타유가 단천마검을 들어 올리며 말했다.

"이번에는 저도 가요."

"나 혼자 간다."

"아버지에게 위험한 일을 모두 맡겨둘 수는 없어요."

"네가 함께 가는 것이 더 위험하다."

"설마 아직 절 어리게 보시는 거예요?"

청풍이 서운한 표정으로 물었다.

"그런 것이 아니다. 우리가 함께 거처를 비우면 만약의 경우 대응할 수 없기 때문이다. 한순간이라도 의심을 받아서는 제대로 모가장에 들어갈 수 없다."

타유의 말에 청풍이 그제야 고개를 끄덕인다.

"알겠어요, 무슨 말씀인지."

그때 멀리서 양광의 목소리가 들려왔다.

"모두들 경계를 철저히 하도록 하라! 혼자 움직이는 일이 없도록 하고!"

"예, 어르신!"

모가장 표사들의 목소리도 연이어 들려왔다.

호금장에 다시 밤이 찾아왔다. 타유는 어김없이 밤이슬을 맞으며 호금장의 한 건물 지붕 위로 올랐다.

"목혜, 오늘은 그대의 청부를 완수하도록 하겠소."

타유가 서럽게 뜬 초승달을 보며 중얼거렸다. 그는 오늘 호불과 호중자 부자를 만날 생각이다. 그들을 상목혜의 곁으로 보내는 것으로 오래전 상목혜가 했던 청부를 끝내려는 타유였다. 타유가 한순간 그 자리에서 꺼지듯 사라졌다.

"아버지, 괜찮을까요?"

그의 모습은 비참하기 이를 데 없었다. 몸은 조금 오른쪽으로 틀려 있고, 얼굴 역시 한쪽으로 쏠려 있다. 사지 중 움직일수 있는 것은 한 팔밖에 없는 듯 보였다.

"일의 성패를 생각할 때가 아니다."

"하지만……."

"흑가 놈이 죽었어. 그놈이 죽은 지금이 호금장을 되찾을 절호의 기회다."

말을 하는 자는 호금장의 장주 호불이다. 그 역시 오래 걸음을 걸을 수 없는 몸이었지만 그래도 호중자보다는 사정이 좋아서 서탁을 앞에 두고 꼿꼿이 앉아 있었다.

"사람들이 우리 말을 들을까요?"

호중자가 걱정스런 눈빛으로 물었다. 그러자 호불이 고개를 끄덕였다.

"그럴 게다."

"하지만 이미 그들은……."

"송자섭의 사람이 되었다고? 후후, 그렇지가 않다. 사람의 심리란 기이해서 아무리 원망스런 주인이라도 그 주인에게는 버릇처럼 복종한다. 하지만 그 주인을 함께 모시던 자에게 복종하는 사람은 드물지. 아무리 상대가 귀한 신분이 되었다고 해도 예전의 기억을 지울 수가 없거든. 지금 호금장의 사람들이 송자섭에게 복종하고 있는 이유는 바로 흑우저 때문이다. 송자섭이 제법 머리를 잘 굴린다고 해도 그의 상술이나 무공이 본 장의 사람들을 마음으로 복종시킬 만한 것은 아니지. 그러니 흑우저가 죽은 이상 본 장의 수뇌들은 결코 그를 두려워하지 않을 것이다."

"그러나 그의 뒤에는 흑룡문이 있습니다."

"그도 걱정할 바가 못 된다. 이는 친구는 멀고 적은 가까운 이치다. 흑룡문이 흑우저를 대신할 사람을 보내기 전에 송자섭을 죽이면 된다."

"나중에 흑룡문의 보복이 있지 않을까요?"

"사람은 이득에 따라 움직인다. 흑룡문이 우리 호금장을 필요로 하는 이유는 본 장의 막대한 금력 때문이다. 내가 송자섭을 죽이고 놈이 흑룡문에 바치던 금자보다 더 많은 금자를 바치겠다고 하면 흑룡문으로선 아쉬울 것이 없지. 송자섭이 본래 흑룡문 사람도 아니고 말이다."

호불의 말에 호중자가 그제야 안도한 표정을 지으며 말했다.

"아버님의 말씀을 듣고 보니 과연 그렇군요. 휴, 하루빨리 이 처지에서 벗어났으면 좋겠어요."

"걱정 말거라. 호금장을 다시 찾게 되면 내 천하의 의원과 영약을 동원해 네 몸을 고쳐줄 테니까. 우리 몸이 이렇게 된 것은 이십 년 전 그 망할 놈의 살수가 혈도를 막아놓았기 때문이다. 그런데 내가 은밀히 알아보니 이 경우 무공이 절대 지경에 오른 고수가 자신의 진기로 막힌 혈도를 뚫거나 혹은 천고의 영약을 복용하면 막혔던 혈도가 뚫려 몸이 정상으로 돌아올 수도 있다고 하더구나. 그런데 지금까지 송자섭 그놈이 일부러 우리를 치료하지 않은 것이지."

"죽일 놈!"

호중자가 이를 갈아댄다.

"놈을 제압하고 흑룡문의 인정을 받은 후 몸을 회복하면 우린 어쩌면 더 큰 기회를 얻을 수도 있어. 내가 그동안 알아본 바에 의하면 흑룡문 뒤에는 또 다른 거대한 세력이 자리 잡고 있다더구나. 그 세력과 손을 잡을 수만 있다면 우린 난주가 아니라 천하의 거상이 될 수도 있다. 그리되면 지난 이십 년간의 수모가 한순간에 보상될 것이다."

호불의 눈이 새로운 야망으로 번쩍였다. 호중자도 아버지의 야망이 전염되어 축 처져 있던 그의 얼굴에 생기가 돌았다.

그런데 그때였다. 갑자기 호불의 뒤에 검은 그림자가 생겨나는가 싶더니 이내 호불이 석상처럼 굳었다.

"누, 누구냐?"

눈앞에서 아버지가 돌처럼 굳어가는 것을 본 호중자가 놀라 소리쳤다. 그러자 그림자의 주인이 바람처럼 호중자 앞으로 다가들더니 그의 아혈을 짚었다.

불청객에게 아혈을 제압당한 호중자가 두려운 눈으로 자신 부자를 제압한 사내를 바라봤다. 그러자 사내가 호불과 호중자 사이에 있던 촛불 앞에 얼굴을 들이밀었다.

"날 기억하느냐?"

촛불 아래 얼굴을 드러낸 타유가 호중자에게 물었다. 호중자가 그런 타유를 겁에 질린 눈으로 유심히 살피다 어디서 보았는지 기억이 나지 않는 듯 고개를 저었다.

"하긴 워낙 짧게 보았으니."

타유가 고개를 끄덕였다. 타유가 신형을 돌려 호불을 의자에 앉힌 채로 들어 올려 호중자의 곁으로 옮겼다. 그러고는 촛불을 그들 부자의 앞으로 가까이 가져간 후 입을 열었다.

"이십 년 만에 청부를 끝내려 찾아왔다."

타유의 말에 호중자는 어리둥절한 표정을 지었지만 호불은 타유가 말한 의미를 금세 알아챘다. 그의 얼굴이 흙처럼 검게 변했다.

"역시 대 호금장의 장주답군. 날 기억해 낸 것이지?"

타유가 호불에게 묻자 호불이 얼른 고개를 끄덕였다.

"그럼… 당신이 죽어야 하는 이유도 알겠지?"

타유가 물었다. 그러자 이번에는 호불이 고개를 가로저었다.

"죽을 이유가 없다고?"

타유의 물음에 호불이 다시 고개를 저었다.

"아, 죽을죄를 짓기는 했는데 죽고 싶지는 않다는 거군."

타유의 말에 호불이 얼른 고개를 끄덕인다.

"하, 참으로 고약한 인사군. 어떻게 세상을 자기 편한 대로 살려고 하지? 이것 봐. 당신이 지금까지 살아 있는 것도 내 아내, 상가장의 외동딸이었던 내 아내가 당신의 비루한 삶을 보고 그쯤에서 복수를 그만두고자 했기 때문이야. 그 덕에 당신은 이십 년을 더 살았지. 하지만 이젠 달라. 내 아내가 그때의 일로 인해 병을 얻어 죽었거든. 그러니 이젠 당신도 죽을 때가 된 거야. 저승에 가거든 부디 상가장의 원혼들에게 진심으로 잘못을 빌도록 해. 그 이유로 고통없이 보내주는 거니까."

타유의 손이 그의 머리 위로 향했다.

"큭!"

호불의 입에서 나직한 신음성이 토해지더니 이내 숨이 멈췄다. 타유의 약속대로 고통은 없었다. 그러나 고통이 없다고 죽음의 공포도 없는 것은 아니다. 호중자가 부들부들 떨며 소피를 지린다.

"넌 네 아비의 반도 닮지 않았구나."

말과 함께 타유의 검이 움직였다.

팟!

호중자의 목에서 피가 솟구쳤다. 그리고 이미 장내에 타유의 신형은 없었다.

"잠시 뵙자 하십니다."

모가장의 표사 하나가 와서 타유에게 모잠의 말을 전했다. 그러자 타유가 무심한 표정으로 되물었다.

"무슨 일로?"

"어젯밤에 일어난 혈사에 대해 대공자께서 대협께 자문을 구하고자 하시는 것 같습니다."

"어젯밤 일?"

"그렇습니다. 어젯밤 호금장의 장주인 호불과 그 아들 호중자가 흉수에게 죽임을 당했습니다."

"그런 일이? 음, 그제도 호금장의 중요한 사람이 죽었다고 하던데."

"그렇습니다. 연이틀 살인이 일어나니 우리 모가장으로서도 대비를 하지 않을 수 없는 상황입니다. 해서……."

"알겠소. 곧 대공자를 뵈러 가겠소."

"그리 전하겠습니다. 그럼."

모가장의 표사가 공손이 고개를 숙여 보이고는 자리를 떴다. 그러자 청풍이 타유를 보며 물었다.

"이제 된 건가요?"

"아니, 아직은 아니다."

"모잠이 아버지를 찾는다는 것은 도움을 청하려 함이 아닐까요?"

"그렇겠지. 그러나 지금은 절실함에서 날 찾는 것이 아니다. 그저 준비를 해두자는 것 정도일 게다. 그가 좀 더 절박하게 날 필요로 해야 해. 그러자면 한 사람의 목숨이 더 필요하다."

"누굴……?"

"양광을 벤다."

"일객 양광을요?"

청풍이 조금 놀란 표정으로 물었다. 일객 양광은 두 사람에게 제법 도움이 될 수 있는 사람이다.

"그를 베면 모잠은 더 이상 이 호금장에 머물지 못할 것이다. 서둘러 모가장으로 돌아가려 하겠지. 그러나 오는 길에 흉수를 만났기에 양광 없이 선뜻 사천으로 돌아가기도 쉽지 않을 것이다."

"결국 우리를 찾겠군요."

"그렇게 될 것이다. 그렇게 되면 우린 자연스럽게 모가장에 들어갈 수 있다. 그것도 양광의 지위를 이어받을 정도의 사람이 되어서."

타유와 청풍이 모잠을 찾았을 때 모잠의 처소에는 양광을 비롯해 이번 표행에 참가한 표사들의 우두머리들이 모두 모여 있었다. 그들은 하나같이 근심이 가득한 표정이었는데, 타유와 청풍이 장내에 들어서자 조금 그 안색이 풀렸다.

"어서 오십시오, 우 대협!"

모잠이 다른 때보다도 더 친밀하게 타유를 맞이했다.

"장원이 시끄럽더구려."

타유가 말했다. 그러자 모잠이 얼른 고개를 끄덕인다.

"그렇소이다. 그래서 이렇게 우 대협을 모셨소."

"모가장은 어쩌실 생각이시오?"

타유가 물었다. 본래 시끄러운 곳은 일찍 벗어나는 것이 상책이다. 그런데 타유는 장내에 들어서면서 이상한 기운을 느꼈다. 모가장의 표사 중 일부의 눈에서 탐욕의 빛을 본 것이다. 그건 곧 주인이 죽은 호금장에 대해 모가장의 일부가 욕심을 내고 있다는 말이다.

사람의 욕심은 끝이 없다. 옆에서 사람이 죽어나가도 눈앞의 재물에서 눈길을 거두지 못하는 게 사람이다.

"우리도 행보를 정하지 못하고 있소이다."

"혈사가 일어난 곳은 흉지라고 했소이다. 하루빨리 떠나는 것이 좋지 않겠소이까?"

타유가 은근한 어조로 말했다. 그러자 모잠이 살짝 실망한 기색을 보이다가 이내 무거운 음성으로 말했다.

"물론 그렇기는 하오. 그러나 모가장과 호금장은 비록 멀리 떨어져 있으나 제법 깊은 인연으로 이어져 있소이다. 그러니 호금장의 어려움을 나 몰라라 하고 떠나는 것도 도리가 아닌 듯하여……."

모잠이 말꼬리를 흐린다. 그러나 모잠이 어디 도리를 찾을 사람인가. 모잠 역시 주인이 사라진 호금장을 욕심내고 있음이 분명했다.

"그럼 이곳에 계속 남아 있겠다는 것이오?"

"흉수를 잡고 호금장이 안정을 찾을 때까지는 도와줘야 하는 것이 아닌지 생각하고 있소이다. 그래서 우 대협의 도움이 필요하오."

"내 도움이 필요하다면 나에게 흉수를 잡아달라는 말이오?"

"그것이 아니라 우 대협께서 당분간 이곳에 우리와 함께 머물러 주십사 하는 것이오. 이 흉수들의 움직임이 워낙 기괴해서 솔직히 우리도 걱정이 많소이다. 물론 아직 우릴 공격한 것은 아니지만……."

"얼마나 머물 생각이시오?"

"호 장주가 죽었으니 이제 호금장은 새로운 주인을 정해야 할 것이오. 그 주인이 정해질 때까지는……."

끝내 스스로 주인이 되고 싶다는 말은 하지 않는 모잠이다. 그 속내를 읽으며 타유가 잠시 고민을 하는 듯하다가 입을 열었다.

"좋소이다. 기왕에 모가장을 도왔으니 이곳의 일이 마무리될 때까지 머물겠소."

"아, 정말이시오?"

"내가 허언을 하는 사람은 아니오."

"고맙소. 내 진정 우 대협의 은혜를 잊지 않겠소."

"음, 그야 뭐… 대가를 바라고 하는 일은 아니니까 괘념치 마시오. 다만 한 가지 부탁이 있소."

"말씀해 보시구려."

모잠이 못 들어줄 것이 없다는 듯 대답했다.

"말 두 필을 오늘 하루 내어주시면 고맙겠소이다. 잠시 다녀올 곳이 있어서……."

"오늘 중으로 돌아오시는 것이오?"

모잠이 걱정스레 물었다. 그러자 타유가 고개를 끄덕였다.

"그래서 말이 필요한 것이오. 이곳을 오래 떠나 있을 수 없으니."

"알겠소이다. 내 좋은 놈으로 구해드리리다. 일객께서 말을 좀 구해주시지요."

모잠이 양광을 보며 말했다. 그러자 양광이 가볍게 한숨을 내쉬고는 고개를 끄덕였다.

"알겠습니다. 그리하지요. 하지만 대공자, 한 번 더 고심을 해주시기 바랍니다. 이곳에 머무는 것은… 위험한 일입니다."

"아아, 알겠습니다. 내 오늘 밤 하루 더 생각을 해보지요."

대답은 그리하지만 모잠의 얼굴에선 절대 호금장을 포기할 수 없다는 오기가 느껴졌다. 그걸 모를 리 없는 양광이 다시 한 번 길게 한숨을 내쉬었다.

두 필의 말이 바람처럼 관도를 달리다가 한순간 방향을 틀어 산길을 타고 오르기 시작했다. 그리고 다시 이각 정도가 지나자 이제 산길도 끊어져 더 이상 말을 몰 수 없는 지경에 처했다.

　"이곳부터는 걸어야 한다."

　타유가 말에서 내리며 말했다. 그러자 청풍도 얼른 말에서 뛰어내렸다. 두 사람은 곧게 자란 소나무 기둥에 말고삐를 묶어놓고는 숲을 헤치며 산을 오르기 시작했다.

　그렇게 일각 정도를 오르자 수풀이 무성한 봉분이 눈에 들어온다. 오랫동안 손보지 않아 이제는 무덤이라고 할 수도 없는 봉분이다. 봉분의 높이가 거의 땅과 맞닿아 있어 이곳이 본래 무덤인 것을 아는 사람이 아니라면 절대 무덤이라고 생각할 수 없는 장소였다.

　"이곳인가요?"

　청풍이 물었다.

　"오냐. 이곳이 옛 상가장의 식솔이 묻힌 곳이다. 오랫동안 돌보지 않아 숲이 되어버렸구나."

　타유가 탄식을 흘린다.

　"어쩔 수 없는 일이지요. 이해하실 거예요."

　"그래주시면 고맙고. 아무튼 이제 호불 부자를 죽여 상가장의 멸문에 대한 원한을 풀었으니 그 일은 고해야지."

　타유가 가져온 보따리에서 술병을 꺼내 들었다. 그러고는 투박한 잔 서너 개를 꺼내 하나는 중앙의 봉분에, 다른 것들은 흔적만 남은 작은 흙더미 위에 나누어 놓고 술을 부었다.

"절을 올리거라."

술을 붓고 나자 타유가 청풍에게 말했다. 그러자 청풍이 봉분들을 향해 큰절을 했다. 타유 역시 느리게 절을 두 번 올리고는 술잔을 들어 봉분에 부으며 말했다.

"목혜를 지켜주지 못해 죄송합니다. 그래도 사는 동안 행복했을 거라 생각하니 장인어른 뵐 용기가 나더군요. 상가장의 일은 모두 끝냈습니다. 부디 이젠 이승의 원한을 잊고 편히 계시기 바랍니다. 그리고… 이 아이 청풍은 비록 목혜가 낳지는 않았지만 우리 두 사람의 친아들과 다름없는 아이입니다. 이 아이의 앞날을 축복해 주십시오."

무뚝뚝하지만 진심 어린 타유의 말에 청풍이 가만히 타유를 바라본다. 타유가 아니었다면 청풍은 금석촌이 멸망하던 그날의 악몽을 이겨내지 못했을 것이다.

이 강한 사내 타유는 청풍이 그 악몽을 이겨내고 검을 들어 그 일을 일으킨 적과 싸울 수 있는 힘과 용기를 심어주었다. 어쩌면 죽은 청담이 그를 타유에게 인도한 것인지도 모른다.

"다시 오랫동안 오지 못할 것입니다."

타유의 말이 이어진다.

"다시 왔을 때 봉분을 손보겠습니다. 지금은 여전히 그들의 눈을 조심할 수밖에 없으니 이대로 돌아가도록 하겠습니다."

타유는 사실 상가장주 상섭유의 무덤을 찾아오는 것을 한동안 망설였다. 이유는 단 하나, 우연이라도 이곳에 흔적을 남겼다가가는 다시 천살문주 홍암의 추격을 받을까 걱정이 되었기 때문이다. 이십 년이 지나도 홍암에 대한 두려움은 여전히 남아 있었다. 그러나 호불과 호중자를 죽이고서는 이곳을 찾아보지 않을 수 없었다.

"천살문주를 찾는 것은 뒤로 미루시는 건가요?"

청풍이 물었다.

"밀문의 일이 먼저다. 그와는 뭐……."

사실 천살문주 홍암과는 죽음으로 갚아야 할 빚이 있는 것은 아니다. 고려에서 자신을 배신한 것, 그리고 이십 년 전 이곳 난주에서 자신을 죽이려 하기는 했지만.

"그가 흑룡문에 있다고 했나요?"

"그랬지."

"그럼 호금장에 올 수도 있겠군요."

"어쩌면 그럴 수도 있다."

타유가 고개를 끄덕였다.

"조심해야겠네요."

"그래서 하루빨리 호금장을 떠나야 하는 것이다. 그가 부리는 자들 중 내 얼굴을 알아볼 자가 여럿 있어. 호금장뿐 아니라 난주에서도 조심해야 한다."

"그럼 오늘 양광을 베실 건가요?"

청풍의 물음에 타유가 고개를 끄덕였다.

"오늘 그를 베면 아무리 욕심이 많은 모잠이라도 이곳을 떠나지 않을 수 없을 게다. 목숨보다 소중한 것은 없으니까. 늦어도 이틀 뒤에는 이곳을 떠나게 될 거야."

밤이 되자 호금장은 낮보다 환해졌다. 흉수가 연 이틀 사람을 죽이자 호금장 사람들은 밤을 두려워하기 시작했다. 그래서 사람이 들어 있는 방이란 방에는 모두 횃불이 켜졌고, 장원을 경계하는 무사의 숫자도 배가 늘었다. 이십여 년 전의 바로 그때처럼. 호금장에서 잔뼈가 굵은 사람들은 간간이 이십 년 전 그 참혹했던 일을 입에 올렸다.

장원이 불타고 흉수가 보름 이상을 날뛰어 수십 명의 사람이 죽어나갔던 그때와 지금이 너무 닮아 있다고 말하기도 했다. 그래서 일부는 그때와 마찬가지로 이미 호금장을 떠날 채비를 하는 사람도 있었다.

알 수 없는 두려움을 가슴에 담은 사람들이 잠자리에 든 깊은 밤, 타유가 다시 움직였다.

송자섭의 처소 문이 열리며 양광이 나왔다. 그 뒤를 따라 송자섭이 굳은 얼굴로 걸어 나와 양광을 배웅한다.

"그럼 편히 쉬십시오. 흉수는 너무 걱정 마십시오. 우리 모가장의 표사들도 경계를 서고 있으니……."

양광이 신형을 돌려 부드러운 낯빛으로 송자섭에게 말했다. 그러자 송자섭이 거짓 웃음을 흘리며 대답한다.

"하하하, 그렇게까지 수고하실 필요는 없는데. 이미 본 장의 무사 숫자를 배를 늘렸습니다. 이제 곧 흑룡문의 고수들도 도착할 것이고……."

"하하, 송 총관께서 어련히 알아서 하시겠습니까만 그래도 주인 잃은 집은 항상 혼란한 법이지요. 아무튼 저희 대공자께서 호금장이 안정될 때까지 이곳에 머물기로 했으니 앞으로 어려운 일이 생기면 우리 모가장도 한손 거들겠소이다."

"도움에 감사드린다고 전해주십시오."

"그러지요. 내일 아침 대공자를 뫼시고 다시 찾아뵙겠소이다. 그때 흉수의 일을 좀 더 소상하게 논의합시다."

"기다리지요."

송자섭이 고개를 끄덕인다. 그러자 양광이 만족한 웃음을 지으며 신형을 돌렸다. 양광이 멀어지자 송자섭의 눈에서 살기가 일어난다.

"흥, 겨우 네놈들 따위가 호금장을 욕심내? 이미 호금장은 이십 년 전부터 나 송자섭의 것이다. 주인 없는 집이라고? 내일 누가 이 호금장의 주인인지 확인시켜 주마. 어차피 잘되었어. 호불 부자가 죽어버렸으니 이제 내가 호금장의 장주가 되어도 그것을 탓할 사람은 없을 테니까."

송자섭이 싸늘한 눈으로 멀어지는 양광을 노려보고는 이내 자신의 거처로 들어갔다.

"흐흠!"

양광은 제법 기분이 좋았다. 조금 억지를 부리기는 했으나 모가장의 사람들이 계속 호금장에 남기로 했다는 것을 송자섭에게 통보할 때의 통쾌함이 제법 쏠쏠했던 것이다. 사실 그동안 모가장과 호금장은 보이지 않는 경쟁을 하고 있었다.

각기 밀문과 흑룡문을 배후에 두고 세를 확장해 가고 있던 호금장과 모가장은 겉으로는 한나무에서 나온 가지처럼 친분을 유지하고 있었지만 기실 중원에서는 이미 여러 곳에서 은근한 신경전을 벌이고 있었다.

그런데 흑우저와 호불 부자가 죽으면서 호금장이 위기에 처했으니 모가장이 호금장을 누를 절호의 기회를 맞은 것이다. 더군다나 이 기회를 잘만 이용하면 호금장을 손에 넣을 수도 있을 것이다.

비록 호금장 뒤에 흑룡문이라는 거대한 세력이 배후로 있다지만 그들의 존재만 인정한다면 흑룡문이 호금장을 모가장에 맡길 수도 있었다.

애초에 모가장이나 호금장은 밀문과 흑룡문에 재물을 대는 역할을 하는 문파들이었으니 흑룡문으로서 주인이 없어 호금장이 몰락하는 것보다는 오히려 상계에서 잔뼈가 굵은 노련한 모가장 사람들이 호금장을 맡아 지금처럼 흑룡문에 막대한 재물을 공급하길 원할 수도 있었다.

"물론 그러자면 좀 더 죽어야 할 사람이 있지. 호금장을 이끌어갈 사람이 없어야 흑룡문도 우리 모가장이 호금장의 가업을 넘겨받는 데 동의할 테니까. 송자섭, 미안하게도 그대는 흉수가 아니더라도 우리 모가장을 위해 죽어줘야겠어. 부디 내일 대공자를 만났을 때 그대의 목숨을 간수할 만한 제안을 기대한다."

양광이 나직하게 중얼거렸다. 홍수에 의해 살육이 벌어지는 와중에도 인간의 탐욕은 여전히 불타고 있었다. 그런데 그런 양광 앞에 갑자기 검은 인영이 나타났다.

"누구냐?"

가뜩이나 흉흉한 호금장이다. 양광이 재빨리 뒤로 두어 걸음 물러나며 물었다.

"양광 대인이십니까?"

어둠 속에서 검은 인영이 물었다. 검은 무복에 검게 칠한 갓을 깊이 눌러쓰고 있어 사람의 얼굴을 확인하기 어렵다.

"그렇다. 웬 자냐?"

양광이 다시 물었다. 그러자 검은 무복의 사내가 정중하게 포권을 하며 입을 열었다.

"대인을 뵙자는 분이 계십니다."

"날? 누가 날 만나고자 하는가? 사람을 만나려면 밝은 날에 찾아와야지 이렇게 야심한 밤에 불쑥 나타나 보자고 하는 것은 도리에 맞지도 않을뿐더러……."

"주인께서는 양광 대인께서 격식을 차리지는 않는 분이라고 말씀하셨습니다. 상가의 사람이니 이득이 될 일을 느낌으로 알 것이고, 일이란 본래 은밀히 진행해야 성사가 쉽다는 것을 아시는 분이니 늦은 밤중의 초대도 마다치 않으실 거라 말씀하셨습니다."

검은 인영이 양광의 말을 끊으며 말했다. 그러자 양광의 눈이 반짝였다. 이 기이한 초대를 한 자의 심사를 얼추 짐작할 수 있었기 때문이다. 아마도 누군가 주인이 없어진 호금장을 욕심내고 있는 것이다. 그리고 그자는 필히 모가장의 도움을 필요로 하고 있을 것이다.

"날 보자는 분이 누구냐? 그것을 모르고는 함께 갈 수 없다."

양광이 단호하게 말했다. 그러자 검은 인영이 잠시 망설이다가 입을 열었다.

"그분은 흑룡문에서 나오셨습니다."

순간 양광의 눈이 커졌다. 그를 놀라게 한 것은 두 가지였다. 감숙 북쪽 험지에 위치해 있다는 흑룡문이 이토록 빨리 움직였다는 것이 그 하나이고, 흑룡문에서 다른 사람이 아닌 바로 자신을 찾아왔다는 것이 두 번째 놀라움이다.

"흑룡문의 고수분께서 호금장에 벌써 오셨단 말이오? 흉수가 흑 노사를 살해한 것이 얼마 되지도 않았는데?"

양광이 의심 어린 표정으로 물었다. 말투도 정중하게 변했다.

"호금장은 중요한 곳이지요. 흑룡문 재정의 오 할이 이 호금장에서 나옵니다. 어찌 이곳을 흑 노사 한 분께 맡겨둘 수 있겠습니까?"

"음, 하긴 그렇군."

양광은 자신과 모잠의 생각이 짧아도 한참 짧았다는 것을 깨달았다. 흑의인의 말처럼 호금장과 같은 화수분의 상가를 어찌 흑우저 한 명에게 맡겨놓았을까? 더군다나 그도 알다시피 밀문이나 흑룡문이나 양육강식의 문파, 필시 흑룡문주가 흑우저 말고 다른 감시자를 호금장에 은밀히 붙여놓은 것이 분명했다.

"그분이 왜 날 보자는 거요?"

"그야 당연한 일이지요. 호금장의 앞날을 대인과 논의하려 하시는 겁니다."

"그러나 그 일이라면 당연히 송 총관과……."

"대인, 설마 이 은밀한 초대의 의미를 모르시는 것은 아니겠지요?"

흑의인이 낮고 빠르게 물었다. 양광이 쓸데없는 말을 하면 그냥 돌아갈 기세다. 양광같이 노련한 자가 어찌 이 초대의 의미를 모를까. 이 초대는 모가장, 혹은 양광 자신에게 호금장을 맡길 수도 있다는 의미였다.

"알겠소. 갑시다."

이런 기회를 놓칠 사람은 없다. 양광이 고개를 끄덕이자 흑의인이 신형을 돌리며 말했다.

"절 따라오십시오."

양광은 내심 감탄과 두려움을 함께 느꼈다. 일개 심부름꾼으로 온 자의 무공이 너무도 대단했기 때문이다. 흑의인은 호금장의 거대한 전각 지붕을 새처럼 날아 넘었다. 양광은 모가장이 자랑하는 사풍객 중 수위의 자리를 차지하고 있는 고수다. 그런 그조차도 앞서 지붕을 날아 넘는 흑의인의 신법을 따라잡기가 버거웠다.

새삼스레 흑룡문에 대한 두려움이 생긴다. 그 두려움이 갑자기 모가장의 배후를 지키고 있는 밀문에 대한 두려움으로 이어졌다. 지난 이십여 년 동안 모가장은 밀문의 충실한 수족이었다. 이제는 그 역할이 익숙해져 점점 밀문에 대한 두려움이 없어지고 있는 시기였다.

그래서 요즘 모가장주 모흔과 그 아들 모잠은 밀문으로부터 좀 더 자유로워지려는 시도를 준비하고 있었다. 아니, 자유로워지기보다는 그들 자신이 밀문으로 들어가 그 권력을 얻고자 하는 욕심을 내고 있었다.

그런데 오늘 이렇게 밀문과 쌍벽을 이루는 흑룡문의 일개 무사의 무공을 접하고 나니 이십 년 전 그가 보았던 밀문 고수들의 무공이 새삼스레 떠올랐다.

양광이 나직하게 한숨을 쉬었다. 지나친 욕심을 부리고 있었다는 것을 이제야 깨달았다. 돌아가면 장주와 대공자에게 밀문의 무서움을 한 번 더 일깨워 줘야 할 필요가 있다고 생각하는 양광의 눈에 갑자기 흑의인이 방향을 트는 것이 보였다. 호금장의 북쪽, 깊은 숲이 우거진 방향이다.

두 사람은 한순간에 홍수의 출현으로 대낮보다 밝은 호금장을 벗어나 어둠이 그 위력을 제대로 드러내고 있는 숲으로 들어갔다. 숲으로 들어서자 흑의인의 움직임이 더욱 빨라졌다. 양광은 이제 숨까지 차오르고 있었다.

그리하여 흑의인에게 조금 속도를 늦추자고 말하려는 찰나, 흑의인이 거짓말처럼 걸음을 멈췄다. 사방이 이십여 장에 이르는 절벽으로 둘러싸인 곳, 두 사람이 들어온 입구 말고는 달리 출구가 없는 곳에서 흑의인이 걸음을 멈췄다.

"그분이 이곳에 계시오?"

양광이 애써 호흡을 고르며 물었다. 그러자 흑의인이 고개를 끄덕였다.

"그렇소."

"그분은 어디 계시오?"

양광이 주변을 돌아보며 다시 물었다. 절벽으로 둘러싸인 공터에 다른 사람이 숨어 있을 만한 곳은 없었다.

"바로 당신 눈앞에 있소."

"그게 무슨……. 설마 그럼 당신이?"

양광이 화들짝 놀라 되물었다. 생각해 보면 당연한 일일지도 모른다. 그가 감탄했던 흑의인의 신법은 이제 생각하니 일개 심부름꾼이 보일 수 없는 경지였다.

"그렇소. 당신을 보길 원한 사람은 바로 나요."

흑의인의 대답에 양광의 태도가 조심스러워졌다. 흑룡문의 고수라면 그가 쉽게 상대할 수 있는 사람이 아니다.

"흑룡문의 어느 분이신지……?"

대사를 논하려면 상대의 신분이 중요하다. 흑룡문에서 어떤 위치에 있는 사람인지, 그의 위치에 따라 자신과 모가장, 그리고 호금장의 운명이 결정될 것이다.

그런데 흑의인은 양광의 물음에 대답하는 대신 천천히 머리에 쓰고 있는 검은색 갓을 벗었다. 그러자 그의 얼굴이 희미하게 어둠 속에 드러났다. 순간 양광은 흑의인이 자신의 눈에 익다는 느낌을 받았다.

양광은 어둠으로 인해 떨어진 시력을 모으기 위해 눈을 가늘게 떴다. 그러자 점점 어둠이 익숙해지더니 금세 흑의인의 얼굴을 알아볼 수 있을 정도가 되었다.

"당, 당신은!"

양광의 입에서 경악스런 목소리가 흘러나왔다. 흑의인은 그도 익히 알고 있는 사람이었다. 오늘 저녁까지만 해도 함께 이야기를 나눴던 사람, 그를 믿고 이 거대한 호금장을 삼킬 계획을 세우게 만들었던 그가 바로 눈앞에 있었다.

"놀랐소?"

타유가 물었다.

"우 대협 당신이 어떻게……?"

양광이 혼란스런 목소리로 물었다. 그에게 타유는 여전히 우검이다.

"나에게 친구가 한 명 있었소."

타유가 엉뚱한 말을 했다. 양광은 더욱 혼란스런 얼굴이 되었다. 갑자기 자신의 친구 이야기를 꺼내다니. 그러나 모든 일에는 그 이유가 있는 법이다. 양광은 일단 상대의 이야기를 듣기로 했다. 그래야 오늘의 이 혼란한 상황을 정리할 수 있을 터였다.

"참 대단한 친구였소. 진중한 성정에 태산 같은 무거움, 그러다가도 검을 들면 폭풍처럼 무서웠소. 자신이 한 말은 반드시 지키고. 세속의 욕망에 물들지 않았소."

"……?"

양광은 여전히 타유의 말을 듣고 있을 뿐이다.

"그가 누군지 아시오?"

타유가 물었다. 그러나 양광이 타유의 친구를 어찌 알겠는가? 그러자 타유가 다시 입을 열었다.

"그런데 그 친구가 십오 년 전쯤에 죽었소. 탐욕에 물든 무리가 승냥이 떼처럼 달려들어 그와 그 가족들을 죽였지. 내가 그에게 갔을 때 그는 이미 차가운 주검이 되어 있었소. 이젠 그가 누군지 알겠소?"

타유의 질문에 양광이 고개를 저었다. 여전히 자신이 알 수 없는 사람이라고 생각했다. 그러자 타유가 좀 더 확실한 근거를 던져줬다.

"십오 년 전에 당신, 무슨 일을 했소?"

타유의 질문에 양광이 과거의 일을 기억해 보려 애썼다.

"아!"

양광이 문득 나직한 탄성을 흘렸다. 십오 년 전의 일이라면 평생 잊지 못할 일이 있다. 그 일을 어찌 잊을까. 그 일로 모가장이 사천 인근 삼성의 주인이 될 수 있었는데.

"금석촌?"

양광이 되물었다. 그러자 타유가 고개를 끄덕였다.

"과연 잊지 않았군."

"설마 금석촌과 인연이 있었소?"

"청담이라는 사람을 기억하오?"

"청담! 그 괴물 같은 무공의……?"

"기억하는군. 내가 말한 친구가 바로 그요. 그러면 오늘 내가 그대를 왜 이곳으로 데려왔는지 그 이유를 알 것이오."

"복수를 하겠다는 것이냐?"

양광이 이제야 모든 상황을 깨닫고 차갑게 물었다.

"아니할 수 없지."

"겨우 혼자서 모가장을 상대할 수 있을 것 같으냐?"

양광이 비웃듯 물었다.

"그래서 당신이 필요한 거야. 정확히는 당신의 죽음이 필요해. 그 죽음이 날 모가장으로 인도해 줄 테니까."

한순간 양광의 손이 움직였다. 타유의 말이 미처 끝나기도 전의 일이었다. 그의 손에 들린 검이 무서운 속도로 타유의 가슴을 찔렀다. 순간 타유의 손도 움직였다. 한 줄기 검은 빛이 그의 손에서 뻗어 나와 양광의 검을 쳤다.

쩡!

쇠 부러지는 소리가 터져 나왔다. 순간 양광의 검이 부러졌다. 그리고 양광의 검을 부러뜨린 타유의 단천마검이 그대로 양광의 사혈을 베었다. 그러자 양광이 비명도 지르지 못하고 그 자리에 쓰러졌다.

　　　　*　　　*　　　*

"에잇!"

강검산이 집게로 집고 있던 쇳덩어리를 내던졌다.

쿵!

무거운 쇳덩어리가 대장간을 뒤흔들며 떨어졌다. 강검산이 땀에 젖은 몸으로 쇳덩어리를 무심히 내려다봤다. 선승 묵철이 주고 간 쇳덩이를 두드린 지도 벌써 일 년이 넘었다. 그러나 수만 번의 망치질에도 쇳덩이는 검의 모양을 갖추지 못했다.

"지친 것이냐?"

문가에서 방남산이 어깨를 문틀에 기댄 채 물었다.

"이대로는 안 될 것 같아요. 신공을 완성하는 것도 요원하고……."

강검산이 대답했다.

"어렵겠느냐?"

"아무리 불길을 세게 해도 쇠가 제대로 달궈지지가 않아요. 제대로 달궈지지 않으니 아무리 두드려도 제대로 모양이 나오지 않지요. 화신밀공의 공력을 주입해도 마찬가지예요."

강검산의 대답에 방남산이 고개를 끄덕였다.

"그렇구나. 우리가 생각을 잘못한 모양이구나."

"우리라뇨?"

"선승과 나."

"뭐가 잘못된 거죠?"

"천기를 지닌 쇠를 사람의 화기로 다스리려 한 것이 문제다. 하늘이 내린 쇠이니 마땅히 하늘의 불로 다뤄야 하거늘……."

"하늘의 불이라뇨?"

강검산이 물었다.

"길 떠날 채비를 해라. 내일 떠난다."

"갑자기 어디로요?"

"불을 찾으러, 놈을 다스릴 수 있는 힘을 지닌."

第三章 호굴(虎窟)

수
선
경

탁탁탁!

급한 발걸음 소리에 타유와 청풍이 자리에서 일어섰다.

"대협!"

문밖에서 다급히 타유를 찾는 소리가 들렸다.

"무슨 일이오?"

대답은 타유가 하고 문은 청풍이 열었다. 그러자 모가장의 표사 한 명이 붉게 상기된 채로 서 있다.

"무슨 일이오?"

타유가 다시 묻는다. 그러자 표사가 숨을 헐떡이며 대답했다.

"대공자께서, 대공자께서 급히 찾으십니다."

"아침부터 말이오?"

"그, 그것이… 워낙 큰일이 벌어져서……."

"도대체 무슨 일이 벌어졌다는 거요?"

타유가 답답한 표정을 하며 재차 물었다. 그러자 표사가 얼른 대답했다.

"일객께서… 지난밤 흉수의 손에 돌아가셨습니다."

"양 노사께서 말이오?"

"그렇습니다."

표사가 입술을 깨물며 대답했다.

"갑시다."

타유가 지체하지 않고 자리에서 일어났다. 그리고 곁에 놓아두었던 검을 잡아 들고는 표사보다 먼저 신형을 날렸다.

모잠은 극심한 두려움을 느끼고 있는 듯했다. 그는 흰 천으로 덮인 양광의 시신을 혼이 빠진 눈으로 바라보고 있었다.

"어떻게 된 것이오?"

타유가 급히 들어서며 묻자 그를 본 모잠이 그제야 안도의 기색을 보였다. 그에게 타유가 얼마나 든든한 존재가 되었는지 드러나는 순간이다.

"어서 오시오, 우 대협. 보다시피 일객께서 간밤에 흉수에게 죽임을 당하셨소."

"아니, 어떻게 이런 일이……. 흉수는 호금장에 원한이 있는 사람이라고 생각했는데 그게 아니었던가요?"

호금장에 원한이 있는 사람이라면 굳이 모가장의 사람을 죽일 이유가 없다.

"이런 글을 남겼소."

모잠이 손에 든 종이를 타유에게 건넸다.

호금장에 머무는 자, 누구라도 죽음을 면치 못한다.

모잠이 건넨 종이에는 살벌한 경고가 쓰여 있다. 물론 타유에게는 익숙한 글귀다. 타유 자신이 남긴 글이기 때문이다.

"음, 호금장을 떠나라는 말이군."

"그렇소. 아마도 우리가 호금장에 남아 일의 수습을 돕는 것을 경계하는 모양이오."

"조심해야겠구려. 이렇게 되면 언제 어느 때 흉수의 검이 대공자를 노릴지 모르는 일이오."

타유가 경고하듯 말했다. 그러자 모잠이 고개를 끄덕이며 말했다.

"맞소이다. 아무래도 이대로는 안 되겠소."

"하면 어찌하실 생각이신지……?"

"돌아가야겠소."

모잠이 단호하게 말했다.

"그럼 호금장의 일은……?"

"지금으로선 호금장을 떠나는 것이 최선인 듯싶소. 욕심을 부리다가 위험에 빠질 수도 있겠소. 그래서 드리는 부탁인데,

대협께서 모가장까지 동행해 주실 수는 없겠소?"

"모가장까지 말이오?"

타유가 조금 곤란한 듯 되물었다.

"그렇소이다. 아무래도 돌아가는 길이 그리 녹록지 않을 것 같다는 생각이 드오. 오는 길에 기습을 당한 일도 있고, 또 이곳의 흉수가 어찌 행동할지도 모르겠고."

모잠이 두려운 듯 말했다.

"음, 그것이……."

타유가 말꼬리를 흐린다. 그러자 모잠이 불안한 기색으로 물었다.

"어렵겠소이까?"

"솔직히 말하자면 우리 부자는 이번에 난주를 떠나면 항주로 갈 생각이었소이다. 하남에 석숭이라는 큰 부호가 있는데 우리와 인연이 깊어 때가 되면 그 석가장에 머물기로 약조를 했소. 그래서 이제 그곳에 정착해 볼까 생각 중이었소이다."

"정착이오?"

모잠이 놀란 표정으로 물었다. 타유와 같은 고수가 한 가문에 정착할 수도 있다고는 생각지 못했던 모양이다.

"저야 이렇게 강호를 주유하며 사는 것이 좋지만 아들까지 그렇게 살게 하고 싶지는 않아서. 다행히 석숭 대인이 도움을 주겠다니 석가장에 몇 년 머물다가 때가 되면 따로 무관이라도 하나 낼까 생각 중이었소이다."

"아, 그랬구려."

모잠이 대답을 하면서 뭔가를 곰곰이 생각하는 듯 동공이 빠르게 돌아간다. 그러다가 결심한 듯 타유를 보며 말했다.

"우 대협."

"……?"

"혹 그 석가장이라는 곳 대신 모가장에 정착해 볼 생각은 없소이까?"

"모가장에 말이오?"

"그렇소이다. 석숭이라는 사람이 우 대협을 어찌 대접할지 모르지만 만약 우 대협이 모가장에 머무시겠다면 모가장에선 대협을 귀빈으로 모시겠소이다. 사풍객에 못지않은 지위를 드릴 것이면 혹여 따로 무관을 세우고 싶으시면 성도의 중심가에 무관도 내어드리겠소. 그러니 항주로 가는 대신 우리 모가장으로 가십시다. 아버님께서도 크게 환대할 것이오."

"그러나 그렇게 폐를 끼치는 것은……."

"폐라니, 그런 말씀 마시구려. 유비는 공명을 초빙하기 위해 세 번 초가에 갔는데 하물며 무가에서 우 대협과 같은 고수분을 모시는데 어찌 소홀할 수 있겠소이까?"

"음, 그러나 석 대인과의 약속도 있고, 아들놈의 생각도 모르고……."

"우 대협, 알고 계시겠지만 우리 모가장은 꿈이 큰 문파요. 무인으로서 강호에 큰 발자국 하나 남길 필요가 있지 않겠소이까? 모가장에서 우리 함께 큰일을 도모해 봅시다."

모잠이 은근한 어조로 말했다. 그러자 타유가 고민하는 표정을 짓다가 입을 열었다.

"아들놈과 한번 상의해 보지요."

그러자 모잠이 타유의 뒤쪽에 서 있는 청풍을 슬쩍 보며 말했다.

"아드님을 위해서도 우리 모가장에 머무는 것이 나쁘지 않을 것이오. 우리 모가장이 아드님의 든든한 후원자가 되어줄 것이니."

"좋소. 생각해 보겠소이다."

"답을 빨리 주셨으면 하오. 우린… 오늘 저녁 떠날 것이오."

"그렇게 빨리 말이오?"

"이 호금장에서 하룻밤을 더 지낸다는 것은 매우 위험한 일이오. 일단 성을 나가 노숙을 하더라도 오늘 중으로 떠날 생각이오."

"알겠소이다. 그럼 내 정오 무렵 답을 드리지요."

"부디 이 모잠을 도와주시기 바라오."

모잠이 타유에게 정중히 포권까지 했다. 그러자 타유가 마주 포권을 하며 대답했다.

"알겠소이다. 그럼."

타유가 청풍을 데리고 장내를 벗어났다. 그러자 모잠이 타유 부자를 보며 중얼거렸다.

"저 두 사람을 얻는다면 일객을 잃은 것은 큰 손해도 아니다."

이미 정해져 있는 일이었다. 당연히 타유와 청풍은 모가장으로 가기로 했다. 처음부터 타유가 원했던 대로 일이 풀린 것이다.

타유가 동행을 결정하자 모잠은 자신이 말한 대로 서둘러 호금장을 떠났다. 애초에 모가장의 표행이 호금장에 온 것은 표물을 운송하기 위함이기보다는 밀문의 명에 의해 단천마검을 쫓는 사람들을 유인하기 위함이었으므로 호금장에서 마무리할 일이 그리 많지도 않았다.

그래서 표사들을 닦달해 떠날 준비를 서둔 모잠은 정오가 조금 지난 시간에 호금장을 떠났다.

*　　　*　　　*

"어찌할까요?"

평범한 차림의 사내가 여인에게 물었다. 그러자 사십 전후의 여인이 잠시 생각에 잠겼다. 여인의 얼굴은 나이에 걸맞게 몇 가닥의 주름이 있었지만 본래의 아름다움을 지니고 있어 얼굴에 진 주름이 오히려 그녀의 기품을 더해주는 것 같았다.

"호금장과는 일을 할 수 없겠지?"

"그렇습니다. 장주가 죽는 혈사가 일어났으니 이 상태에서 거래를 트는 것은 무리입니다."

"흠, 그럼 사천으로 가지."

"사천으로 말입니까?"

사내가 조금은 걱정스런 표정으로 물었다.

"문제가 있나?"

여인이 사내의 표정이 좋지 않자 되물었다. 그러자 사내가 잠시 망설이다가 입을 열었다.

"원을 나올 때 무상께서 걱정하셨습니다. 령주께서 과거의 복수에 너무 연연하시면 일을 그르칠 수도 있다고. 또 령주님 자신의 안위도 위험해질 수 있다고. 모가장의 일은 다음으로 미루시지요."

그러자 여인이 미소를 지으며 대답했다.

"물론 기회가 되면 과거의 복수를 망설일 생각은 없네. 지난 번처럼 완벽한 기회가 오면 다시 그들을 공격할 거야. 그러나 이번에 사천으로 가는 것은 복수를 위해 가는 것이 아니야."

"그럼?"

"무상께서 지금 사천으로 향하고 계시니 가서 뵙는다."

"무상께서 말입니까?"

사내가 놀란 표정으로 물었다.

"이틀 전 전서를 받았네."

"무슨 일로 이상께서 사천을……."

"모가장이 수로를 막고 있다고 하더군."

"장강의 길을 막았다는 말입니까?"

사내가 더욱 크게 놀라 물었다.

"음, 아마도 장강 상류의 포구를 독점하려는 모양이야."

"그리되면 상원의 상선들이 움직일 수 없어 큰 피해를 볼 텐데요. 걱정이군요."

"그래서 무상께서 직접 나서신 거지. 우린 사천으로 가서 이상 어른을 돕는다."

"알겠습니다."

사내가 고개를 숙였다.

"그리고 무상 어른의 움직임은 극비이니 누불 그대만 알고 있도록."

"명심하겠습니다."

"서둘러 길을 떠난다. 일단 모가장 일행의 뒤를 멀리서 쫓도록 한다. 물론 기회가 되면……."

여인의 눈에 살기가 돌았다. 그러자 사내가 재빨리 입을 열었다.

"알아본 바에 의하면 비록 모가장 일객이 죽임을 당하기는 했으나 우리 일을 방해했던 그자가 여전히 모잠의 곁에 머물고 있답니다."

"그자의 이름은 알아봤나?"

여인이 물었다. 그러자 사내가 대답했다.

"듣자 하니 우검이란 이름을 쓰고 있답니다."

"우검이라……. 들어본 것 같… 우검! 지금 우검이라고 했는가?"

여인이 자리를 박차고 일어났다. 그러자 사내가 자신이 무슨 잘못이라도 한 것처럼 놀라 여인을 보며 황급히 되물었다.

"뭐가 잘못되었습니까?"

"정말 우검이라고 했는가?"

"그렇습니다."

"설마… 가만, 그리고 보니 얼굴이 익숙하다 느낀 것이…….
그런데 만약 정말 그분이라면 왜 그분이 모가장의 일을 돕고
있는 것일까. 모가장이 금석촌에 한 일을 모르지 않을 텐데."

여인의 얼굴에 당혹감이 어린다.

"무슨 일이신지……?"

사내가 물었다. 그러자 여인이 자리에서 일어나며 말했다.

"서둘러라. 모가장의 표행을 따라잡는다."

급히 난주를 떠난 모가장 일행은 쉬지 않고 십여 일을 이동
했다. 가지고 갔던 짐도 적을 뿐더러 그것들도 모두 호금장에
풀어놓고 오는 길이라 몸은 가벼웠다. 덕분에 모가장의 표행
은 큰 어려움 없이 며칠 후 사천의 경계에 들어섰다.

그 즈음에서 일행은 작은 강변의 풀밭 위에서 오랜만에 삼
일 동안 휴식을 취하기로 했다. 오랜 여행에 지친 몸을 회복하
고 난 후 사천의 험로를 이동할 생각인 것이다.

모잠은 타유를 거의 홀로 두지 않았다. 난주에서 멀어진 이
후에도 그는 항상 타유를 자신 곁에 붙들어 두었다. 아마도 타
유가 곁에 있어야 안심이 되는 모양이다.

그러나 그런 그라도 타유를 하루 종일 곁에 둘 수는 없었다.
사방이 훤히 보이는 풀밭에 숙영지를 꾸리자 타유와 청풍이
강변을 따라 산책에 나섰다. 오랜만의 휴식이라 모잠도 이번

만큼은 두 사람을 따라 나설 수 없었다.

"참 이상한 사람이에요."

시원한 강바람을 맞으며 청풍이 말했다.

"누구 말이냐?"

"모잠이요. 처음 보았을 때는 성정은 독해도 대범한 면이 있다고 생각했는데 이제 보니 그런 것 같지가 않아요."

"사람은 어려움에 처해봐야 진면목을 알 수 있지."

"그런 사람이라면 우리 일이 쉬워질 수도 있겠어요."

"그러나 그들의 배후에는 밀문이 있다. 결코… 간단한 문제가 아니야."

타유가 청풍이 방심할까 걱정하며 말했다. 그러자 청풍이 고개를 끄덕였다.

"걱정 마세요. 그들을 얕잡아보는 것은 아니에요. 그나저나 호금장은 어찌 되었을까요?"

청풍은 떠나온 호금장의 사정이 궁금한 모양이다.

"아마도 흑룡문이 완전히 장악했을 거야."

"흑룡문이요? 송자섭이 아니고요?"

청풍이 조금 뜻밖이라는 듯 물었다.

"송자섭은… 운이 다했다고 해야지."

"왜요?"

"우리가 떠나온 이상 호금장에는 더 이상 혈사가 없을 것이다."

"그야 그렇지요. 그런데 그게 송자섭과 무슨 상관이죠?"

"생각해 보거라. 죽은 사람이 누구인가. 흑우저와 호불 부자, 그리고 모가장의 일객 양광이다. 이 세 사람의 공통점은 모두 송자섭이 호금장을 자신의 것으로 만드는 데 어떤 식으로든 방해가 되는 사람들이었다. 흑우저는 실질적으로 그를 통제하고 있었고, 호불 부자에게는 그에게 없는 명분이 있었지. 그리고 모가장은 위기에 빠진 호금장을 욕심내고 있었다. 양광은 그 모가장의 최고 고수였다. 모두 송자섭에겐 위협적인 사람들이지. 그런데 그들이 죽었다. 그 이후에는 죽은 사람이 없고. 그럼… 사람들은 과연 누굴 의심하겠느냐?"

타유의 말에 청풍이 무릎을 쳤다.

"정말 그렇군요. 그들이 죽어서 좋아진 것은 송자섭뿐이니. 흑룡문이나 호금장의 식솔들이나 모두 송자섭을 의심하겠군요."

"그렇다. 그러니 흑룡문에서 과연 그를 그냥 놓아두겠느냐? 그가 호금장 식솔들의 마음을 얻고 있다면 모를까, 그렇지도 못한 사람을 그 자리에 둘 흑룡문이 아니다. 아마 지금쯤 비루한 처지로 전락했을 거다."

"설마 아버지는 그것까지 계산하고 그들을 주살한 건가요?"

"그렇지는 않다. 일이 우연히 그리되게 된 것이지. 일이란 게 사람의 뜻대로만 되는 것이 아니지만 또 가끔은 이렇게 예기치 않은 소득을 얻을 때도 있다. 그래서 세상사가 재미있는 것이지."

타유의 말에 청풍이 고개를 끄덕였다. 애초에 송자섭 역시 죽은 상목혜의 원수라고 할 수 있었는데, 타유가 직접 손을 쓰지 않아도 결국 몰락하게 되었으니 세상의 이치는 참으로 미묘한 것이라고 할 수 있었다. 그런데 그때였다. 문득 타유가 걸음을 멈췄다. 그리고 천천히 허리춤의 검을 잡아갔다.

"누구죠?"

청풍이 타유에게 물었다. 멀리 수십여 장 밖에 일단의 사람들이 있었다. 그들은 막 강을 건너는 듯했는데 그중에는 여인도 여럿 있었다. 보통의 경우라면 그저 강을 건너는 여행객인가 싶다 하겠지만 살수 타유의 느낌은 달랐다.

비록 평범함 복장을 하고 있지만 그 안에서 느껴지는 기도는 서릿발같이 엄정하다.

"글쎄다."

타유가 강을 건넌 사람들을 자세히 살피며 대답했다.

"평범한 여행객 같기는 한데… 사람이 꽤 많아요."

"평범한 여행객은 아니다."

"어째서요?"

청풍이 물었다.

"사람을 평가할 때는 그 겉모습을 보지 말고 그 기도를 살펴야 한다. 말보다는 행동을 보아야 하고, 행동보다는 기도를 보아야지. 본래 기도란 것은 사람이 흘려내는 것이지만 또한 그 자신이 통제할 수 없는 것이라 없앨 수는 있어도 바꿀 수는 없는 것이다. 그러니 기도를 느껴야 한다."

"너무 멀어요."

청풍이 곤혹스러운 듯 말했다.

"너도 할 수 있다. 아니, 오히려 나보다 나을 것이다. 넌…
그런 능력을 타고 태어났다. 물속에서 넌 물의 모든 것을 느끼
지 않느냐?"

"하지만 지금은 물속이 아니잖아요."

"공기에도 그 흐름이 있다. 수기를 느낀다면 공기의 흐름도
느낄 수 있다."

타유의 말에 청풍이 고개를 갸웃하며 두 팔을 편히 늘어뜨
리고 막 강을 건넌 사람들에게 시선을 고정했다. 북쪽에서 바
람이 불어왔다. 바람결에 강을 건넌 사람들의 목소리가 실려
왔다. 알아들을 수는 없지만 사람의 음성을 구분해 낼 수는 있
다. 그 목소리에서 서늘한 기운이 느껴진다.

청풍이 눈을 가늘게 떴다. 좀 더 공기의 흐름에 집중하려는
것이다. 그러자 그의 온몸을 찌르듯 차가운 살기가 느껴진다.
청풍이 번쩍 눈을 떴다. 마치 검이 자신을 찌르는 듯한 착각이
들 정도이다.

"보통 사람들이 아니에요."

청풍이 자신도 모르게 말했다.

"느꼈느냐?"

"무인들이에요."

"역시 좋구나."

타유에게는 강을 건넌 자들이 무인이라는 사실보다 청풍이
그들의 기운을 느꼈다는 것이 더 대견한 일인 듯 보였다. 그러

면서도 청풍에게 당부하듯 말했다.

"풍아, 넌 그 능력을 하루하루 키워 나가도록 하거라. 너의 그 재능은 하늘이 주신 것이다. 그걸 방치하는 것은 천리를 어기는 것이지."

"그러나 아버지도 저들의 기도를 읽으셨잖아요."

"물론 그렇다. 그러나 나와 넌 다르다. 넌 선천적인 능력으로 바람결에 실려 오는 저들의 기도를 느낀 것이고, 난 후천적으로 길러진 살법의 수련을 통해 저들의 기도를 알아챈 것이다. 내가 저들을 기도를 읽으려면 눈과 귀, 그리고 육감까지 동원해야 하지만 넌 그저 바람을 읽는 것으로 족하지. 이건 마치 잎은 둘 다 푸르지만 뿌리가 다른 나무와 같은 것이다. 내 나무는 자라는 데 한계가 있지만 너의 나무는 한계가 없을 것이다. 잎이 무성해지고 뿌리가 깊어지면… 천하가 그 속에 들어가겠지."

청풍은 타유의 말을 들으면서 문득 두려움을 느꼈다. 자신에게 특별한 재주가 있다는 것은 어려서부터 알고 있다. 손발을 움직이지 않고 물에 뜨고, 불을 무서워하지 않는다. 나무를 만지면 나무의 기운도 느낄 수 있어 그 나무가 병들었는지 혹은 물이 필요한지도 알 수 있었다. 그러나 그런 재능은 어디까지나 잔재주와 같다고 생각했던 청풍이다.

타유도 무공을 가르치면서 그 재주들을 언급하지 않았다. 그런데 오늘 타유는 처음으로 청풍의 신비한 재질에 대해 언급했다. 그리고 그 재능이 청풍을 천하를 품을 사람으로 키울 것이라고 말하고 있다. 자신에게 그런 거대한 가능성이 있다는 것은 축복이겠지만 한편으로는 두려운 재능이기도 하다.

"오래전 네게 말했지만 네 친부가 널 고려로 보내려 했던 것은 바로 너의 그 재능 때문이란다. 묵철 선사는 너와 같은 제자를 찾고 있었지. 그의 그 대단한 무공을 온전히 이어받을 사람은 너와 같이 특별한 재능을 타고난 아이여야 한다고 했다."

이미 알고 있는 이야기다. 타유는 청풍에게 선택할 기회를 주었다. 복수의 삶을 살지, 선승 묵철의 제자가 되어 인간이 갈 수 있는 최고의 경지에 도달하는 삶을 살지. 그리고 청풍은 선택했다, 타유의 곁에서 복수의 길을 가는 것으로. 그리고 그 선택에 후회는 없다.

"내가 이 말을 하는 것은 묵철 선사가 너와 같은 재능을 지닌 아이를 굳이 찾았다는 것은 그런 재능이 선승의 진전을 이어받는 데 꼭 필요한 것들이기 때문일 것이다. 그건 곧 그런 재능을 지닌 네가 지금보다 훨씬 높은 경지에 도달할 가능성이 있다는 의미이기도 하다."

타유가 잠시 말을 멈추고 청풍의 어깨에 손을 올렸다. 그리고 당부하듯 말했다.

"지금의 너도 충분히 강하다. 나는 네 나이 때 너와 같은 경지를 꿈도 꿀 수 없었지. 그러나… 적은 강하고 우리는 겨우 두 사람이다. 그러니 넌 이제부터라도 너의 그 재능을 모두 끌어내어 수련에 이용토록 해라. 그동안 내가 굳이 네 무공 수련에서 그 재능을 묻어두었던 것은 네가 그 재주 때문에 어려운 길을 포기하고 쉬운 길을 택할 수도 있기 때문이었다. 무공이란, 아니, 세상의 모든 일이란 기초가 중요한데, 너의 그 재주들이 오히려 무공의 기초를 나약하게 만들 수도 있기 때문이다."

타유의 말에 청풍이 고개를 끄덕였다. 타유의 깊은 속마음을 들으니 그에 대한 정이 더욱 깊어지는 청풍이었다. 그런 청풍을 보며 타유가 말을 이었다.

"그러나 이제는 다르다. 때가 되었다고 할 수 있지. 너의 기초는 금강석처럼 단단하다. 그러니 너는 그 재주들을 이용해 한계를 넘어 정진해라. 너의 모든 것을 쏟아부어야 상대할 수 있는 적이 앞에 있으니."

"알겠습니다, 아버지."

"급하게 서둘지는 않을 것이다. 모가장 하나의 문제가 아니므로. 밀문의 중심에 들어가고 혈막오류의 실체를 확인해야겠다. 그러나 두렵구나. 과연 그들이 어떤 모습으로 내게 다가올지."

청풍은 타유가 뭔가를 두렵다고 말하는 것을 처음 들었다. 그만큼 흑우저가 말한 혈막오류의 존재가 타유에게 부담이 되고 있다는 증거다. 청풍 역시 혈막오류가 거대한 바다처럼 느껴졌다. 두 사람은 그저 두 방울의 물일 뿐.

"방법이 있을 거예요."

청풍이 말했다.

"그래, 방법이 있겠지. 세상에 풀리지 않는 실타래는 없는 법이니까. 아무튼… 넌 강해지고 또 강해져야 한다. 그것만이 무림에서 살아남는 유일한 방법이다. 내가 이 나이가 되어서도 수련을 멈추지 않는 이유 또한 바로 그것이다."

그러자 청풍이 잠시 생각에 잠겼다가 입을 열었다.

"전 평생 아버지를 따라잡지 못할 것 같아요."

"그게 무슨 소리냐? 난 겨우 살수일 뿐이야. 나와 같은 살수를 뛰어넘지 못한다면 네가 어찌 밀문을, 혈막을 상대하겠느냐?"

타유가 나무라듯 말했다. 그러자 청풍이 고개를 저으며 말했다.

"아버지는 아버지 자신에 대해 잘 모르시는 것 같아요."

"그게 무슨 소리냐?"

"아버지는 이미 살수의 경지를 넘어섰지요. 아버지의 무공은 흑우저와 같은 고수를, 양광과 같은 고수를 어려움 없이 제압하는 경지예요. 그 두 사람은 강호에서 흔히 볼 수 없는 고수예요. 이런 자들을 그렇게 쉽게 제압할 수 있는 사람이 강호에 얼마나 있겠어요."

"그건 단지 살수의……."

"아뇨, 저도 알고 있어요. 아버지가 어느 때부터인가 살수의 살법보다 오직 검으로, 아버지의 무공으로 사람들을 상대하고 있다는 것을요. 아버지, 아버지를 보면 제가 어떤 생각이 드는 줄 아세요?"

"……?"

갑작스런 말에 타유가 대답을 하지 못하고 청풍을 바라봤다.

"언제부터인가 아버지를 보면 전 바다를 생각해요. 마치 혹우저 그가 말했던 혈막이란 존재를 들었을 때의 느낌과 비슷하죠. 너무 깊고 어두워 그 속을 알 수 없는 바다. 아버지의 성정이 그렇다는 것이 아니라 아버지 무공이 그렇다는 거예요. 살수의 살법에서 출발했지만 그 경지는 오래전에 넘으셨어요. 한 이삼 년 된 것 같아요, 아버지의 무공을 이해할 수 없게 된 것이. 그건 곧 아버지가 제가 살필 수 없는 경지로 들어섰다는 것이죠."

"그렇게 느꼈느냐? 난 잘 모르겠는데……."

"거기에 이제 아버지에겐 단천마검이 있어요. 물론 자주 사용하시지는 않겠지만……."

타유는 단천마검을 얻은 후 항상 두 개의 검을 가지고 다녔다. 단천마검은 신병이다. 그런 신병을 함부로 꺼내는 것은 화를 부르는 일이라고 생각하고 있기에 타유는 항상 보통의 검도 가지고 다녔다. 그래서 모가장의 사람들은 가끔 그가 쌍검을 쓰는 것이 아닌지 호기심을 드러내기도 했다.

"단천마검의 힘은… 조심해서 써야지."

타유가 말했다.

"대부분의 사람에게는 그렇지요. 하지만 아버지는 예외죠. 그럴 때 보면 특별한 기운을 타고 태어난 사람은 제가 아니라 아버지 같아요."

"그건 또 무슨 소리냐?"

"단천마검이 아버지에게 순응하는 것을 보면 말이에요."

"설마 그럴 리가 있겠느냐? 그냥… 우연이겠지."

"하하, 평소 아버지가 세상에 우연은 없다고 하셨잖아요."

"응? 내가 그랬나?"

타유가 겸연쩍은 표정으로 말했다. 청풍의 앞에서는 살수도 고수도 아닌 평범한 아비의 모습이다.

"아무튼 그래서 전 제가 아무리 무공을 수련해도 아버지를 뛰어넘지는 못할 것 같다는 생각이 들어요."

청풍의 말에 타유가 단호하게 고개를 저었다.

"그런 생각 하면 안 된다. 무공을 수련하는 자가 스스로 자신의 한계를 정하는 것은 위험한 일이야. 단지 네 특별한 재능 때문에 하는 말이 아니다. 아무런 재능이 없는 사람일지라도 스스로 자신의 한계를 지어놓는 것은 옳지 않다. 사람이란 자신이 모르는 가능성을 품고 있는 존재니까."

"아버지처럼요?"

"이놈이!"

타유가 짐짓 눈을 부라린다. 그러자 청풍이 미소를 지으며 화제를 돌렸다.

"저들도 노숙을 하려나 봐요."

청풍의 말에 타유가 시선을 돌려 강을 건넌 자들이 숙영지를 꾸리는 모습을 바라봤다.

"좀 더 시간이 지나봐야 알겠다."

"무슨 말씀이세요?"

"아까 느꼈던 저들의 기운을 기억하지?"

"예, 찬 얼음을 몸에 댄 느낌이었어요."

"그래. 그런데 그 느낌이… 지난번 모가장의 표행을 습격했던 그 흑의복면인과 비슷해."

"아, 그런가요?"

청풍이 모르겠다는 듯 되물었다.

"만약 저들이 그들이라면 모가장의 표행이 성도로 돌아가기 전에 일을 벌일 수 있다. 마음 같아서는 오히려 저들을 도와주고 싶지만 지금 우리에게는 모잠이 필요하니 그럴 수 없지."

"저들이 오지 않기를 바라야겠군요."

청풍의 말에 타유가 천천히 고개를 끄덕였다.

여인도 강변에 서서 두 사람을 지켜보고 있었다. 그들이 자신들을 주시하는 것도 눈치채고 있었다. 그러나 여인은 수하들에게 어떤 지시도 내리지 않았다.

"령주, 준비가 되었습니다. 쉬시지요."

문득 그녀의 수하 누불이 와서 말을 건넸다. 여인이 대답 대신 고개를 끄덕인다. 그러면서도 여전히 그녀의 시선은 수십 장 밖 타유와 청풍에게 고정되어 있다. 그러자 수하 누불도 두 사람에게 시선을 주었다.

"기이한 부자입니다."

누불이 말했다.

"분명 부자지간이라고 했나?"

"그렇습니다."

누불이 고개를 끄덕였다.

"이상하군."

"예?"

누불이 의아한 표정으로 물었다. 그러자 여인이 고개를 저었다.

"아닐세. 쉬게."

여인이 차갑게 신형을 돌려 자신을 위해 준비된 천막으로 향했다. 그러자 중년 사내 누불이 눈을 가늘게 뜨고 멀리 타유 부자를 살폈다.

"필시 인연이 있는 것 같은데……."

누불의 시선이 다시 여인이 들어간 천막으로 향한다.

삼 일간의 휴식은 모가장 표사들의 원기를 충분히 회복시켰다. 난주로부터도 멀어졌고, 걱정했던 흉수들의 공격도 없자 모잠은 드디어 마음속에서 두려움을 떨쳐내고 다시 예전의 모가장 대공자로 돌아왔다. 그러나 그럼에도 불구하고 그가 타유를 대하는 정성은 극진했다. 아마도 그의 든든한 후원자이자 보호자였던 양광이 죽은 일로 그를 대신할 사람이 필요한 듯했다.

"서둘러라!"

아침부터 숙영지를 정리하기 시작한 모가장 일행이 서둘러 길을 떠났다. 이제부터는 단숨에 모가장이 있는 성도까지 내달릴 요량이다. 성도까지는 잔도를 통해 가야 하기 때문에 서둘러도 보름 길이 넘는다. 그러니 자연히 표사들의 움직임이 분주할 수밖에 없었다.

타유가 모잠을 따라나서며 북쪽을 바라봤다. 삼 일 전 함께 강을 건넌 사람들은 이미 하루 전부터 그 모습이 보이지 않았다.

그들이 과거 모가장의 표행을 습격했던 자들이라면 모가장의 일정에 맞춰 오늘까지 강변에 머물 필요는 없었다. 모가장의 표행이 사천 성도의 모가장 본가로 향하고 있다는 것은 어린아이도 알 수 있는 일이었기에 도리어 기습하자면 모가장의 표행을 앞서가 매복하는 편이 유리하기 때문이다.

"그들이 올까요?"

청풍이 나직하게 물었다.

"글쎄다. 그럴 것 같지는 않구나."

"어째서요?"

"누가 뭐래도 사천은 모가장의 땅이다. 만약 그들이 재차 기습할 생각이었다면 사천에 들어서기 전에 손을 쓰지 않았을까?"

"듣고 보니 아버지 말씀이 맞네요. 그럼 성도까지는 큰 걱정이 없겠어요."

"그에겐 다행인 건가?"

타유가 모잠을 본다.

"다른 사람이 된 것 같아요."

"후후, 사천에 들어서니 마음이 놓인 것이겠지. 그러나 마음속 깊은 곳의 두려움은 깨뜨리지 못했을 거다. 그리고 모가장에 도착하면 더욱더 우리를 필요로 하게 될 게다."

"무슨 말을 들으셨어요?"

"모가장주에게는 두 명의 아들이 있다."

"들었어요. 모잠 저자와 모광이라는 이공자가 있다고요."

"그는 과거 갈산의 철을 놓고 금석촌과 모가장의 싸움이 일어났을 때 네 친부에게 큰 곤욕을 치렀다고 한다. 그때 그 일로 그는 수년간 요양을 해야 했는데 덕분에 모가장의 후계자는 모잠으로 굳어졌다."

"돌아가신 아버지가 그에게 본의 아니게 은혜를 베푸셨군요."

청풍이 씁쓸한 표정으로 말했다.

"그러게 말이다. 그런데 다시 우리가 그를 위해 그 모광이란 자를 상대해야 할 듯하구나. 그자가 최근 들어 다시 힘을 키워 모잠과 경쟁하고 있다더구나."

"모광이요?"

"음."

"하지만 이미 모가장의 후계는 정해진 것이 아닌가요? 모잠의 위치는 공고한 것으로 알고 있는데……."

청풍이 모잠을 바라보며 말했다. 그러자 타유가 고개를 저었다.

"그렇게 단순한 문제가 아니다. 모잠과 모광은 사실 배다른 형제라고 하더구나. 모잠의 어머니는 모잠이 어릴 때 병으로 죽었고, 모가장주 모혼이 새장가를 들어 낳은 자식이 바로 모광이다. 그 모광의 모친이 종청영이라는 여인인데 바로 모가장의 사풍객 중 한 명인 종여득의 누이라고 하더구나."

"음, 친족이 사풍객 중 한 명이라면 모광도 만만치가 않군요."

청풍이 고개를 끄덕인다.

"만약 모광이 갈산에서 크게 부상을 입지 않았다면 오히려 지금 모가장주의 후계자는 모광이 됐을 가능성이 크다고들 하더구나. 그런데 모광이 그만 갈산에서 회복하기 어려울 정도로 무공을 훼손당한 것이지. 그러니 자연히 그때부터 모잠이 장자로서 모가장의 유일한 후계자로 여겨지게 된 것이다."

"그런데 그런 모광이 몸을 회복했다는 거군요."

"그렇단다. 그걸 보면 모광도 제법 대단한 자지. 보통의 사람이라면 자포자기하고 편안한 삶을 살았을 텐데 결국 각고의 노력 끝에 무공을 회복했으니. 일단 무공을 회복했으니 그는 모잠에 비해 훨씬 유리한 위치에 있다고 할 수 있다. 어머니가 살아 있고 그의 친족이 사풍객 중 일인이니까. 그런 모광의 배경에도 모잠이 대공자의 지위를 나름대로 유지할 수 있었던 것은 바로 양광 때문이었다."

"그런데 그가 죽었으니 모잠으로선 초조할 수밖에 없겠군요."

"그렇지. 이제 모가장으로 돌아가면 아마도 형제간에 치열한 싸움이 벌어질 것이다."

"그가 아버지에게 목을 맬 수밖에 없겠군요."

"모가장은… 안에서부터 무너지게 될 것이다. 그것도 철저히."

타유가 무심한 표정으로 말했다. 청풍은 타유의 그 무심함이 오히려 더욱 두렵게 느껴졌다.

*   *   *

성도 동남쪽으로 사십여 리를 가면 사천의 그 어느 장원보다 크고 화려한 장원이 있다. 비록 성도의 번화가와는 제법 거리가 있지만 성도까지 마차 두 대가 달릴 정도의 곧은길이 나 있고, 근방에 장강으로 들어가는 지류가 있어 배를 타고 천하 각지로 이동할 수 있는 교통의 요지에 들어선 장원이 바로 모가장의 본가다.

모가장은 애초에 표국으로 시작된 가문이라 여전히 상가의 기풍이 남아 있지만 근자에 들어서는 여러 면에서 상가의 티를 벗고 강호의 무림문파로 거듭나고 있었다.

사천과 귀주 운남이 그들의 세력권에 들어와 있고, 사천에서는 아미나 당문조차도 모가장의 눈치를 살피고 있는 실정이었다. 그 모가장을 드디어 타유와 청풍은 눈앞에 두고 있었다.

거대한 뱀이 감싸듯 모가장을 동쪽에서 휘어감아 흘러내려 가는 강이 눈에 들어온다. 천하로 뻗어 나간 길이 거미줄처럼 모가장을 중심으로 이어져 있다. 누가 보아도 표국으로 명성을 떨치던 모가장의 과거를 알 수 있는 풍경이다.

"드디어 왔군요."

청풍이 감개무량한 표정으로 말했다. 이곳에서 그는 자신의 혈원을 씻어야 한다. 그 무게감이 만만치가 않다.

"겁이 나느냐?"

타유가 청풍이 물었다.

"겁이 나는 것은 아니지만 긴장은 되요."

"긴 싸움이 될 것이니 너무 조급하게 생각하지 말거라."

"알겠어요."

청풍이 고개를 끄덕였다. 그때였다. 모가장 쪽에서 일단의 사람들이 일행을 향해 말을 몰아왔다.

두두두!

지축을 울리며 나타난 사람은 모두 십여 명. 그중 투박해 보이는 얼굴의 중년 사내가 앞으로 나서며 모잠을 맞이했다.

"돌아오셨습니까?"

정중하면서도 비굴하지 않은 사내의 모습은 그가 모가장에서 제법 높은 위치에 있는 사람임을 말해주었다.

"영웅당주께서 직접 오시다니… 무슨 일이 있소?"

모잠이 사내에게 물었다.

"어찌 나와보지 않을 수 있겠습니까? 일객께서 그리 비명에 가셨는데……."

모가장은 사풍객과 네 명의 당주가 문파를 이끌고 있다. 사풍객은 그 무공의 고절함이 모가장 최고라 모든 사람들이 장주 다음으로 두려워하는 고수들로서 모가장의 수뇌라고 할 수 있고, 네 명의 당주는 각기 천무, 지왕, 영웅, 천봉 등 네 당의 수장으로 실질적으로 모가장을 이끌고 가고 있었다.

이 네 개의 당은 본래 표국이던 시절에는 없던 것인데 모가장이 표국에서 무림문파로 변신하면서 새롭게 만들어낸 조직이다.

그중 모잠을 마중 나온 자는 영웅당주 막충이라는 인물로 과거 모가장이 표국이었을 때부터 대표두로 이름을 날리던 자다. 그는 모가장주 모혼에 대한 충성심이 유별난 것으로 알려졌는데, 모혼 역시 그런 막충의 충성심을 기꺼워해 그에게 모가장의 경계를 모두 맡기고 있었다.

"장원에는 별일없소?"

모잠이 물었다.

"큰일은 없습니다. 다만… 요즘 물길을 통제하는 일로 중원의 상가들과 분란이 일어나고 있습니다."

"물길을 통제하는 일이라면… 광이 말했던 그 일 말이오?"

모잠이 눈살을 찌푸렸다.

"그렇습니다. 대공자께서 난주로 떠나신 후 장주께서 이공자님의 계책을 받아들여 사천의 물길을 본 장에서 일통하기로

결정하셨습니다. 이미 성도 인근의 포구는 모두 본 장의 고수
들이 장악했습니다."

"으음, 그렇게 무리하게 일을 진행하다니. 사천을 왕래하는
상가들이 한둘이 아니거늘 어찌 그들을 모두 적으로 돌리려
한단 말인가? 그래가지고 중원에서 우리 모가장이 어찌 제대
로 일을 할 수 있단 말인가?"

모잠이 눈살을 찌푸리며 중얼거렸다. 그러자 현무당주 막충
이 자신과는 상관없는 일이라는 듯 입을 열었다.

"그 일은 일단 장원으로 가서서 장주님과 상의하시지요."

"알겠소. 아, 그 전에 소개해 줄 분이 계시오. 두 분 이리 오
시구려."

모잠이 타유와 청풍을 불렀다. 그러자 일행의 뒤쪽에 있던
두 사람이 앞으로 걸어 나왔다.

"이 두 분은 이번 표행에서 우리 모가장을 크게 도와주신 분
들이오. 비록 일객께서 비명에 가시는 와중에 이 두 분이 도와
주지 않았다면 아마도 중도에 나를 포함한 표사들 모두 죽었
을 것이오. 우 대협, 이 사람은 본 장의 영웅당주시오. 인사들
나누시구려."

모잠이 말의 타유가 막충에게 가볍게 포권을 해 보였다.

"우검이라 하오. 그리고 이 아이는 나의 아들이오."

타유가 소개하자 막충이 타유를 훑듯이 한번 살피고는 마주
포권했다.

"본 장의 표행을 도와주셨다니 고맙소이다. 잘 오셨소. 장

주께서 크게 반겨하실 것이오."

말을 정중하지만 여전히 타유와 청풍을 경계하는 눈빛이다. 그러거나 말거나 타유는 인사를 끝내고는 청풍을 데리고 모잠의 뒤쪽으로 물러났다.

"자, 그럼 갑시다."

타유와 막충의 인사가 끝나자 모잠이 먼저 말을 몰아 앞으로 나아갔다.

"대공자를 뵙습니다."

거대한 모가장의 장원에 들어서자 경계를 서던 무사들이 일제히 모잠에게 인사를 올린다. 그러자 모잠이 고개를 끄덕여 보이고는 막충에게 물었다.

"아버님은 어디 계시오?"

"청룡루에 계십니다."

"이 시간에?"

모잠이 의외라는 듯 물었다.

"마침… 문에서 사람이……."

말을 하다 말고 막충이 모잠의 뒤를 따르고 있는 타유와 청풍을 보며 말꼬리를 흐렸다. 그러자 모잠이 손을 저었다.

"괜찮소. 이 두 분은 곧 우리 모가장 사람이 될 것이오."

"본 장의 사람이라면……?"

"내 곁에서 날 도와주기로 하셨소."

모잠의 말에 막충의 눈이 가늘어졌다. 외부의 사람을 문파에 들이는 일은 극히 신중해야 한다. 특히나 모가장의 방비를 책임지고 있는 막충에게는 더욱 중요한 일이다.

그러나 이미 모잠이 그리 결정한 일이라면 아무리 당주라 해도 함부로 반대할 수 없는 일이다. 결국 모잠이 데려온 두 사람의 거취는 장주 모혼이 결정할 일이라고 생각하며 막충이 말을 이었다.

"아무튼 문에서 사람이 나와 청룡루에서 그를 만나고 있습니다."

"음, 그 일로 문제는 없었소?"

모잠이 물었다.

"그 일이라면……?"

"단천마검 말이오."

"그거야 우리가 잘못한 일이 아니지 않습니까? 우리의 역할은 충분히 하였지요."

"그렇긴 하지만… 워낙 억지가 심한 사람들이니."

"그에 대한 이야기는 그동안 없었습니다."

막충의 대답에 모잠이 고개를 끄덕였다.

"그렇다면 다행이구려. 사왕께선 언제 오신다고 하더이까?"

"그건 저도 잘 모르겠습니다. 그분의 행적이야 워낙 은밀하니……."

"알겠소."

모잠과 막충이 문파 내의 대소사를 이야기하는 동안 일행은 어느새 전망 좋은 망루를 눈앞에 두게 되었다. 망루는 가파른 지형 위에 세워져 있었는데 그 위에서 보면 성도를 따라 내려가는 장강의 물줄기가 한눈에 보인다.

그리고 그 망루 위에 두 사람이 있었다. 한 사람은 금포를 입은 노인이었고 다른 한 사람은 흑의를 입은 중년의 사내였다. 두 사람은 뭔가 은밀한 대화를 나누다가 타유 일행이 다가서자 대화를 끊고는 다가오는 일행을 바라봤다.

"아버님!"

망루 앞에 당도한 모잠이 노인에게 정중히 인사한다.

"왔느냐?"

날카로운 인상을 풍기는 노인이 고개를 끄덕였다. 냉혹한 인상에 좌중을 압도하는 기운을 지녔다. 그가 바로 모가장의 장주 모흔이다.

"장주님, 그럼 전 이만 물러가지요."

문득 모흔과 밀담을 나누던 흑의중년인이 말했다.

"오늘 하루 머물렀다 가시지요. 사자께서 이리 급히 가시면 제가 서운하지요."

"아닙니다. 장주님을 뵙는 것 말고도 다른 명을 받은 것이 있어서……."

"아, 그러시다면 제가 고집을 부릴 수 없군요."

모흔이 아쉬운 듯 말했다.

"조만간 다시 뵙지요."

사내가 모흔을 향해 포권을 했다. 그러자 모흔이 마주 포권을 하며 사내를 전송한다.

"부디 다음에는 며칠 머물다 가십시오."

"그러지요. 그럼."

사내가 고개를 까딱이고는 천천히 망루를 벗어났다. 그러자 모잠과 막충은 물론 장내의 모든 사람이 고개를 숙여 사내를 전송한다. 그러나 단 두 사람, 타유와 청풍만은 예외였다. 두 사람은 무심한 듯하면서도 날카로운 시선으로 사내를 살폈다. 조금은 음울한 기도의 사내가 일행을 스쳐 지나가다 타유와 청풍을 발견하고는 잠시 걸음을 멈췄다.

자신을 향해 예를 취하지 않는 두 사람에게 노기를 느꼈는지도 모른다. 그러나 이내 타유와 청풍이 모가장의 사람이 아니라는 것을 알아채고는 시선을 거두고 휑하니 망루에서 멀어졌다.

"올라오너라. 영웅당주는 그만 물러가도록 하고."

사내가 물러가자 모혼이 모잠을 불렀다. 모잠이 망루로 오르고 막충은 수하들을 이끌고 장내에서 물러났다.

모혼과 모잠은 망루 위에서 한동안 심각하게 대화를 나눴다. 그들의 목소리는 무척 낮아서 망루 아래서는 알아들을 수가 없었다. 그러던 어느 순간 문득 모혼이 시선을 돌려 타유와 청풍을 바라봤다. 아마도 모잠이 두 사람 이야기를 한 모양이었다.

직후 모혼이 모잠에게 뭐라 말을 건네자 모잠이 망루 위에서 두 사람을 불렀다.

"두 분께서는 잠시 올라와 주시겠소이까?"

모잠의 정중한 청에 타유와 청풍이 망설이지 않고 망루로 올라갔다. 가까이에서 본 모흔은 망루 아래서 보던 것과는 또 다른 면이 있었다. 좌중을 압도하는 기운은 여전했으나 그의 눈가에 반골의 기질이 엿보였다.

'모가장에 만족할 위인이 아니다.'

한눈에 타유는 모흔의 숨은 야망을 눈치챘다. 반골의 기질을 상인의 웃음으로 숨겨도 그 눈빛 속에서 느껴지는 이 차갑고도 강렬한 야망의 기운은 타유의 본능을 벗어날 수 없었다. 그렇다면 타유나 청풍에게도 좋은 일이다. 야망이 큰 사람이 두 사람을 환영하지 않을 리 없기 때문이다.

두 사람이 망루에 오르자 먼저 모흔이 입을 열었다.

"본 장의 표행을 도와주셨다고 들었소이다. 먼저 감사드리외다."

모흔의 정중한 말에 타유가 포권을 하며 대답했다.

"무슨 말씀을. 강호의 동도로서 정체불명의 괴한들로부터 공격당하는 사람을 도와주는 것이야 당연한 일이지요. 덕분에 또 대공자와 같은 분을 사귀게 되었으니 저희로서도 행운이지요."

"그리 생각해 주신다면 고맙소이다. 그런데 듣자 하니 우리 아이를 도와주시기로 하셨다던데…….."

"고난을 함께하면 정이 깊어진다고, 여행 중에 대공자와 정이 들었지요."

"하하하, 사람의 관계에 정이란 놈만큼 좋은 것도 없지요. 고맙소이다. 이 아이에게 들으니 두 분의 무공이 강호에서 적수를 찾아볼 수 없는 경지라던데 이렇게 두 분이 아들놈 곁을 지켜준다면 저로서는 이 아이의 걱정을 하지 않아도 될 것 같소이다."

"큰 힘이 되어드리지는 못할 겁니다. 그저 칼이나 쓸 줄 알지 다른 일에는 영 재주가 없어서……."

"무인에게 칼이면 충분하지요. 일단 오늘은 푹 쉬고 내일 다시 보십시다. 귀한 분들이시니 내 오늘 밤 고심하여 두 분이 섭섭지 않을 자리를 마련해 보겠소이다."

"자리가 무슨 상관이 있겠습니다. 너무 괘념치 마십시오."

"아니지요, 아니지요. 두 분의 힘을 얻어 쓰려면 당연히 그만한 자리를 드려야지요. 아무튼 그 일은 내일 논의하기로 하고, 잠아."

"예, 아버님."

모잠의 나이가 오십에 육박하지만 모혼 앞에서는 어린아이와 같은 모습이다.

"손님들을 모시고 가 편히 쉬시도록 하여라. 그리고 내일 아침에 두 분을 다시 내게 모셔오너라."

"알겠습니다."

"두 분 그럼 편히 쉬시오."

모혼이 부드러운 미소와 함께 말했다. 그러자 타유가 정중하게 포권을 해 보이고는 모잠을 따라 망루를 내려왔다. 타유와 청풍이 모잠을 따라 망루에서 멀어지자 모혼이 허공을 보며 말했다.

"있느냐?"

순간 그의 뒤쪽으로 한 명의 검은 인영이 귀신처럼 나타났다.

"알아보았느냐?"

모혼이 뒤도 돌아보지 않고 물었다. 그러자 어느새 사람의 형상으로 변한 오십대 중반의 사내가 대답했다.

"과거를 알 수 없는 자들입니다."

"음, 강호에 전혀 흔적이 없다?"

"지금까지는 그렇습니다. 그러나 겨우 사오 일 조사한 것이니……."

"알겠다. 좀 더 알아보도록 하라. 그리고… 오늘 그들을 시험해 보거라."

"알겠습니다."

"독하게 손을 써라. 죽어도 좋다. 사람이란 극한의 순간이 되어야 본 모습이 드러나게 되는 법이니까."

"알겠습니다."

"물러가라."

모혼이 손을 흔들었다. 그러자 중년 사내가 한순간에 꺼지듯 장내에서 사라졌다.

"우연이란 항상 위험한 것이지. 우연은 사람의 통제를 벗어난 일이란 뜻이야. 예측할 수 없고 통제할 수 없는 것은 뜨거운 불이나 마찬가지. 조심할 필요가 있어. 그나저나 사왕은 언제 오려나. 어떻게든 그의 속내를 확인해 볼 필요가 있어. 빨리 한 번은 꼭 만나야 할 터인데……."

"이곳입니다. 필요한 것이 있으면 찾아주십시오."

타유와 청풍을 안내한 여인이 두 사람에게 머리를 조아리며 말했다.

"수고하셨소."

타유가 고개를 끄덕이자 여인이 두려운 빛을 보이며 물러갔다. 본시 타유는 무표정한 사람이라 그를 잘 모르는 사람은 누구든 첫 만남에서 두려움을 느끼게 마련이다.

여인이 물러가자 청풍이 남쪽으로 난 창을 열었다. 거대한 모가장과 그 밖으로 넓게 펼쳐진 숲이 눈에 들어온다. 그 너머로는 몇 척의 배가 떠 있는 강이다.

"본래부터 이렇게 컸었나요?"

"아니다. 금석촌의 일이 있고 나서부터 부쩍 커졌지."

"이 장원에 몇이나 있을까요?"

"글쎄다. 시중을 드는 사람들까지 하면 적어도 수백은 되지 않겠느냐? 장원 밖에서 모가장의 일을 하는 사람까지 치면 오백도 훌쩍 넘을 것이다."

"크군요."

"모잠이 야망을 품을 만하지. 그러나 그는 아직 강호를 잘 모르는 것 같더구나."

"……?"

"강호에선 세력보다 고수가 필요한 법이지. 그가 강호에 뜻을 두었다면 사람을 모으는 것보다 그 스스로 고수가 되기 위해 노력해야 했을 것이다."

"하긴 그리 강하다는 느낌은 받지 못했어요."

"그 망루에 다섯 명의 은자가 있었다."

"그건 저도 느꼈어요."

"제법 대단한 실력을 지닌 자들이었지만 제대로 된 고수가 온다면 결코 모혼의 목을 지키지 못할 것이다."

"그의 목을 베는 것이 어렵지는 않다는 말이군요."

청풍의 말에 타유가 고개를 끄덕였다. 그러고는 신중한 표정으로 말했다.

"결국 중요한 것은 그가 아니라는 말이지. 중요한 자는 역시 밀문의 고수들이야. 그들이 이곳에 몇이나 있고, 또 어떤 모습으로 숨어 있는지 알 수가 없구나."

"차차 알아봐야지요."

"행동을 조심하도록 하거라. 그자들이 어쩌면 이미 우리를 주시하고 있을지도 모른다."

타유의 경고에 청풍이 고개를 끄덕였다.

이른 요기를 하고 타유와 청풍은 일찍 잠자리에 들었다. 비록 적지의 한복판에 들어와 있지만 수십 일간의 여행으로 쌓인 피로는 두 사람을 금세 잠들게 만들었다.

밤이 깊고 달이 떴다. 타유와 청풍이 들어 있는 작은 기와집은 적막했다. 두 사람의 시중드는 여인도 이미 잠자리에 든 것이 분명했다.

투툭!

한순간 작은 소음이 적막을 깼다. 그리고 머리에 두건을 한 다섯 명의 사내가 타유와 청풍의 처소 앞에 모습을 드러냈다. 다섯 사내는 잠시 건물 안쪽의 기척을 살피더니 능숙하게 건물 안으로 들어갔다. 아마도 그들에게는 무척 익숙한 곳인 듯싶었다.

건물 안으로 들어온 다섯 사내가 타유와 청풍의 방문 앞에서 다시 움직임을 멈췄다. 그러고는 서로 시선을 교환한 후 허리춤에서 병장기를 꺼내 들었다.

노련한 검객들인 듯 검이 검집을 벗어나는 소리도 흘러나오지 않았다. 검을 뽑아 든 사내들 중 한 명이 옆의 사내에게 고개를 끄덕인다. 그러자 그의 신호를 받은 사내가 조심스럽게 방문을 열었다.

스르르!

미닫이로 만들어진 문이 부드러운 소음을 내며 옆으로 밀려났다. 그러자 두 개의 침상에 나란히 누워 잠을 자고 있는 타유와 청풍의 모습이 보인다.

번쩍!

다섯 개의 빛이 어둠 속에 뿌려졌다. 번쩍이는 빛 속에 살기가 넘쳐흐른다. 그중 두 개는 오른쪽으로, 세 개는 왼쪽으로 향했다.

퍼퍽!

빛으로 화한 검들이 이불을 뚫고 들어갔다.

"음!"

신음성이 흘렀다. 그러나 신음은 검이 꽂인 이불 속이 아니라 검을 꽂아 넣은 복면인들에게서 흘러나왔다. 마땅히 검끝에 느껴져야 할 사람의 감촉이 느껴지지 않았다.

"컥!"

갑자기 벼락처럼 비명이 터져 나왔다. 복면인 중 한 명이 어둠 속에서 뻗어 나온 검에 등을 베이고 쓰러졌다.

"피햇!"

복면인 중 한 명이 소리치며 등으로 창을 깨고 밖으로 튕겨져 나갔다. 그러자 다른 복면인들 역시 놀란 메뚜기 떼처럼 마당으로 물러났다.

덜컹!

복면인들이 막 마당에 내려서는 순간 깨진 창이 밖으로 열렸다. 그리고 타유와 청풍이 가볍게 몸을 날려 마당에 내려섰다. 복면인들이 황급히 검을 들어 두 사람을 겨눴다.

"기회는 한 번뿐이다. 무슨 사정으로 우릴 암습했는지 모르겠지만 지금 물러가지 않으면 목숨을 내놓아야 할 것이다."

타유가 복면인들을 보며 차갑게 말했다. 그러자 복면인들이 잠시 망설이는 듯하다 두 사람씩 나누어 타유와 청풍을 향해 달려들었다.

"어쩔 수 없군. 손님으로 와서 첫 밤에 피를 보다니, 우리의 앞길이 편치는 않겠구나!"

타유와 청풍이 동시에 복면인들을 향해 달려 나갔다.

청풍은 온몸이 긴장으로 팽팽하게 당겨지는 느낌을 받았다. 무공을 수련한 후 강호에 나온 지 벌써 여러 달이 지났지만 여전히 이런 생사결은 익숙하지 않았다.

'그러나 오늘은 독하게 검을 쓰리라.'

청풍은 이를 악물었다. 그의 검은 타유에 비하면 유한 편이라고 할 수 있었다. 본래 성정이 타유에 비해서는 유한 편이었고, 또한 타유로부터 살법에 기초한 무공을 배웠지만 아버지 청담에게서 전해 받은 등천심공의 영향으로 무공에 담긴 살기가 많이 옅어졌기 때문이다.

그러나 오늘은 달랐다. 이들이 모가장의 사람이라면 청풍으로선 반드시 갚아야 할 빚이 있는 상대이다. 그러니 오늘은 검에 독기를 품어야 할 때였다.

파앗!

좌우에서 청풍을 향해 두 개의 검이 떨어졌다. 어디로든 피하기가 만만찮은 협공이다. 오랫동안 협공을 수련한 자들만이 펼칠 수 있는 단단한 공격이다.

청풍이 재빨리 두 번 걸음을 옮겼다. 그러자 귀영팔보가 시전되면서 그의 신형이 뱀처럼 늘어나는가 싶더니 순식간에 복면인들의 검세에서 벗어났다.

"음!"

허공을 벤 검을 회수하며 복면인들이 나직한 침음성을 흘렸다. 어린 쪽의 무공은 그리 강하지 않으리라 예상한 완전히 빗나갔기 때문이다.

그런 두 사람을 향해 이번에는 청풍이 날아들었다. 그의 손에서 야천구검이 펼쳐졌다. 이름처럼 밤에 어울리는 검법으로 복면인들은 청풍의 검세를 느끼기는 했지만 검이 움직이는 모습을 제대로 찾아내지는 못했다.

팟!

"윽!"

날카로운 파열음과 함께 신음성이 터져 나온다. 직후 청풍을 공격했던 복면인 중 한 명이 팔을 부여잡고 뒤로 물러났다. 검을 들었던 그의 팔에서 피분수가 솟구친다. 이젠 제대로 검을 들 수 없으리라.

"독하구나!"

동료가 팔을 잘리자 다른 복면인이 노성을 토하며 청풍을 향해 검을 뻗어냈다. 적을 벤 후 미처 검을 회수하지 못하고 있던 청풍이 급히 신형을 뒤로 누이며 검으로 가슴을 가렸다.

창!

청풍의 가슴 바로 위에서 검과 검이 충돌했다. 불꽃이 튀며 청풍의 신형이 조금 더 가라앉는 듯 보였다. 그러자 팔을 베인

자가 독한 눈빛을 흘려내며 성한 손으로 칼을 바꿔 쥐고 청풍을 목을 자르려고 달려들었다. 순간 청풍이 몸을 빙글 회전했다.

픽!

아무래도 평소 쓰던 팔이 아니라 제대로 검을 다룰 수 없었던 복면인의 검이 청풍의 목을 벗어나 땅에 박혔다. 순간 청풍이 그대로 땅을 차고 오르며 자신과 검을 맞대고 있는 자의 목을 발로 찼다. 복면인이 급히 고개를 꺾었다.

팍!

청풍의 발이 적의 목이 아니라 어깨에 떨어졌다.

"악!"

어깨를 가격당한 복면인이 비명을 질렀다. 아마도 청풍의 각법에 어깨가 부서진 모양이다. 자연히 검을 들고 있던 팔에 힘이 빠졌다. 청풍이 그대로 검을 밀었다. 그러자 적의 검이 뒤로 밀리며 한순간에 청풍의 검이 상대의 가슴을 베어버렸다.

"욱!"

가슴을 베인 자가 한 손으로 가슴을 움켜쥐며 비틀거렸다. 그러고는 이내 땅으로 허물어져 내렸다.

쿵!

청풍이 큰 소음과 함께 자신의 발아래 쓰러진 적을 일견하고는 시선을 돌려 팔을 베인 적을 찾았다. 그러나 이미 팔이 잘린 자는 멀리 달아나고 있었다.

청풍이 적을 쫓으려다 걸음을 멈췄다. 이미 멀리 달아나기도 했지만 함정이 있을 수도 있기 때문이었다.

그때 그의 옆에서 두 마디의 신음성이 터져 나왔다. 청풍이 고개를 돌려보니 타유가 단번에 두 명의 적을 베어 넘기고 있었다. 단천마검이 아닌 평범한 검을 들고도 타유의 무공은 무서웠다.

아마도 지금에서야 적을 벤 것도 일부러 시간을 끈 것일 가능성이 컸다.

그렇게 두 사람을 공격했던 다섯 명의 복면인 중 넷이 죽고 하나가 달아나 싸움이 끝났다. 그러자 갑자기 밖이 소란해지며 일단의 사람들이 달려왔다. 모가장의 무사들이었다.

"무슨 일이오?"

달려온 자들의 앞에는 영웅당주 막충이 서 있다. 모가장을 경계를 도맡아 하는 자이니 당연히 오늘 벌어진 일은 그의 책임이다.

"밤손님이 있었소."

"음, 도대체 어떤 자들이!"

막충이 노기를 드러냈다. 그러자 타유가 말했다.

"한 놈이 도주했으니 그를 추격해 잡으면 배후를 알 수 있을 것이오."

"어디로 갔소이까?"

"북쪽으로 갔소."

"쫓아라! 반드시 사로잡아 오너라!"

막충의 명이 떨어지자 그를 따라온 모가장의 무사들이 일제히 신형을 날려 북쪽으로 이동했다. 그러자 막충이 짐짓 걱정스런 표정으로 타유에게 물었다.

"다치신 곳은 없으신지……?"

"괜찮소이다. 그런데……."

"말씀하시오."

"거처를 좀 바꿔야겠소. 방에 죽은 자가 있어서……."

"아, 알겠소이다. 바로 새 거처를 마련하지요. 너희는 잠시 이곳에서 두 분 손님을 호위하고 있거라."

막충이 남은 수하들에게 명을 하고는 서둘러 장내를 벗어났다.

"생각보다 대단하군."

한밤중에 한바탕 소동이 벌어졌던 타유와 청풍의 처소를 바라보며 모흔이 입을 열었다. 그는 타유와 청풍이 복면인들과 벌이는 싸움을 처음부터 끝까지 지켜보고 있었다.

"위험한 자입니다."

모흔의 옆에서 그를 그림자처럼 호종하는 흑의의 호위무사가 말했다.

"구융 자네가 보기에도 그런가?"

호위무사의 이름은 구융으로 오늘로 이십 년째 모흔의 곁을 지키는 자다. 모흔이 모가장을 표국에서 무가로 변신시키며 각고의 노력으로 자신의 사람으로 만든 구융은 모흔의 기대를 저버리지 않고 지금까지 모혼에게 다가오는 수십 번의 위험을 모두 막아낸 어둠 속의 고수다.

"무공도 뛰어나지만 손속이 독합니다. 평범한 무인은 아니라는 말이지요. 상대하기 쉬운 자가 아닙니다."

"그래, 무엇보다 손이 독한 것이 눈에 띄어. 괜찮을까?"

모혼이 조금은 걱정스런 표정으로 물었다.

"만약 대공자께서 그를 온전히 자신의 사람으로 만든다면 최고의 조력자를 얻게 되는 것이겠지요."

"그러나 그에게 다른 마음이 있다면?"

"칼을 거꾸로 쥐고 있는 것과 같습니다."

구융의 말에 모혼이 고민스런 표정을 짓는다. 가지고는 싶으나 위험한 칼, 타유에 대한 구융의 평가에 모혼도 동의했다. 그러나 지금 모가장은, 특히 그의 장자 모잠은 고수가 필요했다.

그는 비록 모잠과 모광 두 형제의 경쟁에서 누구 한 사람의 손을 들어주지는 않았지만 그래도 일찍 죽은 첫째 부인의 유일한 혈육인 모잠에 대해 아련한 동정심이 있었다. 그래서 일객 양광이 죽은 이상 모잠에게 다른 후원자가 필요하다고 생각했다.

"처음부터 높은 지위를 주어 체면을 세워주고 극진히 대접한다면 그도 진심으로 모잠을 돕겠지."

"결정하셨습니까?"

구융이 묻는다.

"사풍객 중 남은 사람이 둘이야. 사풍객은 본래 우리 모가장의 자랑인데 둘만 남았으니 장원의 체면이 말이 아니지. 그를 사풍객의 일원으로 들인다."

"장주!"

구융이 놀란 표정으로 모흔을 바라봤다. 본래 만리풍 모가장의 사풍객은 모가장이 표국이었던 시절부터 표국을 대표하는 이름이었다. 사풍객에 대한 모가장 식솔들의 자부심은 대단해서 그들은 강호에 나가면 모가장주 모흔을 언급하는 것보다 사풍객을 언급할 때가 더 많을 정도였다.

그런 사풍객의 한 자리를 갓 문파에 들어온 사람에게 내어 준다는 것은 놀라운 일이 아닐 수 없었다.

"사풍객의 자리가 비어 있은 지 너무 오래됐어. 더군다나 양광까지 죽었으니 그 자리를 채워 넣는 것이 좋아. 사풍객 모두가 건재한 모가장과 둘만 남은 모가장은 아무래도 차이가 있지. 그리고 난 두 아이가 공평하게 경쟁하길 원하네. 광이에게는 종여득이 있으니 잠이에게도 그에 견줄 수 있는 사람이 필요해."

"그러나 문파의 인사들이 반대할 수도 있습니다."

구융이 걱정스런 표정으로 말했다.

"이보게, 구융, 이곳은 모가장이네. 모가장의 주인은 나야. 주인이 사람을 들이는데 누구의 눈치를 본단 말인가?"

모흔의 말에 구융이 흠칫 놀라면서 이내 고개를 숙였다.

"죄송합니다. 옳은 말씀이십니다. 모가장의 모든 식솔은 장주님의 명을 거역할 수 없을 것입니다."

구용의 말에 모혼이 희미한 미소를 지었다.

장내의 모든 사람들이 경악에 빠졌다. 타유와 청풍을 모가
장으로 데려온 모잠조차도 놀란 기색이 역력했다.

타유 부자에게 살수가 찾아든 그 다음 날 모혼은 모가장의
수뇌들을 모두 대전으로 불러 모았다. 그 모임에는 타유 부자
도 함께했는데, 그 자리에서 모혼은 타유에게 사풍객의 한 자
리를 주겠다고 선언했다.

"장주, 그것은……."

장내의 사람들 중 가장 당혹해하는 사람은 살아 있는 사풍
객 중 한 명인 종여득이었다. 사실 일객 양광이 죽은 것은 모
가장에 큰 손실이지만 개중에는 그의 죽음에 쾌재를 부른 사
람도 있었다. 종여득이 바로 그런 사람 중 한 명이었다. 그는
대공자 모잠과 모가장의 후계자 자리를 두고 경쟁하는 모광의
외삼촌으로서 모광에게 가장 든든한 후원자였다.

그의 존재는 모광이 장자가 아니면서도 모가장의 후계자가
될 수 있는 기회를 만들었는데, 그런 그를 지금까지 견제하며
모잠을 후원해 온 사람이 양광이었다.

그런 양광이 죽자 그를 포함해 모광을 후원하는 사람들은
모두 모잠의 날개가 꺾였다며 기뻐했는데 이제 갑자기 모잠이
외부에서 데려온 정체불명의 고수가 빈 사풍객의 한 자리를
채우게 되었으니 당황하지 않을 수 없었다.

모잠이 데려왔으니 당연히 모잠을 후원할 것이고, 확인한 바에 의하면 그 무공이 모가장 내에선 상대를 찾을 수 없을 만큼 고강한 자라고 하니 그의 존재가 양광의 죽음을 충분히 상쇄하고도 남을 터였다.

"이미 결정한 일이니 다른 말은 하지 마시오."

모흔이 단호한 표정으로 말했다. 그러자 그의 결정을 반대하려던 종여득이 입을 다물고 뒤로 물러났다. 그는 장주 모흔의 성정을 너무나 잘 알고 있었다. 한 번 결정한 일은 결코 번복하는 일이 없는 모흔이다.

처음 모흔이 모가장을 표국에서 무가로 변신시키려 할 때도 장내의 사람 여럿이 반대했었다. 그러나 모흔은 결국 모가장을 표국에서 무가로 변신시켰으며 지금은 사천, 귀주, 운남 등 남서 삼성을 자신의 손에 넣고야 말았다.

"우 대협은 어찌 생각하시오?"

종여득이 뒤로 물러나자 모흔이 은근한 어조로 타유에게 물었다. 아무리 좋은 감투라도 본인이 원해야 가능한 일이기 때문이다. 그러자 타유가 당황스런 표정으로 입을 열었다.

"너무 갑작스런 말씀이라 솔직히 어찌해야 할지 분간이 되질 않습니다. 장주께서 제게 시간을 좀 주신다면 하루 이틀 생각을 좀 해봤으면 합니다만……."

"음, 사풍객이란 자리는 본 장에서 아주 특별한 지위요. 나와 함께 본장을 이끌어가는 위치라고 보면 되오. 부디 거절치 마시오."

"물론 제가 어찌 모가장 사풍객의 명성을 모르겠습니까. 그런데 한편으로 감히 사풍객의 지위를 덥석 받기가 망설여지도 합니다. 제가 알기로 모가장에서 풍객이란 장주님 다음으로 문도들의 존경을 받는 자리라 들었습니다. 그런데 그 존경이란 단지 무공의 고하에 의한 것은 아닐 것입니다. 오랜 세월 장주님을 모시고 고난을 함께해 온 그 행적에 대한 존경도 포함되어 있겠지요. 그런데 전 어제 모가장에 도착한 사람입니다. 비록 대공자께서 표행을 하시는 동안 한두 번 도움을 드리기는 했으나 수십 년 모가장에 뼈를 묻고 살아온 기존의 풍객분들과는 비교할 수 없는 일이지요."

타유의 말에 모흔이 눈을 가늘게 뜨며 고개를 끄덕인다. 타유의 말 중 하나도 틀린 것이 없었다. 그러나 그럼에도 불구하고 모흔은 타유를 풍객으로 만들고 싶었다. 이유는 단 하나, 타유의 무공이 탐났기 때문이다.

"물론 우 대협의 말에도 일리가 있소. 그러나 지금 본 장에는 고수가 필요하오. 그것도 보통의 고수가 아니라 절정의 경지에 오른 고수가 필요하오. 지금 본 장은 중원의 상가와 장강의 뱃길을 두고 다투고 있고, 또한 비밀스런 강호의 신진 세력인 의천맹과도 수시로 분란이 일어나고 있소. 이런 상황에서 우 대협과 같은 고수가 풍객이 되어준다면 문도들은 오히려 시기보다는 든든함을 느낄 것이오. 그러니 내 제안을 거절치 말아주시구려."

모흔의 간곡한 말에 문득 사풍객 중 한 명인 구여분이 앞으

로 나섰다. 구여분은 사풍객 중 무공은 가장 떨어지지만 계책
에 능한 인물로 모흔에게는 모사의 역할을 하는 사람이다.

"장주의 말씀이 백번 옳습니다. 대공자께 들으니 우 대협의
무공은 강호 일절로 본 장 무사 그 누구보다도 뛰어나다고 들
었습니다. 이런 고수 분을 본 장에 초빙하려면 그만한 대접을
해야 하는 법이지요. 자리가 사람을 만든다고 하지만 보검을
아무 칼집에나 꽂을 수는 없는 일 아닙니까? 아마도 대협께서
풍객이 되시는 일에 대해서는 장원의 그 누구도 비난하지 않
을 것입니다."

어쩌면 구여분과 모흔이 이미 이 일에 대해 상의했을 수도
있었다. 그가 이렇게 적극적으로 모흔의 의견에 찬성하고 나
서는 것은 미리 언질이 없었으면 불가능한 일이기 때문이다.

구여분까지 나서서 모흔의 결정에 찬성하고 나서자 장내의
분위기는 모흔이 원하는 대로 흘러가기 시작했다. 그래서 모
흔이 최종적으로 타유의 지위를 결정하려는 순간 갑자기 대전
옆쪽의 문이 열리면서 한 여인이 들어섰다. 그리고 그녀의 등
장으로 일이 기이하게 흘러가기 시작했다.

"잠깐만 기다려 주세요."

여인의 등장에 사람들의 시선이 일제히 여인에게로 향했다.
모흔의 아미가 가운데로 모였다. 아마도 여인의 등장이 마음
에 들지 않는 모양이었다.

"여긴 웬일이오?"

모흔이 퉁명스레 물었다. 그러자 날카로운 인상을 가진 초

로의 여인이 입을 열었다.

"제가 못 올 곳을 왔나요?"

"그건 아니지만……."

모혼이 한 발 물러선다. 그러자 여인이 모혼에게 물었다.

"새로 풍객을 정하신다고요?"

"그렇소."

"그런데 그분이 이번에 대공자가 데려온 분이라고요?"

"그렇소."

"그분이 이곳에 계시나요?"

여인이 시선을 돌려 장내를 돌아봤다. 그러자 사람들이 고개를 숙여 그녀의 시선을 회피한다. 그녀가 모가장에서 어떤 위치에 있는지를 한눈에 보여주는 광경이다. 고개를 숙이지 않는 사람은 오직 둘, 타유와 청풍뿐이었다. 그러니 그녀가 두 사람을 발견하는 것은 그리 어려운 일이 아니었다.

"두 분이시군요. 반가워요. 난 종영청이라고 해요. 모가장의 안주인이죠."

여인이 차가운 미소를 짓는다. 타유와 청풍은 가볍게 포권을 해 보였다.

"우검이라고 합니다."

"이번에 대공자를 크게 도와주셨다니 어미로서 감사드려요."

종청영의 말에 타유가 가볍게 고개를 숙여 보이는 것으로 인사를 받았다. 그러자 종청영이 두 사람에게서 시선을 거둬 모혼을 보며 말했다.

"물론 우 대협이 대공자를 도와 본 장에 큰 도움을 준 것은
사실이에요. 그리고 우 대협의 무공에 대해서도 의심하지 않
습니다. 그러나 모가장에서 풍객의 지위는 단순히 한 번의 도
움과 뛰어난 무공만으로 정해지는 자리가 아니지요. 만약 그
랬다면 그동안 빈자리를 다른 사람으로 채웠을 거예요."

"하고 싶은 말이 뭐요?"

모혼이 종청영의 속셈을 짐작하고는 눈살을 찌푸리며 물었
다. 그녀는 분명 타유가 사풍객의 자리를 차지해 모잠에게 힘
이 되는 것을 막고 싶을 터였다.

"본 장의 풍객들은 오랫동안 장주님과 생사고락을 함께하
면서 본 장에 수없이 많은 공을 세운 분들이지요."

"그래서 우 대협이 풍객이 되는 것을 반대하는 것이오?"

모혼의 눈길이 차가워진다. 아무리 종청영이라고 해도 자신
의 결정을 되돌릴 수는 없다.

"물론 당신의 결정을 반대하는 것은 아니에요. 대신 우 대협
이 적어도 한 번은 자신의 능력을 보여주어 본 장의 식솔들이
우 대협이 풍객이 되는 것을 인정할 수 있게 해야 한다는 것이
죠."

"시험을 하자는 것이오? 그건 고수를 초빙하는 예의가 아니
오!"

모혼이 단호하게 말했다. 그러자 그 말을 듣고 있던 타유가
씁쓸한 미소를 지었다. 지난밤 불청객을 보내 자신과 청풍을

공격한 사람이 모혼이라는 것을 알고 있는 타유다. 그런 그의 입에서 예의 운운하는 소리가 나오니 한편으로는 가소롭기 그 지없었다.

"시험이라는 말은 과하고… 지금 본 장에 어려운 문제가 있으니 그중 하나를 맡겨 그 일을 해결하게 하면 좋은 모양새로 풍객의 위치에 오르지 않을까 생각되는군요."

"그게 시험이 아니고 무엇이오?"

모혼이 퉁명스레 따져 물었다.

"다르지요. 일부러 우 대협을 시험하는 것이 아니라 본 문에서 무척 중요한 일이며, 그로 인해 곤란한 처지에 있으니 모가장의 일원으로서 누구라도 해야 하는 일인 것이지요."

"도대체 무슨 일을 맡기자는 것이오?"

"포구의 일을 도와주시는 것이 어떤지……."

"포구의 일? 상원과의 문제 말이오?"

"그렇습니다."

"그 일은!"

모혼이 노기를 흘리려다 말고 입을 닫는다. 그러고는 잠시 생각에 잠겼다가 타유에게 말을 건넸다.

"우 대협."

"말씀하시지요."

타유가 대답했다. 그러자 모혼이 미안한 기색을 보이며 말했다.

"본래 이 일은 우 대협을 풍객으로 모신 후 상의 드리려 했던 일인데 나의 안사람이 이렇게 먼저 이야기를 꺼냈소이다. 사실 내 우 대협께 부탁드리고 싶은 일이 있소이다.”

“그게 무엇인지요?”

타유가 무심하게 물었다.

“최근 성도의 중요한 나루 몇 개를 두고 중원의 상계와 우리 모가장 사이에 다툼이 있었소이다. 당연히 성도의 포구들은 우리 모가장의 것이어야 하는데 중원의 상가들이 힘을 모아 성도의 포구에 대한 모가장의 지배권을 인정하지 않으려 하고 있소. 본 장은 나름대로 힘을 써서 그들을 몰아냈으나 최근 들어 그들이 다시 새로운 칼잡이들을 동원해 도전해 오고 있소. 이 일로 본 장은 여간 곤란한 것이 아니외다.”

“그 이야기라면 들은 것 같군요. 이공자께서 주도하신 일이라고…….”

“아, 벌써 알고 계셨구려.”

모흔이 고개를 끄덕였다.

“그 일에 나서달라는 것입니까?”

“그렇소이다. 사실 중원에서 온 고수들의 무공이 보통이 아니어서 우리로서는 그들을 쉽게 물러나게 하기가 여간 어려운 실정이 아니라오.”

모흔이 아쉬운 표정으로 말했다. 그러나 타유은 그의 눈 속에서 일어나는 차가운 빛을 놓치지 않았다. 어쩌면 모흔은 이 일로 자신을 두 번째로 시험하려 하는지도 몰랐다.

“알겠습니다. 모가장에 몸을 의탁하려 하는데 장원의 일을 아니 도울 수 없지요."

타유가 고민도 없이 선선히 승낙을 한다.

"아이고, 이거 고맙소이다. 그리고 미안하외다. 제대로 대접도 못하고 일을 맡기다니……."

"대신 제게도 한 가지 청이 있습니다."

"그렇소? 무엇이오? 내 가능하다면 최선을 다해 들어드리리다."

모혼이 고개를 끄덕인다.

"좀 전에도 말씀하셨듯이 그 일은 이공자께서 추진한 일이라고 알고 있습니다."

"그렇소."

"그런데 그 일이 매끄럽게 진행되지 않았다고 갑자기 제가 그 일에 관여하면 기존에 이공자를 도와 그 일을 행하던 사람들의 심사가 무척 불편할 것입니다."

"음, 그럴 일이야 없겠지만……."

모혼이 말꼬리를 흐린다. 그러자 타유가 틈을 주지 않고 말했다.

"제가 모가장에 머물고자 한 것은 부귀영달을 위해서가 아니라 모잠 대공자의 청에 의한 것입니다."

"그건 나도 알고 있소."

"그러니 제가 굳이 남의 따가운 시선을 받으며 일을 할 이유는 솔직히 없지 않나 싶습니다. 그럴 바에야 지금이라도 모가장을 떠나면 그뿐이지요. 하지만 그렇게 한다면 날 초청한 대공자의 성의를 크게 무시하는 것이니 그럴 수는 없고, 차라리 이 일의 책임을 대공자께 맡으시면 어떻겠습니까? 그렇게 된다면 저로선 다른 사람의 눈치를 보지 않고 편하게 일을 할 수 있을 것입니다. 더군다나 일이 어려워져서 다른 사람의 도움이 필요하다면 이공자께는 죄송하지만 스스로 한계를 드러낸 것이라고 할 수도 있을 것이고……."

너무도 뜻밖의 말에 모혼도, 타유를 자신의 아들 일에 끌어들이려 했던 종청영도 잠시 당황해서 아무 대답을 하지 못했다. 그러자 타유가 다시 말을 이었다.

"그리고 사실 일의 성패에 상관없이 전 풍객이란 지위는 원치 않습니다. 제가 문도들과 다른 것은 언젠가는 모가장을 떠날 사람이란 사실이지요. 물론 그것이 십 년이 될 지 이십 년이 될 지 모르고, 떠난 이후에도 모가장과 좋은 인연으로 남겠지만 말입니다."

"모가장을 떠나다니 그건 또 무슨 말이오?"

모혼이 예기치 않은 일이라는 듯 물었다.

"이곳으로 오면서 대공자께서 약속해 주신 것이 있지요. 언젠가는 우리 두 부자에게 성도에 큰 무관을 하나 내어주시겠다고……."

"아, 그런 말이었소? 난 또 멀리 가신다는 줄 알고. 아무튼 그런 약속이 있었구려. 하지만 그래도 이곳에 머무는 동안은 우리 모가장의 식구이니 자리가 없어서야 되겠소? 풍객을 사양하신다면 내 그에 버금가는 자리를 한번 마련해 보리다."

"알겠습니다. 그럼 포구의 일은……?"

타유가 재촉하듯 물었다. 그러자 모혼이 조금의 망설임도 없이 대답했다.

"우 대협이 원하시는 대로 하겠소. 이 일은 네가 맡는다."

모혼이 모잠을 보며 말했다. 그러자 곁에 있던 종청영이 날카로운 목소리로 반대하고 나섰다.

"장주, 아니 될 말입니다. 광이가 수개월째 심혈을 기울이고 있는 일인데 어찌……."

"일이 어려워 이제 갓 모가장에 들어온 사람의 도움을 청할 정도라면 이 일에서 손을 떼는 것이 좋소. 모광은 아직 좀 더 배워야 할 것 같소. 잠!"

"예, 아버님!"

모잠이 앞으로 나섰다.

"네가 포구의 일을 맡는다. 우 대협과 함께 오늘 중으로 포구로 나가 광에게 일을 건네받으라."

"알겠습니다."

모잠이 사양치 않고 대답했다.

"좋아. 그럼 오늘의 모임은 이만 파한다. 모두 돌아가도록!"

모혼의 명이 떨어지자 대전에 모인 고수들이 바쁘게 대전을 벗어났다. 그러나 대전을 벗어나지 못하는 사람이 한 명 있었으니 종청영이다.

모든 사람이 대전을 벗어나자 종청영이 모혼에게 따지듯 묻는다.

"어떻게 광이의 일을 빼앗아 큰애에게 줄 수 있는 거죠?"

순간 모흔이 차가운 안광을 흘리며 말한다.

"아직도 그 이유를 모르겠소?"

"그래요. 모르겠어요. 당신은 분명 제게 큰애와 광이에게 동등한 기회를 주겠다고 했어요. 그런데 어째서 큰애를 편애하시는 거죠?"

"편애라……. 당신을 정말 어리석군."

"뭐라고요?"

종청영이 눈을 치떴다. 지금까지 이렇게 모욕적인 말을 모흔에게서 들어본 적이 없는 종청영이다. 그러자 모흔이 그런 종청영을 보며 싸늘하게 말했다.

"지금부터 내가 하는 말을 잘 기억해 두시오. 당신이 반드시 한 가지 잊지 말아야 할 것이 있소. 지금부터 이 사실을 한순간이라도 잊어버린다면 당신이라 해도 결코 무사할 수 없을 거요. 그건 바로 이 모가장이 바로 나 모흔의 것이란 것이오. 감히 내가 결정한 일을 두고 장 내의 수하들이 있는 곳에서 반발한 당신의 행동이 바로 오늘 광의 일을 잠이 맡게 된 이유요."

"그, 그건……."

살기까지 흐르는 모흔의 눈빛과 차가운 그의 경고에 종청영이 번뜩 정신을 차린 듯 두려움에 떨었다.

"그동안 당신은 광이에 대한 정이 지나쳐 간혹 하지 말아야 할 행동들을 해왔소. 내 그것을 모르는 바가 아니오. 단지 모가장 안주인의 체면을 생각해 눈감아주었을 뿐이오. 하지만 오늘 같은 일은 두 번 다시 용납할 수 없소. 감히 수하들 앞에서 나 모혼의 권위에 흠집을 내다니, 당신은 혹 내가 어떤 사람인지 잊은 것 아니오?"

순간 종청영이 부들부들 몸을 떨며 고개를 숙인다. 그제야 그녀는 자신의 남편이 어떤 사람인지 기억해 낸 것이다. 모혼은 혈육이라도 자신의 권위에 도전하는 자는 살려두는 사람이 아니다. 지난 세월 모혼의 손에 죽어간 친족이 한둘이 아니다.

"두 번 다시 이런 일은 없어야 할 거요."

모혼이 마지막으로 한 번 더 경고하고는 대전을 벗어났다. 모혼이 떠난 후에도 종청영은 한동안 자리를 뜨지 못했다. 그녀의 얼굴에는 두려움과 분노가 공존했다.

"대부인, 가십시다."

문득 그녀의 뒤에서 종여득이 부른다. 사사로이는 종청영의 오라비가 되는 사풍객 종여득이다.

"내 결코 이 일을……."

"행여나 장주께 허튼 행동은 하지 마시오. 우리 종씨 가문이 절단 나는 꼴을 보지 않으려면!"

종여득이 경고한다. 그러자 종청영이 독한 눈빛을 흘리며 중얼거렸다.

"이게 다 잠 그놈 때문이야."

*　　　　*　　　　*

가을빛이 드리운 물은 시리게 맑다. 손을 넣으면 당장 얼어
버릴 것 같지만 실제로는 그렇게까지 차지 않는 물이다. 청풍
이 물에 손을 담가본다. 미소가 감돈다. 다른 사람에게는 차지
만 청풍에게는 어미의 품처럼 따뜻한 물이다. 눈을 감아본다.
물결에 밀려오는 작은 움직임이 느껴진다.

'배가 다섯 척……'

주변에 움직이고 있는 배의 숫자까지 느껴진다. 그러다가
한순간 청풍의 손이 매섭게 움직였다. 그러자 그의 손끝에서
강렬한 움직임이 일어났다.

푸드득!

청풍의 손이 밖으로 나오자 두 자가 넘는 잉어가 손에 잡혀
있다.

"벌써 잡았느냐?"

등 뒤에서 타유의 음성이 들렸다. 작은 나룻배 한 척에 앞뒤
로 타유와 청풍이 앉아 있다. 얼핏 보면 고기를 낚으러 나온
어부 부자 같다.

"굵은 놈이에요."

청풍이 말했다.

"너를 따라다니면 굶어 죽을 염려는 없겠다."

"고기는 아버지가 더 잘 잡으시잖아요."

"난 낚시나 그물을 가지고 잡지만 넌 맨손으로 잡지 않느
냐? 그것도 물만 있다면 어느 곳에서나. 이리 줘보아라."

타유가 손을 내밀자 청풍이 들고 있던 잉어를 넘긴다. 그러자 타유가 잉어를 건네받아 능숙하게 고기를 손질하기 시작했다. 비늘을 벗겨내고 내장을 꺼낸 후 흐르는 물에 깨끗이 씻는다.

그러고는 배 위에 실어놓았던 작은 화로에 불을 붙였다. 미리 준비한 숯이 금세 벌겋게 달아오른다. 그 위에 석쇠를 얹은 후 타유가 손을 본 잉어를 소금을 쳐 석쇠 위에 올렸다. 이것으로 요리는 끝이다. 잘 익으면 잉어구이로 저녁 요기를 할 수 있을 것이다.

석쇠에 잉어를 올린 타유가 시선을 돌려 수십 장 길이의 커다란 배에 시선을 주었다.

"저 배지?"

"예."

"단단해 보이는구나."

"모광이 수차례 수하들을 보냈으나 한 명도 배에 오르지 못했다고 했으니 보통 배는 아니죠. 그러나 배가 아무리 튼튼하다고 해도 모가장의 접근을 완전히 막을 수는 없는데 일이 그리된 것은 결국 주위에 떠 있는 다섯 척의 작은 배 때문인 것 같아요. 저 배들은 상원의 배와 전혀 상관이 없는 듯 보이지만 기실 가운데 대선을 주위로 일정한 속도와 간격을 두고 돌고 있어요. 그건 곧 저 배들이 상원의 배를 호위하고 있다는 거죠."

"누군지 수전에 능한 자가 있는가 보군."

타유의 말에 청풍이 고개를 끄덕였다.

"그런 것 같아요. 사실 배로 공격해 들어가기에는 빈틈이 없어요."

"네가 나서도?"

타유가 청풍에게 물었다.

"그건 좀 다른 문제죠."

"할 수 있다는 말이구나."

"허점이 두 군데 있어요."

"어디냐?"

타유는 눈길을 상원의 배로 돌렸다. 그러자 청풍이 손을 들어 배의 후미 왼쪽과 그 대각선이 되는 부근을 가리켰다.

"저 두 방향으로 치고 들어가면 호위선들이 막아설 수 없을 거예요."

"어째서?"

"자세히 보세요. 물의 흐름이 달라요. 다른 방향보다 조금 빠르지요."

"모르겠는데?"

타유가 고개를 저었다. 그러자 청풍이 미소를 지으며 말한다.

"하여튼 그래요."

"네가 그렇다면 그런 거지."

"만약 한판 싸움으로 승부를 걸겠다면 제가 말한 두 방향으로 치고 들어가야 해요. 그러면 대선에 쉽게 닿을 수 있을 거

예요. 물론 그 이후의 싸움은 싸우는 자들의 몫이지요. 그런데… 이 일을 꼭 싸워서 해결해야 할까요?'

"성도의 뱃길은 천하의 대상들에게 무척 중요하다. 이곳의 나루들을 장악하는 일은 양쪽에서 양보할 수 없는 일이지."

"그러나 이들은 상인이에요. 상인이란 목이 잘리는 순간에도 흥정을 하는 사람들이지요."

"그렇기는 하다만……."

"모잠 주위에 조언을 해줄 사람이 있으면 가능할 수도 있는데……."

"그런 사람이 있을까?'

"그 모불승이라는 사람은 어때요?'

"지왕당주 말이냐?'

"예."

"영활한 면이 있더구나."

타유가 대답했다. 그러자 청풍이 맞장구를 쳤다.

"제가 보기에도 그랬어요. 그를 설득한 후 함께 모잠을 설득하죠. 만약 이곳에서 싸움을 벌이면 우리의 존재가 지나치게 노출될 수도 있어요."

"그렇긴 하다만… 한번 시도는 해보자. 그렇지만 큰 기대는 말아라. 상인들에게 이권은 곧 목숨이나 다름없으니. 이크, 고기가 타겠군."

타유가 얼른 석쇠에 올려놓은 잉어를 뒤집었다. 노릇하게 익은 잉어가 먹음직스럽다. 그러자 청풍이 품에서 작은 술병을 꺼냈다.

"한잔 드세요."

"응? 웬 술이냐?"

"아버지를 위해 배에 오르기 전에 준비했어요."

"하하, 역시 내가 아들은 잘 두었어. 어디 그럼 한잔 마셔볼까?"

타유의 말에 청풍이 다시 품속에서 작은 옥빛 술잔을 꺼내 술을 따른다. 그러고는 공손하게 타유에게 건넸다. 그러자 타유가 술잔을 받아들고 음미하듯 천천히 술을 마셨다.

"좋구나."

"좋은 술이라고 하더군요."

"음……."

타유가 고개를 끄덕이며 잘 익은 잉어의 살점을 떼어 입에 넣는다. 그러고는 한참을 오물거리며 맛을 음미하다 청풍에게 말했다.

"너도 한잔하련?"

"아뇨. 전 술이 싫어요."

"하하, 아직 어리구나."

"전 술보다 차가 좋아요."

청풍의 말에 타유가 고개를 끄덕였다.

"그래, 차가 좋아야지. 술을 좋아하는 사람은 마음에 한과 욕망이 있다는 증거다. 반면 진심으로 차를 좋아하는 사람은 마음이 깨끗한 사람이니 영원히 차를 즐기는 것이 좋겠다."

"노력할게요."

"좋아. 자자, 너도 먹어라. 아주 잘 익었어."

타유가 권하자 청풍이 젓가락을 들어 잘 익은 잉어를 맛보기 시작했다.

"이상한 부자예요."

커다란 판자로 가로막힌 대선의 갑판 위, 여인이 노인 한 명과 나란히 서서 작은 배 위에서 잉어를 구워 먹고 있는 타유 부자를 보며 말했다. 여인은 난주에서부터 모잠 일행을 따라온 바로 그녀다.

"줄곧 보아왔다고 했나?"

"예."

여인이 대답했다.

"무공은 어떠하던가?"

"뛰어나요. 제가 감당할 수 없는 경지였지요."

여인이 대답하자 노인이 혀를 찬다.

"모가장이 대단하긴 하군. 천하의 고수들이 최근 들어 여럿 모가장으로 모여들고 있어. 이러다가는 사달이 한번 나지 싶어."

"모가장 뒤에 밀문이 있기 때문이겠죠."

여인의 표정이 싸늘해진다. 살기가 도는 눈빛이다.

"끌끌, 아직도 마음에서 한을 삭이지 못하였는가?"

"그 한이 저를 살게 해요."

"아! 사령주 자네의 한을 어찌 삭일꼬? 그리 깊게 원한에 매몰되어 살다가는 오히려 자네가 상할 수도 있어. 알다시피 우리 상원은 그리 녹록지가 않은 집단일세."

"무상님의 가르침은 항상 마음에 새기고 있어요."

"자네가 날 따라 상원에 몸을 의탁하기로 결정한 순간 자네는 천하에서 가장 위험한 집단의 사람이 된 거야. 상원에선 한 치의 틈도 허용치 않는다는 걸 알고 있지?"

"상가들의 이권 다툼에는 관심이 없어요."

"흐흠, 나무는 가만히 있으려 하나 바람은 쉬지 않고 불지. 어쩔 수 없어, 상원에서 살아가려면."

"세를 선택하란 말씀이세요?"

"그게 편하지."

"그러나 이상께서는……."

"나는 조금 달라. 난 상원에 재물이나 계책을 제공하는 사람이 아니잖아? 난 오로지 상원에 무(武)를 제공하는 사람이야. 상원의 권력 싸움에는 일절 간여하지 않았지. 덕분에 내가 얻은 것이 자그마한 자유인 것이야. 그러나 사령주는 다르네."

"제 무공이 너무 약하군요. 무상께서 얻으신 자유를 얻기 위해서는, 아니, 문무이상 두 분께서 얻으신 자유를 가지기에는."

"아니라고는 말하지 않겠네. 그러나 외족은 항상 상원에서 행동을 조심해야 하네."

"무상께서 절 지켜주시잖아요?"

그러자 노인이 서늘한 눈빛으로 경고했다.

"내가 말했지? 상원에서는 아무도 믿지 말라고. 나조차도 말이야. 이 말을 잊은 건가?"

순간 여인이 가볍게 고개를 숙였다.

"제가 실언을 한 것 같군요."

"잊지 마시게. 재물은 세상에게 가장 고약한 물건이라네. 자네가 오가장과 밀문이라는 곳에 대해 가지고 있는 한이 어떠한 것인지 자세히는 알지 못하겠지만 그 한조차도 탐욕에 물든 자들을 상대하는 데는 큰 약점이 될 수 있다네. 그러니 조심하게. 난 먼저 들어가겠네."

노인이 자신이 할 말만 던져놓고는 휑하니 몸을 돌려 선실로 들어갔다. 그러자 여인이 물끄러미 노인을 바라보다 중얼거렸다.

"무상께서는 모르시는 게 있어요. 제 한이란 것도 바로 그 탐욕에 물든 자들이 일으킨 거예요. 이제 나 복묘상은 그런 자들에게 무릎 꿇지 않아요. 절대!"

복묘상의 눈에 뜨거운 열기가 흐른다. 금석촌의 멸망 이후 키워온 복수의 열망이 한껏 드러나는 눈빛이다. 그러다 눈에서 열기가 사라질 때쯤 그녀의 시선이 다시 강 위 두 부자에게로 향했다.

"늦기 전에 한번 만나봐야겠지. 진정 그분이 맞는다면… 함부로 칼을 겨눌 수는 없으니까."

타유와 청풍은 달빛을 받으며 포구로 돌아왔다. 포구에서 경비를 서던 모가장의 무사들이 두 사람을 보고 가볍게 고개를 숙여 보인다. 요 며칠 사이 두 사람은 모가장에서 유명인사가 되어 있었다.

어느 날 갑자기 나타나 사풍객의 한 명으로 지목된 사람, 그런데 그 자리를 마다한 사내. 사풍객은 모가장에서 장주 다음가는 권력을 지닌 자리다. 그런 자리를 마다한 사람이 예사로 보일 리 없다.

더군다나 들리는 소문에 의하면 그는 대공자 모잠을 죽음의 위기에서 구했다고 하니 모가장 사람들은 문파에 새로운 실력자가 나타났음을 직감했다.

두 사람이 대공자 모잠의 사람이란 것은 이제 누구나 다 아는 사실이다. 그동안 모잠은 이공자 모광과의 후계 싸움에서 조금씩 열세를 드러내고 있었다. 근 십사오 년 동안 공고하던 후계자의 위치가 흔들리는 이유는 단 하나, 모광의 뒤에 현 모가장의 안주인 종청영이 있기 때문이었다.

종청영의 뒤에는 사풍객 종여득이 도사리고 있고, 그들 주위로 모가장의 고수들이 힘을 모으고 있었다. 반면 대공자 모잠이 근근이 후계자 자리를 지켜 나갈 수 있었던 것은 오로지 일객 양광 때문이었다.

그래서 처음 양광의 죽음이 모가장에 전해졌을 때 사람들은 이제야말로 모가장의 후계자가 바뀔 것이라고 생각했다. 양광이 없는 상태에서 모잠이 모광을 이겨내기란 거의 불가능하기 때문이다.

그런데 모잠에게 최악의 상황이 전개되려는 그 순간에 타유와 청풍이 나타나 모든 것을 되돌려 놓았다. 장주 모혼은 새롭게 등장한 장년의 고수 타유에게 사풍객의 지위를 주는 것으로 그를 단숨에 종여득과 같은 위치에 올려놓으려 했다.

비록 타유가 거절하기는 했으나 그를 사풍객의 한 명으로 거론한 것만으로도 대공자 모잠은 한순간에 큰 위기에서 벗어나 버렸다. 거기에 더해 모광이 도모하던 성도 뱃길 장악의 일을 대신 맡게 되었으니 오히려 작금의 상황은 모잠에게 유리하게 변했다고 해도 과언이 아니었다.

그러나 기회는 곧 위기다. 만약 모잠이 성도 뱃길 장악하는 일에 실패한다면 오히려 그 일을 맡게 된 것이 모잠에게는 치명적인 타격이 될 터였다. 그래서 사람들의 관심은 더욱 타유와 청풍에게로 향했다. 두 사람의 활약 여부에 따라서 모잠의 운명이 결정될 것이기 때문이다.

"대공자께서 기다리고 계십니다."

포구에 마중을 나와 있던 무사 수강이 달려와 두 사람을 맞이한다. 수강은 어려서부터 모잠을 시중들어 온 그의 수족이었다.

"어디 계시오?"

"서쪽 목책에 계십니다."

"갑시다."

수강의 말에 고개를 끄덕인 타유가 길을 재촉했다.

타유와 청풍은 수강을 따라 포구의 서쪽에 세우진 제법 커다란 진채에 도착했다. 강 쪽으로 통나무를 엮어 만든 목책이 절벽처럼 서 있는 진채는 최근 들어 조성한 것이었다.

모가장이 성도의 나루들에 대한 독점을 공표한 이후 사천의 상가는 물론 중원의 상가들도 힘을 모아 종종 모가장에 반기를 들었기에 성도에서 가장 큰 포구인 이곳 구룡포에 진채까지 세운 모가장이었다.

"이쪽으로."

수강이 타유와 청풍을 목책의 중앙으로 이끌었다. 그러자 목책 위에서 어두운 강을 바라보고 있는 모잠이 보인다. 타유와 청풍은 목책 아래에 도착하자 훌쩍 날아올라 목책 위 모잠의 곁에 내려섰다.

"어서 오시구려."

모잠이 기다렸다는 듯 타유를 반갑게 맞이한다.

"한밤중에 목책에는 어인 일로……?"

타유가 물었다.

"음, 마음이 좀 답답하여 바람이나 쏘일까 하고 나왔소이다. 사실 우 대협의 도움으로 이렇게 좋은 기회를 잡기는 했으나 그동안 광과 사객이 심혈을 기울여도 성사되지 않았던 이 일을 과연 성공시킬 수 있을지 근심이 되는구려."

모잠의 얼굴에서 조금은 두려운 빛도 느껴졌다. 포구를 장악하는 일에 실패했을 경우 그의 신세가 처량하게 될 것은 자명하다. 그러자 타유가 잠시 생각에 잠긴 듯하다가 물었다.

"혹 지왕당주와는 사이가 어떻소이까?"

"지왕당주요?"

"그렇습니다."

"뭐, 나쁘지도 좋지도 않지요."

"대공자께 힘이 되어줄 수 있소이까?"

"글쎄요. 그 양반은 워낙 속을 드러내지 않는 양반이라……. 지금까지도 광이와 나를 두고 어느 쪽도 지지하지 않고 있소이다."

"제가 그를 한번 만나볼까요?"

"무슨 일로 그를……?"

"며칠 문 내의 사정을 살펴보니 대부분의 실력자들이 이공자 쪽으로 돌아선 듯합니다."

"음, 사실 그렇소."

모잠이 비통한 표정으로 고개를 끄덕였다. 그러자 타유가 다시 말을 이었다.

"그런데 유독 지왕당주만이 중립을 지키고 있더이다. 그런데… 내가 들어보니 지왕당주는 밀문과 모가장을 이어주는 가교 역할을 한다고 하던데……."

"맞소이다. 어쩌면 그가 나나 광이 두 사람 중 어느 한쪽에 서지 않는 이유는 어느 쪽이 모가장의 후계가 되어도 자신의 위치가 공고할 거란 자신감 때문일 수도 있소이다. 그는 우리 모가장 내에서 아버님을 제외하고는 유일하게 밀문 사왕과 독대를 할 수 있는 사람이오. 그러니 그가 모가장 내의 후계 싸움에 굳이 관여할 이유가 없지요. 누가 후계자가 되어도 그의 도움이 필요할 테니까."

"그런 사람을 대공자 편으로 끌어들이면 큰 힘이 되지 않겠소이까?"

타유의 말에 모잠이 답답하다는 듯 말했다.

"그야 당연한 일이오. 그런데 그가 왜 갑자기 나의 편이 되어주겠소? 그로서는 우리 두 형제가 양손에 든 떡이나 마찬가지인데……."

"그러나 그도 역시 사람이지요. 그가 비록 밀문 사왕과 독대할 수 있는 사람이라도 그는 여전히 지왕당의 당주일 뿐이오. 사신당의 당주라는 자리가 지위가 낮은 것은 아니나 사풍객에 비할 바는 아니니."

"그 말은 그가 자신의 지위에 불만을 품고 있을 거란 말이오?"

모잠이 솔깃한 표정으로 물었다.

"밀문 사왕을 독대할 수 있는 자신이 여전히 사풍객 아래에 있다면 당연히 불만이 있지 않겠소?"

"음, 그도 그렇겠구려. 가만있자. 그러고 보니 지난번 아버님 생신 때의 일이 생각나는구려. 그때 그의 도도한 태도에 사객 종여득이 잠시 불쾌한 표정을 지었는데……."

"그렇다면 충분히 그와 이야기해 볼 수 있겠소이다."

타유가 단정적으로 말했다.

"아예 내가 직접 가서 만나는 것이 좋지 않겠소?"

그러자 얼른 타유가 손을 내젓는다.

"아니지요. 내가 가는 것이 나을 것이오."

"어째서 말이오? 내가 직접 가지 않고 사람을 보낸다면 그는 필시 기분 상해할 텐데."

"그러나 이렇게 생각할 수도 있소이다. 대공자께서 생각보다 신중하신 분이라고. 지금과 같은 상황에서 대공자가 직접 그를 찾아가는 것은 신중치 못한 행동이지요. 이공자 쪽 사람들의 시선이 시퍼렇게 살아 있는데 그리 가볍게 움직이는 대공자를 좋아하지 않을 수도 있소."

"음, 생각해 보니 그렇구려. 그는 생각이 제법 깊은 사람이니. 좋소이다. 그럼 우 대협께서 그를 한번 만나주시오. 그를 내 편으로 끌어들일 수만 있다면 난 천군만마를 얻는 것이나 마찬가지요. 그를 얻으면 밀문 사왕의 지지를 받을 수도 있으니……."

모잠이 마치 어둠 속에서 한 줄기 빛을 본 사람처럼 들뜬 표정으로 말했다.

타유와 청풍은 포구에 나온 이후 진채 동쪽에 위치한 작은 천막에서 지내고 있었다. 주변이 조용하고 강과 가까워 두 사람이 지내기에는 적당했다.

타유는 모잠의 막사에서 지왕당주 모불승을 대공자 모잠 쪽으로 끌어들일 계책을 논의하고 자신의 거처로 돌아왔다.

"그가 과연 대공자와 손을 잡을까요?"

청풍이 타유에게 물었다.

"글쎄, 만나보면 알겠지만 내 생각에는 반드시 손을 잡을 것 같구나."

"왜 그렇게 생각하세요?"

"그라고 야심이 없겠느냐?"

"……?"

청풍이 타유가 한 말뜻을 이해하지 못하겠다는 듯 바라보자 타유가 차분하게 말했다.

"생각해 보거라. 만약 모광이 모가장의 장주가 된다면 누가 이 장원의 이인자가 되겠느냐?"

"그야 당연히… 아! 그렇군요. 모불승은 모광이 장주가 되면 영원히 사풍객이 되기 어렵겠군요. 종여득이라는 거대한 산이 있고 둘 사이가 썩 좋지 않다면……."

"그렇다. 모광에겐 종여득이 이끄는 강력한 외가가 있다. 아마 그가 장주가 되면 외가 사람들 뒤치다꺼리하기도 바쁠 것이다. 비록 모불승이 밀문 사왕과 독대를 하는 사이라 해도 모가장의 장주가 바뀌면 그 역할도 새로운 사람이 차지할 수 있지."

"잘만 설득하면 그가 모잠 쪽으로 넘어오겠군요."

"아마도 그럴 것이다. 일단 그를 끌어들일 수만 있다면 모잠을 후계자로 만드는 일이 한결 수월할 것이다. 상원과의 싸움도 적당한 선에서 마무리 지을 수 있을 것이고."

"그런데 그가 과연 상원과의 타협을 이끌어낼 수 있을까요?"

"그라면 가능할 것이다. 그것도 모가장주의 동의하에 말이다. 네 생각에 밀문이 지금 중원 상계와 모가장이 일전을 벌이는 것을 바란다고 생각하느냐? 아닐 것이다. 밀문은 지금 암중에 의천맹을 상대하고 있어. 이 와중에 중원 상계의 실질적 지배자라는 상원과 격돌하는 것은 밀문으로서도 위험한 일일 것이다."

"상원이 그렇게 대단한 줄은 미처 몰랐어요."

"나도 그렇다. 상원이란 조직이 있다는 것이야 오래전 살수일 때부터 알고 있었지만 이렇게 그들이 결집된 힘을 낼 줄은 몰랐구나. 아무튼 말이야, 요즘 들어서는 내가 강호에 대해 너무 몰랐다는 생각이 드는구나."

"기인이사가 모래알같이 많다더니 세력도 그런 모양이에요."

"후후, 아무튼… 내일은 모불승을 만나보자."

"알겠어요."

청풍이 고개를 끄덕였다.

차가운 강바람이 불어와 천막을 흔들었다. 천막이 펄럭거리는 소리에 민감한 사람은 잠을 이룰 수 없을 지경이다. 타유가 눈을 떴다. 그러고는 잠들어 있는 청풍을 일견하고는 천막 밖으로 나갔다.

천막 밖으로 나온 타유가 잠시 주변을 살피다가 천막 뒤쪽, 방책과 천막 사이의 어둠 속으로 걸어갔다. 그러자 그곳에서 한 명의 흑의인이 다가오는 타유를 바라보고 있었다.

"누구냐?"

타유가 물었다. 사실 타유는 바람결에 들려오는 인기척을 찾아 천막 밖으로 나온 것이다. 굳이 청풍을 깨우지 않은 것은 그 기척에서 살기를 느끼지 못했기 때문인데, 그렇다고 한밤중에 찾아온 불청객을 경계하지 않을 수는 없었다.

"그대가 우검 대협인가요?"

흑의인이 물었다.

'여인이다!'

어둠 속이라 얼굴의 윤곽만 보일 뿐이지만 목소리로 상대가 여인임을 쉽게 알 수 있다.

"누구냐?"

타유가 다시 물었다.

"한 가지 묻고 싶은 것이 있어서 왔어요. 그대가 우검 대협인가요?"

"이름을 알고 왔으면서 다시 묻는 이유가 뭔가?"

타유가 차갑게 되물었다. 그러자 흑의인이 잠시 침묵을 지키다가 무겁고 낮은 목소리로 물었다. 질문하는 흑의인의 목소리가 떨리는 듯하기도 하다.

"혹 운룡산에 산 적이 있나요?"

스르릉!

타유가 검을 빼 들었다. 생각보다 깊이 들어온 자다. 운룡산의 우검을 안다는 것은 타유의 과거를 조사했다는 말이다.

'어딜까? 모광? 아니지. 그들이 운룡산까지 도달했을 리는 없어. 그럼 누굴까? 벌써 밀문이 움직인 것인가?'

타유가 고민에 빠졌다. 당장 벨 수도 있지만 이 여인의 배후가 누구인지를 확인하는 것도 중요했다.

"마지막으로 묻겠다. 정체가 뭐냐?"

타유가 검을 들어 흑의인을 가리키며 물었다. 그의 말투에서 살기를 느꼈음인지 여인이 두어 걸음 뒤로 물러난다.

"싸우자고 온 것은 아니에요."

"정체를 밝히지 않으면 베겠다."

타유는 살수다. 살수가 칼을 쓰는 데는 망설임이 없다. 여인이 다시 두어 걸음 물러났다.

"대답해 주세요. 운룡산에서 산 적이 있나요?"

"그대를 잡아 꿇리고 대답해 주지."

팟!

타유의 검이 움직였다. 순간 한줄기 검기가 번개처럼 여인을 찔렀다.

"헉!"

여인이 예상치 못한 강렬한 일격에 놀라 다급성을 토해내며 검을 들어올렸다.

차앙!

살벌한 기세와는 달리 맑은 충돌음이 일어났다. 그러나 그

소리만으로도 주변의 관심을 끌기에는 충분했다. 멀리서 사람들의 웅성거림이 들린다.

순간 타유의 검을 막아내고 비틀거리던 여인이 신형을 날렸다. 가볍게 몸을 띄워 올린 여인이 순식간에 방책을 넘었다.

"도주라면 오히려 나에게도 좋다. 이대로 위험을 방치할 수는 없으니 사람이 없는 곳에서 베지."

타유가 여인을 쫓아 모가장의 방책을 넘었다.

도검의 무공은 모르지만 적어도 경공에 있어서만큼은 여인도 만만치 않은 경지에 올라 있었다. 타유가 힘껏 추격해도 여인은 잡힐 듯 잡히지 않았다. 이미 이각여의 추격전 끝에 모가장의 진영에서 한껏 멀어진 두 사람이다. 모가장 진영의 불빛조차도 더 이상 닿지 않았다.

'함정일 수도 있는데…….'

살수인 타유가 함정을 걱정하는 것은 당연한 일이다. 이런 식의 유인책은 살수들이 쓰는 가장 초보적인 술책이다. 한순간 타유가 얼굴을 굳혔다. 그러고는 품속에서 번개처럼 한 개의 비도를 꺼내 던졌다.

팟!

비도가 무서운 속도로 흑의인의 등에 꽂혀들었다.

"흡!"

여인의 입에서 다급성이 터진다. 여인의 몸이 달리던 상태 그대로 팽이처럼 회전한다. 그러나 그럼에도 불구하고 비도는 여인의 옆구리를 길게 베고 지나갔다.

"음!"

여인의 입에서 나직한 침음성이 흐른다. 걸음을 멈춘 여인이 재빨리 지혈을 했다. 타유는 그런 여인을 더 이상 공격하지 않았다. 일단 발을 멈추게 했으니 상대는 독 안에 든 쥐다.

"과연 모가장에서 특별히 초청할 만한 실력이군요."

여인이 말했다. 비도에 맞았음에도 상대에 대한 원망이 느껴지지 않는 목소리다. 덕분에 혼란스러워지는 것은 타유였다.

"도대체 정체가 뭔가? 날 베러 온 것 같지는 않은데?"

"운룡산에 산 적이 있는지 대답해 준다면 제 정체를 말해드리죠."

여인의 말에 타유가 잠시 생각에 잠겼다가 고개를 끄덕였다.

"그대의 말대로 한동안 운룡산에 살았다. 자, 이젠 그대의 정체를 듣겠다. 이번이 마지막 기회다."

타유가 차갑게 경고했다. 그러나 여인은 타유의 경고는 별반 관심이 없는 모양이었다. 대신 그녀는 검으로 땅을 짚은 채 휘청거리는 몸을 바로세우고 있었다. 타유가 운룡산에 살았다는 사실이 그녀를 충격에 빠뜨린 모양이다.

"날 아는가?"

타유가 물었다. 그러자 오히려 흑의여인이 조금은 차가워진 목소리로 물었다.

"당신이 운룡산에 살던 그 우검 대협이 맞는다면 당신은 왜 모가장을 돕는 거죠? 모가장은……."

여인이 말을 하다 말고 말꼬리를 흐렸다. 순간 타유는 뭔가에 뒤통수를 맞은 것 같은 큰 충격을 받았다. 운룡산에 살던 우검이란 사람이 모가장의 일을 돕는 것에 분개하는 사람이라면 그 사람은 자신과 청담의 사이를 아는 자다.

'정체를 확인해야 한다. 반드시!'

타유가 살짝 이를 물었다. 독수를 써야 할 때다. 적이라면 이렇게 위험한 적이 없다. 자신과 청담 사이를 안다면 그건 곧 자신이 타유라는 것도 안다는 말이다.

타유라는 이름이 강호에 흘러나가면 천살문주 홍암이 움직일 것이다. 이십 년이 지나도 홍암은 타유에게 두려운 존재다. 홍암만의 문제가 아니다. 자신과 청풍이 계획한 복수의 길도 죽음의 길이 될 수도 있다.

팟!

타유의 검이 허공을 갈랐다. 한 줄기 검은 빛이 흑의여인을 베었다. 순간 흑의여인이 급히 검을 들어 올렸다.

깡!

강렬한 충돌음이 일어난다. 그리고 다음 순간 흑의여인의 입에서 경악스런 목소리가 흘러나왔다.

"아!"

어느새 흑의여인의 검이 두 동강이 나 있었다. 대적을 만나서도 단천마검을 즐겨 쓰지 않는 타유가 처음부터 독하게 마음먹고 단천마검을 쓴 것이다.

부러진 검을 들고 흑의여인이 주춤주춤 뒤로 물러났다. 그런 여인을 향해 타유가 독수리처럼 날아갔다.

번쩍!

다시 타유의 단천마검이 허공을 갈랐다. 차가운 냉기가 흐르는 듯한 그의 검이 여인의 목을 향해 떨어져 내렸다. 그러자 여인이 재빨리 반 토막 난 검을 들어 타유의 검을 막았다.

쩡!

다시 여인의 검이 부러졌다. 이제 여인의 검은 손잡이만 남았다. 단천마검의 위력이 여실히 드러나는 순간이다. 그러나 두 번이나 여인의 검을 부러뜨린 타유는 전혀 싸움을 멈출 기미를 보이지 않았다. 아마도 타유가 강호에 나와 이토록 강렬한 살기를 드러낸 것은 처음일 터였다.

여인이 부르르 몸을 떤다. 자신의 검을 두 번이나 벤 상대의 무공이 두려워서가 아니라 타유에게서 흘러나오는 강렬한 살기가 두려웠기 때문이다.

타유가 재차 검을 여인에게 겨눴다. 단천마검의 검은 빛이 요기롭게 번뜩인다. 주인이 살기를 드러내자 검도 살기를 뿜어내기 시작한 것이다.

"그만두세요, 타 대협!"

순간 거짓말처럼 타유가 검을 내렸다. 예상은 정확했다. 여인은 자신이 타유임을 알고 있었다.

"금석촌의 사람이오?"

타유가 여인에게 물었다. 그러자 여인이 고개를 끄덕였다.

"그래요. 전 금석촌의 사람이에요."

"누구요?"

타유가 짧게 물었다. 긴 말을 허용치 않겠다는 의도다.

"대협을 이렇게 뵙는군요. 저예요, 복묘상."

여인이 떨리는 목소리로 말했다. 순간 타유는 얼어붙은 듯 얼굴이 굳었다. 목묘상이라는 이름을 마치 환청으로 들은 것 같다.

"지금 누구라고 했소?"

"기억하세요, 저 복묘상을?"

어찌 기억하지 못할까. 복묘상. 청담의 아내이자 청풍의 생모다.

그런데 그 순간 갑자기 타유가 번개처럼 검을 휘둘렀다.

번쩍!

타유의 검에서 검은 빛이 번뜩였다. 갑작스런 타유의 행동에 놀라 복묘상이 훌쩍 뒤로 물러났다. 그런데 타유의 검이 향한 곳은 복묘상이 아니라 그녀의 오른쪽에 위치한 아름드리나무였다.

서걱!

"욱!"

나무와 그 나무 뒤에 몸을 숨기고 있던 자가 함께 베어졌다. 타유가 나는 듯이 달려가 단천마검에 가슴을 베인 자의 목줄을 잡았다.

"큭! 사, 사령주, 살려주시오!"

가슴에서 끊임없이 피를 토하며 가슴을 베인 사내가 소리쳤다. 그러자 뒤로 물러섰던 복묘상이 타유 곁에 내려섰다.

"넌… 소축이 아니냐?"

"아는 사람입니까?"

타유가 복묘상에게 물었다. 한결 너그러워진 목소리다. 그런 타유가 낯선지 복묘상이 잠시 대답을 하지 못하다가 이내 고개를 끄덕였다.

"제가 속한 곳의 무사예요."

그러자 타유가 뭔가를 고민하다가 다시 물었다.

"제수씨, 난 지금 신분을 숨기고 있습니다. 이자의 입을 믿을 수 있습니까?"

타유가 물었다. 그러자 복묘상이 어렵게 대답했다.

"아니에요. 그는 오늘 들은 이야기를 침묵할 수 없어요."

"사령주님!"

소축이라 불린 자가 간절한 눈빛으로 복묘상을 불렀다. 그러자 복묘상이 차가운 어조로 말했다.

"그대가 내 뒤를 쫓은 것은 이령주의 명에 따른 것이겠지?"

"그렇습니다. 그렇지 않다면 제가 어찌 감히…….."

"그대에 대해 알고 있지. 그대는 이령주 헌원고의 오랜 심복이지, 헌원세가에서부터 그를 따라온. 그런 그대가 오늘의 일을 침묵하며 살 수 있을까? 난 불가능하다고 생각하는데…….."

"절대 오늘 일을 발설하는 일은 없을 겁니다."

"그럼 돌아가서 이령주에겐 뭐라 말할 거지?"

"그, 그건… 제가 알아서. 쿡!"

한순간 타유의 검이 소축이란 자를 찔렀다. 그러자 소축이 나직한 신음과 함께 숨을 거뒀다. 타유의 독한 수법에 복묘상이 두려운 듯 타유를 바라봤다. 그러자 타유가 냉정하게 말했다.

"사람의 입처럼 믿을 수 없는 것이 없지요."

그러자 복묘상이 고개를 끄덕인다.

"그렇긴 하지요. 그런데 도대체 어떻게 된 일이죠? 왜 타 대협이 모가장에 있는 거죠?"

"제수씨가 모잠의 표행을 습격했던 바로 그 복면인입니까?"

타유가 되물었다.

"맞아요. 난주 표행을 습격한 복면인들은 바로 저와 제 수하들이에요. 그때 대협께서 나타나시는 바람에 모잠을 제거하지 못한 이후 줄곧 그의 표행을 따랐지요. 그 와중에 우검이란 이름을 들었어요. 우검은 곧 운룡산에서 타 대협이 쓰던 이름인지라……."

"그 이름을 듣고 나의 존재를 알았군요."

"맞아요. 그런데 정말 어찌 된 일이지요?"

복묘상이 더 이상 궁금해서 참을 수 없다는 듯 물었다. 그러자 타유가 침착하게 대답했다.

"제수씨, 제수씨께서는 아셔야 할 것이 많습니다."

"한 시진 정도는 시간을 낼 수 있어요."

"좋습니다. 그럼 자리를 옮겨서 그간의 일을 말씀드리지요."

복묘상이 놀람과 흥분, 경악과 기쁨으로 눈물을 흘렸다. 타유의 입에서 나온 한 사람의 이름, 그 자신의 분신이며 사랑하는 이의 아들인 청풍이라는 이름이 그녀의 이성을 마비시켰다.

"정말요? 정말 풍이가 살아 있어요? 정말이죠?"

복묘상이 타유의 소매를 잡으며 여러 번 고쳐 물었다.

"건강하게 잘 살아 있습니다. 모가장의 표행을 뒤쫓으셨다면 나와 함께 다니는 청년을 보셨을 겁니다."

"아, 그럼 그 아이가… 아!"

복묘상이 믿을 수 없다는 듯 중얼거렸다. 그러자 타유가 재빨리 말을 이었다.

"풍이와 전 복수를 위해 일부러 모가장에 들어간 것입니다. 물론 그 계기는 제수씨가 만들어주셨지요. 난주행의 표행을 공격하신 덕에 별 의심 없이 모가장에 들어가게 되었으니까요."

"아, 풍아……!"

복묘상은 타유의 다른 말은 귀에 들어오지 않았다. 그녀에게는 오직 청풍의 생존만이 중요했다.

"만나보시겠습니까?"

타유도 복묘상에게 다른 말이 필요없다는 것을 깨달았다. 다른 이야기는 청풍의 일을 매듭짓고 나눌 수밖에 없을 듯했다.

"그럼요. 당연히… 아!"

당장에라도 청풍을 만나려는 듯하던 복묘상이 나직하게 탄식을 흘린다.

"무슨 문제가 있습니까?"

타유가 걱정스레 물었다. 금석촌이 멸망한 후 복묘상이 어떻게 살아왔는지 알 수 없는 타유다. 그러나 그녀의 무공과 그간의 행적에서 결코 평범한 삶을 살아온 것이 아니라는 것은 짐작할 수 있다.

"당장 청풍을 만나고 싶지만, 만날 수도 있지만… 그것이 청풍을 위험하게 할 수도 있어요."

"이유가 뭡니까?"

"그건… 제가 속해 있는 곳이…….."

"지금 어디에 계시는 겁니까?"

"전 상원에 몸담고 있어요. 모가장에 계시니 상원에 대해서는 들으셨을 거예요."

"음, 상원에 대해 대충은 들었소. 그런데 제수씨가 상원에 있는 것과 풍을 만나지 못하는 것이 무슨 상관입니까?"

타유가 알기 있기로 상원은 수백 년의 전통을 지닌 조직이다. 세상에는 그 실체가 제대로 드러나지 않았지만 암중에 중원 상계를 움직이는 조직으로 무림의 명문에 비교해도 뒤지지 않는 힘을 지니고 있다. 중원의 상가들은 그들의 힘만으로 해결되지 않는 어려운 일이 생겼을 때 상원의 힘을 빌렸다. 상원이 나서면 웬만한 강호의 일은 모두 해결되었다.

그런 면에서 보자면 사천 성도의 뱃길을 둔 이런 다툼이야말로 상원이 나서야 하는 일이라고 할 수 있었다. 중원의 상가 어느 한 곳이 나서서 모가장을 상대할 수는 없기 때문이다.

그러나 그렇게 강력한 힘을 지니고 있으면서도 상원은 언제나 세상 뒤편에 있었다. 그들이 강호에 나서는 경우에도 그들의 행사가 워낙 은밀해서 일이 끝나고 난 후에야 상원이 나섰음을 알 수 있었다.

"상원은 세상에 알려진 것보다 훨씬 혹독한 집단이에요."

복묘상이 차분하게 입을 열었다.

"행동에 제약이 있다는 말이군요."

"맞아요. 상원에는 두 종류의 사람이 있지요. 하나는 상원을 떠받치고 있는 천상사가와 그들의 보증을 받은 상가들에 적을 둔 사람들로 그들이야말로 상원의 성골들이죠. 반면 상원에 속한 상가들과 특별한 인연이 없으면서 상원의 일원이 되는 사람들이 있어요. 저와 같은 사람들이죠. 이는 일종의 용병과 같은 것인데, 말이 좋아 용병이지 사실은 자신의 삶을 상원에 판 사람들이라고 할 수 있어요. 상원에서 그들을 가리켜 외족(外族)이라 부르죠."

"외족이라……. 원 외의 사람이란 말이군요."

"그렇죠. 외족의 삶은 사실 꽤나 힘들어요. 외족은 상원으로부터 목숨의 구함을 받거나 혹은 특별한 대가를 받고 자신의 인생을 저당 잡힌 사람들이기에 평생 상원의 그늘에서 벗어날 수 없어요. 도주하거나 배신하면 죽음뿐이죠."

"제수씨도 외족의 틀에서 벗어날 수 없는 것인가요?"

"결국 그렇죠. 그래도 전 무척 사정이 좋은 편이에요. 좋은 분을 만난 덕이지요. 금석촌이 멸망할 때 전 절벽에서 강으로 몸을 던졌어요. 죽음을 각오한 행동이었는데 마침 근방을 지나가던 한 이인에게 발견되었죠. 그분은 절 수개월 동안 치료해 줬어요. 그리고 자신의 보증으로 절 상원의 외족이 되게 하였죠."

"그럼 그분도 상원의 외족이겠군요."

"맞아요. 그러나 상원의 외족이기는 하지만 상원 내에서 큰 존경을 받는 분이지요. 상가 출신의 사람들도 그분의 얼굴을 함부로 보지 못할 정도예요. 덕분에 저 역시 상원에서 제법 높은 지위를 얻을 수 있었어요. 그러나 그분이나 제가 누리는 이 모든 권력은 우리 두 사람이 오직 상원에 적을 두었을 때, 상원을 위해 우리의 목숨을 내놓을 수 있을 때 주어지는 거지요."

복묘상의 말에 타유가 어두운 안색으로 말했다.

"외족은 상원 외의 인연을 모두 끊어야 하는군요."

타유의 말에 복묘상이 무겁게 고개를 끄덕였다.

"청풍의 존재가 알려지면 어떻게 됩니까?"

"글쎄요. 저로서도 그때는 어떤 일이 벌어질지 잘 모르겠어요. 어쩌면 청풍을 상원에 들이라는 명이 떨어질 수도 있겠지요. 그러나 그보다도 제가 걱정하는 것은 사부와 저의 정적들이 풍에게 위해를 가할 수도 있다는 것이에요."

"상원 내의 결속이 강하지 못하군요."

타유의 물음에 복묘상이 고개를 끄덕였다.

"상원은 기이한 조직이에요. 상계 공통의 적을 상대할 때는 차돌처럼 단단하게 뭉치지만 내부의 권력 다툼에 있어서는 철천지원수처럼 행동하죠. 상원은 역사 이래 네 개의 상가를 중심으로 돌아가요. 그 네 개의 상가를 천상사가라고 부르는데, 이들이야말로 중원 상계에서 천외천의 존재들이죠. 그런데 이들 네 개의 상가조차도 그 자리가 영원한 것은 아니에요. 상원 내의 권력 암투에서 패배한 상가들은 종종 천상사가의 지위에서 밀려나기도 하죠. 그럼 새로운 상가가 그 자리를 대신하고. 상원의 삼백 년 역사에서 그렇게 밀려난 문파가 일곱이었는데 그들은 상원에서 밀려난 이후 모두 멸문하거나 혹은 겨우 명맥만 유지하는 정도로 세가 죽었어요."

"상원 내 치열한 암투의 후유증을 견디지 못하는 것이군요."

타유가 고개를 끄덕였다.

"천상사가에서 밀려나는 순간 그 상가를 대신한 문파에게 그동안 향유했던 상계의 모든 이권을 넘기게 되니까 몰락은 순식간이죠."

그러자 타유가 고개를 갸웃하며 물었다.

"그러나 제수씨께서는 천상사가에 속한 사람이 아니니 오히려 권력 쟁투에서 자유로운 것 아닌가요?"

"그게 또 그렇지가 않아요. 상원의 조직은 원주와 원로원을 제외하면 이상오령에 의해 움직여요. 이상은 문상과 무상 두 사람을 말하는데, 모두 상가 외 출신, 그러니까 외족 출신들이 지요. 권력을 한 상가에서 독점하는 것을 방비하기 위한 방책이기도 하고 또 오래전 현재의 문무이상께서 상원이 존폐의 위기에 빠졌을 때 그것을 구원해 준 것에 대한 대가이기도 하죠. 반면 오령은 좀 달라요. 오령의 경우는 천상사가 출신의 령주가 각각 하나씩의 령을 맡고 있어요. 그리고 나머지 하나를 외족 출신에게 맡기는데 제가 바로 지금 그 자리에 있어요."

복묘상의 말에 타유가 놀란 표정으로 물었다.

"어떻게 그런 자리까지……?"

이십이 훨씬 넘어서 상원에 들어간 복묘상이 령주의 자리에까지 오른다는 것은 사실상 거의 불가능한 일이다.

"제가 절 구원해 주신 무상에 대해 말했지요? 그분은 사실은 상원 내에서는 제 스승과도 같은 존재예요. 제가 그분께 무공을 전수받았거든요. 그러니 이 모두가 그분 덕이지요."

"그렇게 된 것이군요."

"그러나 비록 무상께서 절 지원하신다 해도 제가 령주가 되는 것은 쉽지 않았지요. 피나는 노력으로 무상께 무공을 전수받고 독하게 강호행을 해도 오르기 어려운 자리예요. 그래서… 결국 천상사가 중 한 곳과 손을 잡았어요."

"아!"

타유가 나직하게 탄식을 흘렸다. 그렇다면 당연히 상원 내에서 정적이 생길 수밖에 없다.

"제가 손을 잡은 곳은 화문이란 곳인데, 당시 천상사가의 위치에서 밀려날 처지에 처해 있었지요. 화문은 본래 강호에서 기루와 주루를 운영하는 거대한 집단인데 그 출신이 비루하다고 다른 세 개의 상가로부터 배척을 받고 있었어요. 그러니 당연히 저와 무상님의 손길을 거부할 수 없었고요. 하여튼 그렇게 서로 거래가 성사되자 화문은 천상사가의 지위를 유지할 수 있었고, 전 오령 중 사령의 령주가 되었어요."

"그리된 일이군요."

타유는 그간 복묘상에게 일어난 일들을 대략 듣고 나자 그녀가 청풍을 만나는 일을 고민하는 이유를 알 수 있을 것 같았다. 아마도 화문을 지원하면서 복묘상과 그녀의 스승인 무상에게는 적지 않은 정적이 생겨났을 터이다. 당장 오늘도 그녀의 뒤를 밟아온 자가 있지 않았는가.

"청풍이 목표가 된다면 청풍의 안위와 타 대협이 계획한 일에 큰 차질이 생길 수도 있어요. 그러니……"

"위험한 집단에 몸을 의탁하셨군요."

타유가 걱정스레 말한다.

"그 당시에는 어쩔 수 없었어요. 일단 제가 살아야 했고, 살아서 복수를 해야 했으니까요. 상원에는 모가장을 상대할 힘이 있지요. 제가 위험을 무릅쓰고 사령주가 된 이유도 복수를 하기 위함이었어요. 그 첫 시도가 모잠의 표행을 공격한 것이었죠. 그 일도 사실 상원 내에서 찬반이 분분했지만 어쨌든 모가장은 사천의 뱃길을 두고 상원과 대립하고 있는 사이라 그럴듯한 명분이 있었지요."

"그 일을 제가 망친 거군요."

타유가 빙그레 미소를 지었다. 그러자 복묘상 역시 소리 내어 웃었다.

"호호, 맞아요. 타 대협이 제 일을 방해하신 거지요. 하지만 더 큰 걸 얻게 되었으니 손해나는 장사는 아니에요."

"음, 지금 이곳에 상원을 대표해 와 있는 사람이 무상이라고 했지요?"

"네. 무상께서 책임자로 와 계세요. 그리고 일령과 이령이 무상 어른을 돕고 있고요. 사실 저희 사령까지는 올 필요가 없었는데 난주행에 나선 김에 사천까지 움직이라는 원의 명이 있어서 이곳까지 오게 된 것이에요. 잘된 일이죠."

"상원의 계획은 뭡니까? 무력으로라도 뱃길을 열려고 하는가요?"

타유가 신중한 표정으로 물었다.

"상원은 상가를 바탕으로 생겨난 세력이에요. 상인들이란 언제나 무력보다는 흥정을 앞세우죠. 되도록 상원이 강호에 노출되는 것을 피해야 하니 흥정할 수 있다면 할 거예요."

"흠, 그럼 큰 싸움 없이 일이 해결될 수도 있겠군요. 지금으로선 양쪽이 싸우지 않고 일을 해결하는 것이 중요합니다."

"모가장에 타격을 주는 것이 낫지 않을까요?"

여전히 복수로의 열망이 가득한 복묘상이다. 그러자 타유가 복묘상을 진정시키듯 차분하게 말했다.

"제수씨, 금석촌에 일어난 일은 결코 모가장 홀로 주도한 일이 아닙니다. 아시겠지만 그 일은 밀문에 의해 일어난 일이지요. 그러니 우린 시선을 밀문에 두어야 합니다. 그러자면 저와 풍이 밀문에 접근할 수 있어야 합니다. 그러기 위해선 이번 일이 모잠 그자에게 유리하게 끝나야 하지요. 모잠의 지위가 공고해질수록, 혹은 그가 모가장의 주인이 된다면 나와 풍은 밀문에 가깝게 갈 기회를 얻게 될 것입니다."

타유의 말에 복묘상이 금세 고개를 끄덕인다.

"알겠어요. 그런데… 너무 위험한 일이 아닐까요?"

"풍이 선택한 길입니다. 말씀드렸지만 나와 목혜는 풍에게 선택할 기회를 주었지요. 풍도 오래 생각하고 결정한 일이고."

"풍이 고려로 갈 운명이었다는 것은 모르고 있었어요. 그분이 제겐 말하지 않았으니까. 그러고 보면 그래서 그분이 풍이 수기를 지닌 아이라는 것을 알았을 때 얼굴이 어두웠던 것 같아요."

"청담 그 친구도 스스로 풍을 고려로 보낼 생각은 없었지요. 선사 묵철의 당부가 있었지만 청담은 그 일조차도 그저 풍의 운명에 맡기겠다고 결정했지요."

"그분이 그리 결정한 것은 풍이 자유롭게 살길 원해서였는데… 오히려 지금은 복수라는 멍에를 쓰고 살아가야 하는 운명이 되었군요."

청풍을 생각하니 안쓰러운 마음이 드는지 복묘상의 눈에 이슬이 맺힌다.

"풍은… 정말 잘 자랐습니다. 복수의 길에 들어섰지만 그렇다고 성품이 고약해진 것도 아니지요. 잘 자랐어요."

"언니가 고생이 많았겠어요."

상목혜를 두고 하는 말이다.

"목혜에게도 기쁨이었지요, 풍이 자라는 걸 보는 것은. 아, 세상일이란 게……."

타유가 말꼬리를 흐렸다. 금석촌에서 일어난 불행한 사건이 타유와 상목혜에게는 청풍을 만나게 해주었으니 화와 복이 함께 온 경우라고 할 수 있었다.

두 사람은 이후에도 오랫동안 이야기를 나누었다. 가끔 침묵이 길어질 때도 있었지만 앞일에 대해 서로 세밀하게 상의한 후 새벽이 다가올 때쯤 두 사람은 헤어졌다.

"어딜 다녀오신 거예요?"

타유가 새벽 공기를 몰고 천막으로 들어오자 가부좌를 틀고 앉아 운기를 하고 있던 청풍이 물었다.

"음, 간밤에 상원에서 사람이 왔었다."

"살순가요?"

"아니. 살수는 아니고 이쪽의 정세를 살피려 온 것 같더구나."

"죽었나요?"

"아니, 살려 보냈다."

타유의 말에 청풍이 고개를 끄덕였다.

"거래를 하려면 상대를 자극할 필요가 없지요."

어른스런 청풍의 말에 타유가 청풍을 바라봤다. 친모가 살아 있다는 걸 안다면 청풍은 어떤 표정일까. 당장에라도 달려가 복묘상을 만나겠다고 고집을 부릴 수도 있었다.

그러나 청풍은 침착한 아이이니 때를 기다릴 수도 있다. 마음에 갈등이 인다. 복묘상과는 당분간 청풍에게 친모가 살아 있다는 것을 알리지 않기로 했지만 그래도 입에 고인 침처럼 입안에서 말이 돈다.

"휴우!"

타유가 애써 말을 참으며 긴 숨을 내쉬었다.

"무슨 일 있으세요?"

평소와 다른 타유의 모습에 청풍이 걱정스레 묻는다.

"아니다. 밤을 새웠더니 피곤하구나."

"주무시겠어요?"

"음, 조금 자자. 그리고 모불승을 만나러 가자꾸나."

타유가 침상으로 오르며 말했다. 그런 타유를 청풍이 더욱 이상한 눈으로 본다. 하룻밤 잠을 자지 않았다고 피곤해할 타유가 아님을 잘 알고 있기 때문이다.

모불승은 모가장 내에서 기이한 존재로 꼽힌다. 그는 무공이 뛰어나긴 하지만 모가장의 다른 당주들에 비해 특출 나게 나은 것은 아니었다. 그러나 모가장 식솔들이 그를 대하는 모습은 다른 당주들에 비할 바가 아니다. 그는 모가장에서 당주가 아니라 사풍객에 필적하는 대접을 받고 있었던 것이다.

그가 단지 모가장주 모혼의 친척이기 때문만은 아니었다. 이유는 단 하나, 그가 모가장의 거대한 배후 밀문과 밀접한 관계가 있는 사람이기 때문이었다.

소문에 의하면 모가장이 금석촌을 치기 위해 밀문의 힘을 빌릴 때 모불승이 그 가교 역할을 했다고 한다. 모불승이 강호에서 맺은 밀문과의 인연으로 밀문이 모가장을 후원하게 되었고 그것이 오늘날 모가장이 표국에서 벗어나 사천, 운남, 귀주의 서남 삼성 패자가 된 계기가 되었던 것이다. 그러니 모가장에서 모불승의 존재감이 사풍객을 능가하는 것은 당연한 일이었다.

그 모불승이 태사의에 지그시 몸을 기댄 채 자신의 막사로 들어오는 타유와 청풍을 응시했다. 마치 그 자신이 모가장주라도 된 듯한 모습인데, 기실 모가장주 모혼조차도 두 사람을 이렇게 거만하게 대하지는 못했다.

"어서 오시오."

모불승이 여전히 태사의에 기댄 채 손을 드는 것으로 타유와 청풍을 맞이한다. 타유가 그런 모불승에게 가볍게 포권을 해 보이고는 그의 맞은편 의자에 앉았다.

"본 장에 대단한 고수가 초청되었다는 소식은 듣고 있었소.

그런데 이렇게 나에게까지 인사를 하러 올 줄은 몰랐구려. 나야 일개 당주일 뿐인데…….”

모불승이 여전히 거만한 표정으로 말했다. 그러자 타유가 얼굴에 감정을 드러내지 않고 대답했다.

“새 식구가 되었으니 인사를 오는 것이 당연한 일 아니겠소이까?”

“음…….”

모불승이 살짝 불쾌한 표정을 짓는다. 타유의 나이는 많이 보아도 오십 전후다. 반면 모불승은 육십을 넘었다. 그런데 타유의 말투가 공손하지 않으니 당연히 기분이 상할 수밖에 없다. 그러나 타유는 모가장에 들어와 오직 한 사람 모혼에게만 존대하였을 뿐 다른 사람에게는 존대를 해본 일이 없다.

타유 스스로 자신을 낮추는 것은 모가장에 섞여드는 것에는 도움이 될 수 있지만 밀문에 접근하는 데에는 방해가 될 수도 있기 때문이었다. 밀문이 관심을 가질 만한 고수라면 모가장의 모든 고수를 눈 아래로 둘 수 있어야 할 것이다.

“그래, 모가장에 들어와 보니 어떻소이까? 서남 삼성을 호령하는 모가장의 위세가 대단하지 않소?”

모가장의 위세가 아니라 자신의 위세를 내세우기 위한 말이다.

“생각보단 대단하더구려.”

“생각보다라……. 그 전에는 대단치 않게 생각했단 말이구려.”

"아무리 옷을 갈아입었다고 해도 모가장의 근본이 표국임은 변하지 않는 사실이라 생각했소이다. 아무리 대단한 표국이라고 해도 강호의 정통 무가와는 차이가 있을 것이니……."

"그런데 들어와 보니 생각했던 것과 다르더란 말이오?"

"조금 다른 면이 있었소."

"후후, 많이 달랐을 거요. 모가장은 평범한 문파가 아니오. 이미 상가의 껍질을 벗은 지도 오래. 곧 강호 천하는 우리 모가장을 우러러보게 될 것이오. 내 생각을 말하자면, 우 대협 그대는 참 운이 좋은 것 같소. 좋은 시절에 우리 모가장에 들어오게 되었으니 말이오."

모불승이 다시 거드름을 피우며 말했다. 그러자 타유가 고개를 끄덕이다가 나직하게 말했다.

"물론 지금까지는 운이 좋았다고 생각하고 있소이다. 마침 대공자를 보필하게 되었으니 더더욱 그렇지요. 그런데 솔직히 말해 이 운이 언제까지 이어질지는 모르겠소이다."

"그게 무슨 소리요? 우리 모가장이 몰락이라도 할 것이란 말이오?"

"물론 그렇지는 않지요. 이미 모가장의 성세는 바위에 뿌리를 내린 듯 단단해서 성공을 의심할 바는 아니오."

"하면 앞서 한 말은 무슨 말이오?"

모불승이 호기심을 드러낸다.

"옛말에 이런 말이 있소이다. 토끼 사냥이 끝나면 사냥개를 잡아먹는다. 또 이런 말도 있소이다. 고난은 같이해도 영화는

같이할 수 없다."

"무슨 의도로 하는 말이오? 언젠가 그대가 버려질 것이란 말을 하는 거요?"

"저야 그때가 되면 이곳을 떠나면 그뿐이오. 사실 애초에 대공자의 부탁으로 모가장에 들어오기는 했으나 사천에 무관 하나 내면 족한 그릇이 나요. 하지만 지왕당주께서는 조금 다를 것 같소이다만……."

순간 모불승이 눈을 가늘게 뜨고 타유를 응시하다 갑자기 호기로운 웃음을 터뜨렸다.

"하하하, 이제 보니 인사를 하러 온 것이 아니라 날 설복하러 오셨군. 대공자가 보냈소?"

"그렇소이다."

타유는 순순히 자신이 모불승을 찾아온 목적을 인정했다.

"대공자가 무슨 말을 전하라 하시더이까?"

모불승이 묻자 타유가 잠시 침묵을 지키다가 오히려 모불승에게 물었다.

"당주께서는 대공자와 이공자 중 누가 향후 모가장의 주인이 될 거라 보시오?"

"난 가문의 일에 관여치 않소."

모불승이 냉정하게 대답했다.

"그러나 지금은 간여해야 할 때인 것 같소."

"대공자의 편에 서라는 말이구려."

이쯤 되면 누구나 알 수 있는 일이다. 타유가 모불승을 대공자 모잠 쪽으로 끌어들이려 왔음을.

"일객께서 비명에 가신 이후 모가장 내에서 대공자의 위치가 크게 흔들리고 있는 것은 사실이오. 내가 대공자를 따라 모가장에 들어왔다고는 해도 나야 어디까지나 외인일 뿐, 대공자를 돕는 데는 한계가 있소. 이럴 때 모 당주께서 힘이 되어 준다면 향후 대공자가 모가장의 주인이 되었을 때 모 당주는 모가장의 이인자가 될 것이오."

"후후후, 그러나 실패했을 때는 내 목이 성치 못하겠지. 반면 내가 대공자와 이공자 둘 중 누구의 편에도 서지 않는다면 난 누가 장주가 되든 지금의 위치를 유지하게 될 것이오. 그러니 내가 왜 위험을 무릅쓰고 대공자를 돕겠소이까? 성공했을 때의 보상으로 날 설득할 수는 없소."

모불승이 냉정하게 말했다. 그러자 타유가 고개를 끄덕이다가 이번에는 조금 냉정한 어조로 말했다.

"그럼 이번에는 설득이 아니라 충고를 한마디 드리겠소."

"충고? 해보시오."

모불승이 가소롭다는 듯 타유를 보며 말했다.

"만약 대공자가 모가장의 주인이 된다면 당주의 말대로 당주께서는 지왕당의 당주 자리를 지키게 될 것이오. 그러나 만약 이공자가 대공자를 대신해 모가장의 장주가 된다면 당주께서는 절대 지왕당주의 자리를 지키지 못할 것이오."

순간 모불승의 눈이 가늘어졌다.

"왜 그렇게 생각하시오?"

"그동안 모가장에 세운 공적으로 볼 때 당주와 사객을 비교하면 누가 더 뛰어나오?"

"음……."

모불승이 불쾌한 표정으로 대답을 대신한다.

"내가 듣기로 당주는 모가장과 밀문이 인연을 맺게 함으로써 모가장의 당대 성세를 이끌어냈다고 들었소. 그럼에도 불구하고 지위는 겨우 지왕당의 당주. 그러나 사객 좋 노사는 단지 장주의 처남이란 이유로 당주의 자리를 넘어 사풍객의 지위를 얻었소. 이공자의 외가는 모가장에서 막강한 세력을 형성하고 있소. 이런 상황에서 만약 이공자가 장주가 된다면 그때 과연 모가장에서 종씨와 인연을 맺지 않은 사람이 그 영화를 함께 누릴 수 있겠소?"

타유의 물음에 모불승의 표정이 심각하게 변한다. 그러자 타유가 계속 말을 이었다.

"물론 당주께서 운이 좋으시면 밀문과의 인연을 생각해 어찌 그 자리를 지킬 수도 있을 것이오. 밀문과의 관계를 생각하면 그들도 지왕당주를 함부로 건드리지는 못할 테니 말이오. 그러나 그 이상, 당장 사풍객의 자리조차도 당주는 욕심낼 수 없을 것이오. 또한 시간이 지나 이공자와 밀문 사이에 다른 통로가 생긴다면 그때는……."

"음……."

모불승이 침음성을 발하며 자신도 모르게 고개를 끄덕인다. 그러자 타유가 은근한 목소리로 말했다.

"만약 당주께 야심이 없다면 나도 더 이상 대공자와 손을 잡으라 권하지 않겠소. 그러나 당주께 단 한 줌의 야망이라도 있다면 지금 당장 대공자와 손을 잡으시오. 대공자는 지금 위기에 처해 있고, 위급할 때 손을 내민 친구는 평생 잊을 수 없는 법 아니겠소?"

그러자 모불승이 반발하듯 말했다.

"내가 이공자의 손을 잡을 수도 있을 거란 생각은 하지 않았소? 그 경우에도 난 미래를 보장받을 수 있을 것이오."

"정말 그리 생각한다면 난 더 이상 할 말이 없소. 그러나 심사숙고하시기 바라오. 과연 이공자가 훗날 영화를 나눌 사람인지를. 아니, 이공자가 아니라 종씨 가문이 그러할지. 설혹 그렇다고 하더라도 당주는 영원히 사객 종 노사의 아래에 서게 될 것이오."

타유의 말에 모불승이 심각한 표정을 짓는다. 지금 타유가 하고 있는 말은 평소 모불승이 마음속으로 생각하던 바를 그대로 드러낸 것이나 마찬가지였다. 자신의 속내를 남의 입을 통해 듣게 되자 모불승은 부쩍 타유에게 신뢰가 갔다.

"대공자도 우 대협과 같은 생각이시오?"

이쯤되면 일은 거의 성사된 것이나 마찬가지다.

"아니라면 어찌 내가 왔겠소?"

"그런데 왜 대공자가 직접 오지 않은 것이오? 삼고초려는 몰라도 이런 일이라면 당연히 대공자가 직접 나를 찾아와야 하는 것 아니겠소?"

"아아, 당주께서는 지금 대공자의 신세를 몰라서 하는 소리요? 대공자는 지금 이공자와 대부인의 수족들로부터 서릿발 같은 감시를 당하고 있소. 이런 때에 대공자가 직접 당주를 찾아온다면 당장 내일부터라도 이공자 사람들이 당주를 견제하기 시작할 것이오."

타유의 말에 모불승의 얼굴에 부끄러운 기색이 비친다. 평소 모불승은 자신의 지모가 다른 당주들에 비해 뛰어난 것을 자부하였는데 그런 그가 이런 간단한 사실도 생각지 못했다는 것은 창피한 일이었다.

"음, 대공자의 약속만 있다면……."

모불승이 말꼬리를 흐렸다. 그러자 타유가 품속에서 한 자루 단검을 꺼내놓는다.

"대공자께서 만약 당주께서 이 일에 찬성하신다면 이 단검을 드리라 했소이다. 이게 무엇인지는 당주께서 더 잘 아실 것이라면서……."

"아, 이 검은……!"

"아시는 물건이오?"

"음, 이 검은 대공자의 친모께서 돌아가시기 전에 대공자에게 건넨 마지막 선물로 승천(昇天)이라는 이름의 단검이오. 대공자의 앞날을 축원하며 남긴 단검인데 이 귀한 것을……."

모불승이 자못 감격스런 표정을 지었다.

"이제 대공자의 마음을 믿겠소?"

"당연하오. 승천까지 내놓으셨는데 어찌 믿지 않을 수 있겠소. 좋소이다. 돌아가서 전해주시오. 오늘부터 나 모불승은 대공자의 사람이라고!"

"잘 결정하셨소. 대공자나 당주를 위해 최선의 결정을 하셨소."

타유의 말이 끝나자 모불승이 자리에서 일어난다. 그러고는 타유를 향해 정중하게 포권을 했다.

"오늘 우 대협이 나의 어리석음을 크게 깨우쳐 주었으니 내 이렇게 감사드리오."

"함께할 수 있어 오히려 제가 고맙소이다. 우리 한번 대공자님과 함께 큰일을 도모해 봅시다."

"좋소이다. 나 또한 언제까지 지왕당주에 머물고 싶은 생각은 없소. 그런데 일단 눈앞에 닥친 일이 걱정이오. 대공자께서 이공자를 대신해 포구의 일을 맡은 것은 잘된 일이나 상원을 상대하는 일은 쉬운 일이 아니오. 상원은 강호에 알려진 것보다 훨씬 대단한 세력이오. 솔직히 말하자면 이 일을 밀문 사왕께 고했을 때 사왕께서는 무척 불쾌해하셨소이다. 본 장에서 지나친 과욕을 부린다고 말이오. 가뜩이나 의천맹이 밀문을 적대시해 강호인들 사이에 밀문에 대한 평판이 나빠지고 있는 이때에 모가장이 사천의 포구를 모두 독점하겠다고 나섰으니 말이오."

"밀문은 이 일에 반대하는 것이오?"

"탐탁하지 않게 생각하고 있는 것은 분명하오. 의천맹에 더해 상원까지 적으로 두어서는 아무리 밀문이라도 부담이 되는 것은 사실이니까."

"그런데 왜 이 일을 두고 보는 것이오? 밀문 사왕의 한마디면 이 일은 중지될 터인데……."

"그게 꼭 그런 것이 아니오. 사실 밀문과 모가장이 밀접한 관계에 있다고는 하나 지난 이십여 년 동안 모가장도 장족의 발전을 하였소. 모가장의 성세가 이어지자 자연스럽게 모가장 주께서도 밀문에 중요한 인물이 되었소이다. 그러니까 이제 모가장은 밀문의 수족이 아니라 밀문의 한 부분이 된 것이오. 일이 이렇게 되니 아무리 밀문 사왕이라 하더라도 함부로 모가장의 행보를 좌지우지할 수 없게 된 것이오."

"모가장이 밀문으로부터 독립할 수도 있단 말이오?"

"그건 아니오. 모가장과 밀문은 이제 떼려야 뗄 수 없는 사이라오. 장주께서 밀문의 다섯 왕에 육박하는 힘을 지녔다는 것이오. 이제 온전히 장주를 통제할 수 있는 사람은 오직 밀황 님뿐이오. 그런데 밀황님은 그 존안을 보이지 않고 계시오. 이번 일에 대해서도 특별한 언급이 없으시고. 그러니 밀문 사왕이라도 이 일을 중지시킬 수가 없는 것이오."

"하긴 이미 시작된 일에서 발을 빼면 강호에서의 모가장의 체면이 크게 꺾일 것이오."

"그것도 그렇소. 하아! 그래서 사실 지금 뱃길을 장악하는 일은 진퇴양난에 빠졌다고 할 수 있소. 모양새야 대공자께서 이공자의 일을 차지한 것이니 대공자께 유리한 듯 보이지만 기실 아주 큰 골칫덩이를 맡으신 거나 마찬가지요."

모불승이 걱정스레 말했다. 그러자 타유가 그런 모불승의
표정을 살피며 나직하게 말했다.

"상원과 거래를 하는 것은 어떻소?"

"거래? 화해를 하잔 말이오? 그건 패배를 인정하는 것이 아
니오?"

"물론 아무런 소득 없이 물러나면 패배라고 할 수 있을 것이
오. 그러나 서로 적당한 선에서 화의를 하면 오히려 대공자의
능력이 더욱 부각될 수 있소. 사실 내가 오늘 모 당주를 찾아
온 이유 중 하나는 상원과 거래하는 것에 동의를 구하기 위함
이기도 하오."

"음, 도대체 어떻게 체면을 깎이지 않으면서 화의를 한단 말
이오?"

"이렇게 제안을 해봅시다. 일단 명목상으로는 이곳 성도의
포구는 모가장의 관할로 하는 것이오. 대신 상원에서 지명하
논 상가에겐 강호의 화평을 위해 아주 작은 대가만 받고 포구
를 자유롭게 이용하게 하는 것이오. 이 일은 기실 그들에게도
큰 손해가 나는 일이 아니라서 그들도 이 거래에 응할 가능성
이 크오."

"음, 그러나 상원이 명목상으로라도 포구를 본 장에게 내어
주려고 하겠소?"

"상원은 무림의 문파가 아니오. 상인들의 집단이란 말이오.
그들에겐 강호의 명성보다는 실리가 중요하오. 포구를 자유롭
게 이용할 수만 있다면 사실 포구의 명목상 주인이 누가 되든

크게 개의치 않을 것이오."

"그렇다면야 좋겠지만……."

"문제는 오히려 모가장 내부요. 상원과 화친을 하게 되면 이
공자 쪽에서 대공자를 공격할 거요. 거의 아무런 대가 없이 포
구를 이용하게 해준 것을 빌미로 말이오. 그때 대공자를 옹호
할 사람이 필요하오. 난 그 일을 당주께서 해주셨으면 하오."

"음, 그 일을 말이오?"

모불승이 조금은 꺼림칙한 표정을 짓는다. 그도 그럴 것이
자신이 나서서 대공자 모잠을 옹호하게 되면 그는 아마도 이
공자 쪽의 제일 적이 될 것이기 때문이다. 비록 모잠의 편에
서기로 했지만 그렇다고 모난 정이 되어 먼저 망치를 맞는 것
은 편치 않은 일이었다. 그러자 타유가 그의 마음을 헤아리고
는 그의 고민을 풀어줬다.

"당주께서 무엇을 걱정하시는지 잘 아오. 그래서 당주께서
는 대공자를 옹호할 때 대공자의 선택이 옳았음을 주장하기보
다는 그저 밀문 사왕의 생각을 전하는 것으로 충분히 대공자
를 옹호할 수 있을 것이오."

"아, 그렇구려. 없는 말을 하는 것도 아니고."

모불승이 무릎을 쳤다. 모가장의 성세가 밀황이·아니면 제
어하기 힘든 지경이라지만 그래도 밀문 사왕의 위세는 모가장
의 입장에서는 결코 무시할 수 없다. 세력을 제외하고 무공만
으로 논하자면 여전히 모가장 내에 밀문 사왕을 감당할 사람
이 없었다.

"그리고 사실 내 생각으로는 장주 역시 이 일을 큰 변고 없이 매듭짓고 싶어 하실 것이오. 내 이곳에 와서 자세히 살펴보니 이 일은 이공자가 억지로 자신의 공을 만들고자 일으킨 일인 것 같더이다. 사천의 포구를 장악한다 해도 자세히 살펴보면 이득과 손실의 경계를 분간하기 어렵지 않겠소이까?"

"그렇기는 하오. 포구들을 지키기 위해 많은 사람이 필요하고, 또 중원 상계와는 척을 지게 되어 상행을 나가는 것도 쉽지 않을 터이니……."

"노련하신 장주께서 그 사실을 모를 리 없소. 그러니 대공자가 화의한 이유를 설명하고 지왕당주께서 거들어주시면 장주께서도 이 일을 승인하실 것이오. 그리되면 대공자의 위상은 지금과는 무척 달라질 거요. 무력에 의존하는 것이 아니라 정세를 읽고 노련하게 대화로 일을 처리하는 모습을 보여주면 모가장의 식솔들이 대공자가 이제 충분히 모가장의 장주가 될 그릇이 되었다고 인정할 것이오. 자신의 욕심 때문에 분란을 만들어낸 이공자와는 더욱 비교가 될 것이오."

"듣고 보니 우 대협의 말씀이 하나도 틀린 것이 없구려. 아, 대공자께서 정말 좋은 분을 얻었구려."

모불승은 이제 완전히 타유를 신뢰하는 눈빛이었다. 그러자 타유가 기다리지 않고 말을 이었다.

"그렇게 대공자의 위신을 세우고 나서 조금씩 세를 늘려가도록 합시다. 그때가 되면 생각이 있는 사람이라면 대공자의 손을 거부하지 않을 것이오."

"좋소이다. 우 대협의 말씀대로 하겠소. 장주께서 우 대협을 보시자마자 사풍객의 한 자리를 내어주시려 한 이유를 이제 알겠소. 우 대협의 무공이 절대지경에 있다고 하던데 이렇게 사리에도 밝으니 어찌 장주께서 우 대협을 귀히 여기지 않을 수 있겠소."

"하하하, 그건 지나친 과찬이구려."

타유가 기분 좋게 웃었다. 그러자 모불승이 함께 웃음을 터뜨리다가 이내 얼굴색을 회복하고는 질문했다.

"그럼 내일 당장 상원에 화친을 제의하는 것이오?"

그러자 타유가 고개를 저었다.

"그건 아니오. 본래 흥정이란 것은 항상 유리한 시기를 선택해 시작해야 하는 법 아니오?"

"유리한 시기라면 언제를 말하는 것이오?"

"기다려서는 그런 시기가 오지 않지요. 대공자와 난 그 기회를 직접 만들려고 하오."

타유의 말에 모불승이 이해하기 어렵다는 듯 고개를 갸웃하며 되물었다.

"나로서는 우 대협의 말씀을 제대로 이해하기 힘들구려."

"음, 비록 상원과 화의를 한다 해도 한 번의 싸움은 피할 수 없소. 한 번의 기회를 노려 그들을 치려 하오. 그 싸움에서 큰 승리를 거둔 후 저들이 곤란한 지경에 빠졌을 때 화친을 제의하는 것이오. 그럼 저들도 우리의 거래에 응할 수밖에 없을 것이오."

타유의 말에 모불승이 걱정스런 표정으로 물었다.

"저들과 싸워 큰 승리를 거둘지 어찌 확신하시오?"

"이길 수 있는 싸움을 하면 되오."

"방책이 있다는 말이오?"

"어찌 방책도 없이 이런 일을 계획하겠소. 이틀 뒤 모가장은 상원을 상대로 큰 승리를 맛보게 될 것이오."

타유는 확신에 찬 목소리로 말했지만 모불승은 의심을 거두지 않았다.

타유가 상원과의 싸움에서 승리를 자신한 이유는 복묘상 때문이었다. 복묘상을 만났을 때 타유는 그가 모가장에서 하고자 하는 일을 설명했고, 복묘상은 성도에 나와 있는 상원의 고수 중 그녀의 정적이랄 수 있는 이령주 헌원고와 그 수하들의 움직임을 미리 알려줬다.

덕분에 타유는 이틀 뒤 헌원고가 배에서 내려 성도 성내로 들어갈 것이란 것을 알고 있다. 타유는 그들이 성내로 들어가는 길목을 지켜 한바탕 싸움을 일으킬 생각이었다. 미리 매복하고 있을 테니 십 할 승리할 수 있는 싸움이다. 물론 상원과의 타협을 위해서는 적당한 선에서 싸움을 멈춰야 할 테지만.

이틀 동안 타유는 모잠과 함께 분주히 움직였다. 모가장의 무사들은 모잠이 무슨 일을 하려는지도 모른 채 병장기를 준비하고 싸움 준비를 했다. 그렇게 이틀이 지나고 밤이 되자 모가장의 무사들이 은밀히 모잠을 따라 진채를 벗어났다.

第四章

화의(和議)의 책략(策略)

수선
경

　구룡포는 성도의 남동쪽에 위치한 포구다. 성도에서 가장
큰 포구로 성내로 이어지는 관도가 특히 잘 닦여져 있어 대상
들은 주로 구룡포를 이용해 성도로 들어왔다. 그래서 당연하
게도 모가장과 상원은 구룡포를 두고 서로 대치해 있었다.
　어둠이 깔린 구룡포의 밤을 이용해 일단의 사람들이 움직였
다. 그들은 성내로 이어지는 잘 닦여진 관도를 놔두고 산길을
타고 은밀하게 북쪽으로 이동했다. 그러고는 두 개의 산이 마
주 보이는 곳에서 소리없이 매복에 들어갔다.
　"그들이 정말 이 길로 올까요?"
　청풍이 조금은 걱정스런 표정으로 물었다.
　"반드시 이곳으로 올 것이다."

"아버지가 확인하신 일이니 그리되긴 하겠지만 그들의 계획이 변경될 수도 있잖아요?"

"그럴 수도 있겠지. 그러면 사람들을 물리면 되는 것이고."

타유가 별 걱정할 일이 아니라는 듯 말했다. 그러자 청풍이 이번에는 조금 화가 난 표정으로 말했다.

"다음부터는 절대 혼자 다니시면 안 돼요."

청풍은 오늘 밤 상원의 고수들이 이 길을 통과해 성도 성내로 들어갈 것을 타유가 알게 된 것이 지난밤 타유가 홀로 상원의 상선에 잠입했기 때문이라고 알고 있었다. 타유는 복묘상과의 약속대로 청풍에겐 그녀의 존재를 알리지 않았기에 상원의 소식이 그녀로부터 나온 것이라는 것을 말해줄 수가 없었다.

"알겠다. 네가 피곤한 것 같아서 혼자 갔던 거야."

"거짓말 마세요. 위험한 일이니 저 몰래 나가신 것이겠지요. 하지만 아버지, 전 이제 어린애가 아니에요."

"후후, 다른 사람 눈에는 몰라도 나에게는 어린애지."

"휴, 오늘 싸움에서 제가 어린애가 아니라는 것을 보여줘야겠네요."

"무리하지 말거라. 이 싸움은 적당한 선에서 끝낼 것이다. 살생도 줄여야 하고… 저들에게 용납할 수 없는 패배를 안겨주면 화친은 물 건너가지."

"오히려 어려운 싸움이네요."

청풍의 말에 타유가 고개를 끄덕였다. 그때 문득 밤길을 뚫고 한 명의 검은 인영이 모가장의 고수들이 매복해 있는 곳으로 달려왔다.

"오는가?"

모잠이 긴장한 목소리로 물었다.

"그렇습니다."

사내가 대답하자 모잠이 급히 타유를 돌아봤다.

"역시 우 대협의 말씀대로요. 저들이 그물에 들어왔으니 우리의 승리는 정해진 것이나 다름없소."

모잠이 호기롭게 말했다. 그러자 타유가 신중하게 말했다.

"저들을 너무 몰아치면 안 된다는 것을 잊지 말아야 하오."

"물론 잊지 않았소. 큰일을 도모하는데 어찌 작은 투기를 참지 못하겠소."

대공자 모잠이 굳은 얼굴로 대답했다. 한쪽에서는 모불승이 모가장의 무사들에게 주의를 주고 있었다.

"가급적 저들과 거리를 유지하라. 화살과 암기로만 공격하고 저들과의 근접전은 피해. 일단 포위를 한 후에는 단단히 지키기만 하고 살수는 쓰지 말거라."

모불승의 명에 모가장의 무사들이 의아하단 표정을 지으면서도 고개를 숙여 명을 받았음을 알렸다.

그즈음 멀리서 한 떼의 사람이 나타났다. 어두운 관도를 달려오는 자들은 사람들의 시선을 피하기 위함인지 말도 타지 않고 있었다. 숫자는 대략 이십여 명. 낮이라면 사람들 눈에 띄지 않을 수 없는 숫자였다.

모잠이 손을 들었다. 그러자 모가장의 무사들이 자세를 낮추고 각자 암기와 철궁을 꺼내 들었다.

잠시 후 어둠 속을 달려오는 자들이 모가장 무사들이 매복해 있는 지점에 도착했다. 모잠이 타유를 바라봤다. 타유가 고개를 끄덕였다.

"쳐라!"

한순간 모잠의 명이 떨어졌다. 그러자 모가장의 무사들이 미리 준비하고 있는 화살과 암기로 적을 공격하기 시작했다.

"악!"

"조심해! 기습이다!"

산 아래 관도를 지나던 상원의 고수들이 갑작스런 기습에 놀라 고함을 쳐댔다. 그러나 어두운 밤중이라 빗발치듯 날아드는 암기와 화살을 모두 피하기는 불가능했다.

"컥!"

"욱!"

비명이 쉬지 않고 터져 나왔다. 창졸간에 대여섯 명의 상원 무사가 관도에 쓰러졌다. 그러자 이번에는 모불승이 명을 내린다.

"후방을 차단하라!"

모불승의 명이 떨어지자 상원의 고수들이 지나온 길 뒤쪽으로 수십 명의 모가장 무사가 내려섰다. 그러자 모잠과 타유 등도 일제히 신형을 날려 상원 무사들의 앞을 가로막았다. 이렇게 되자 상원의 고수들은 꼼짝없이 덫에 걸린 꼴이 되고 말았다.

"공격을 멈춰라!"

한순간 모잠이 손을 들어 명을 내렸다. 그러자 비처럼 쏟아지던 화살과 암기의 공세가 거짓말처럼 멎었다.

"웬 놈들이냐?"

상원의 무사들 사이에서 노성이 터져 나왔다. 그러자 모잠이 다시 명을 내렸다.

"불을 밝혀라!"

모잠의 명이 떨어지자 상원의 무사들을 에워싼 모가장의 무사들이 십여 개의 횃불을 밝혔다. 한순간 장내가 대낮처럼 환해졌다. 횃불 아래 비참한 몰골의 상원고수들이 드러난다. 땅에 쓰러진 자가 대여섯이고 그중 서넛은 죽은 듯 보였다.

"모가장에서 나왔느냐?"

상원의 고수 중 사십대 중반으로 보이는 사내가 검을 들고 앞으로 나서며 소리쳤다.

"그렇소이다. 그대는 상원의 이령주 헌원 대협이겠구려."

모잠의 대답이 적을 대하는 것치고는 정중하기 이를 데 없다. 그러자 상원의 무사들을 이끌고 있는 사내가 조금은 당황한 표정을 짓다가 다시 입을 열었다.

"그렇다. 내가 바로 헌원고다. 이름을 대라!"

사내의 말에 모잠이 빙긋 미소를 지으며 대답했다.

"난 모잠이라 하오."

"모잠… 음!"

모잠의 이름을 듣고 헌원고가 나직하게 침음성을 흘렸다.

아마도 사천에 들어와 있는 상원의 무사 중 모잠의 이름을 모르는 자는 없을 것이다.

내부에서는 치열한 암투가 벌어지고 있지만 대외적으로 모잠은 여전히 모가장의 후계자였다.

"이렇게 만나게 되어 유감이외다, 헌원 대협."

여전히 정중한 모잠이다. 그러면서도 이 한판의 싸움에 대해 자신감이 넘치는 그다. 헌원고의 얼굴이 굳었다. 모잠이라면, 모가장의 대공자라면 결코 만만치 않은 준비를 하고 왔을 터였다.

더군다나 상대의 숫자는 어둠 속에 있는 자들까지 합쳐 얼추 삼사십 명. 성한 자가 열서넛밖에 되지 않는 헌원고로서는 도저히 빠져나갈 수 없는 함정에 빠진 것이다.

"어찌 우리가 이리로 올 줄 알고 계셨소?"

헌원고가 물었다. 자신들의 행보가 드러나지 않고는 도저히 준비할 수 없는 함정이었기 때문이다.

"운이 좋게도 알게 되었소. 그래서 이렇게 헌원 대협을 모실 수 있게 되었으니 영광이 아닐 수 없소이다."

항복하라는 은근한 협박이다.

"모가장의 솜씨가 보통이 아님을 다시 한 번 알게 되었소. 그러나 나 헌원고 역시 상원의 령주! 오늘의 싸움에서 이길 수 없음을 인정하나 또한 대공자의 손에 잡혀갈 수는 없소. 이 한 몸 피할 만한 재주는 있소이다."

헌원고가 검을 들어 모잠을 겨눴다. 그러자 그의 좌우로 상원의 고수들이 호위하듯 늘어섰다. 목숨을 걸고 탈출을 시도할 생각인 듯 보였다. 그러자 모잠이 눈살을 찌푸리며 말했다.

"헌원 대협, 부디 나로 하여금 살수를 쓰게 하지 마시오. 일단 나의 초청에 응하신다면 때가 되면 고이 상원으로 보내드리겠소."

모잠이 은근한 어조로 헌원고를 달랜다. 그러자 헌원고가 싸늘한 미소를 지었다.

"나를 미끼로 상원을 사천에서 물러나게 하려 한다면 그건 생각을 잘못한 거요. 상원은 겨우 령주 한 사람의 목숨을 위해 이권을 포기하지 않소."

"물론 나 역시 그 사실을 모르지 않소. 그러나 최소한 령주의 안위를 위해 대화를 나눠볼 수는 있지 않겠소? 서로에게 큰 손해가 나지 않는 거래를 할 수도 있을 것이오. 내가 령주를 모시려 하는 것은 바로 그 거래의 기회를 얻기 위해서요."

모잠의 말에 한순간 헌원고의 눈빛이 흔들렸다. 모잠의 표정이나 말투에서 거짓을 느낄 수 없었기 때문이다. 그러나 그렇다고 해도 이렇게 순순히 모가장의 포로가 되는 것은 헌원고의 자존심이 허락지 않는다. 비록 앞뒤로 단단히 포위하고 있지만 평소 자신의 무공에 대단한 자부심을 가지고 있는 헌원고로서는 충분히 탈출로를 뚫을 수 있을 것 같았다.

타유는 빠르게 움직이는 헌원고의 눈을 응시하고 있었다. 그리면서 천천히 검을 잡았다. 헌원고의 탈출을 기도하려는 기색을 읽은 것이다.

"날 잡아둘 능력이 모가장에 있는지 확인하겠소!"

한순간 헌원고가 무서운 속도로 몸을 날렸다. 그의 검이 어느새 머리 위로 들려져 있었고, 자신이 가려는 방향을 향해 벼락처럼 검이 떨어졌다.

"풍! 조심하거라!"

한순간 타유가 청풍에게 경고했다. 헌원고의 검이 향한 곳이 바로 청풍이 서 있는 곳이었기 때문이다.

청풍이 검을 뽑았다. 사실 이미 헌원고가 검을 들 때부터 자신에게로 향할 것을 본능적으로 느끼고 있던 청풍이다. 아마도 헌원고로서는 장내에서 가장 나이가 어린 청풍이 만만해 보였을 것이다.

청풍의 검이 소리없이 움직였다. 밤공기를 자르는 미세한 소음만이 일어날 뿐이다. 반면 헌원고의 검은 벼락 치는 듯한 검음을 일으켰다. 소리로만 보자면 청풍은 도저히 헌원고의 공격을 막아낼 수 없을 것 같았다.

그런데 모두의 예상을 뒤집는 일이 일어났다.

지잉!

한순간 헌원고의 검을 미끄러지듯 막아내며 상대의 검로를 바꾼 청풍이 벼락처럼 휘돌며 헌원고의 옆구리를 찬 것이다.

"엇!"

헌원고가 청풍의 예상 밖의 대응에 놀라 급히 검을 회수하며 뒤로 물러났다. 순간 청풍의 발이 아슬아슬하게 헌원고의 옆구리를 스치고 지나갔다.

"음!"

헌원고가 침음성을 흘리며 다시 두어 걸음 뒤로 물러났다. 그러자 이번에는 청풍이 헌원고를 향해 달려들었다. 청풍의 검이 날카롭게 헌원고를 찔러갔다. 살검에 바탕을 둔 야천구검의 격식 없는 검법이 헌원고를 더욱 곤란하게 만들었다.

차창!

헌원고와 청풍의 검이 허공에서 매섭게 격돌했다. 비록 예상보다 강한 청풍의 무공에 조금 당황하기는 했으나 헌원고 역시 보통 사람은 아니었다.

헌원세가는 수백 년 전통의 가문이다. 상가 쪽에 치우쳐져 있지만 그 무공은 무림의 여느 문파에 뒤지지 않는다. 그런 헌원세가에서 가문을 대표해 상원에 보낸 헌원고다. 가문 내에서는 백 년래 최고의 무재로 꼽히는 헌원고였다.

어느덧 싸움은 팽팽한 균형을 찾아갔다. 선기를 잡은 청풍이었지만 헌원고의 수비도 무척 단단해서 청풍도 쉽게 헌원고를 제압할 수 없었다. 더군다나 청풍은 헌원고를 상대로 살검을 쓰지 않고 있었다. 그를 베는 것이 목적이 아니라 그를 굴복시키는 것이 목적이기 때문이다.

어지럽게 돌아가는 청풍과 헌원고의 싸움을 지켜보고 있는 양쪽 무사들의 표정은 사뭇 달랐다.

모가장의 무사들은 타유가 아닌 어린 청풍이 헌원고를 오히려 압박하자 그의 무공에 놀라면서도 싸움의 승기를 잡았다는 것에 희색이 만면했다. 반면 상원의 무사들은 헌원고조차 포위망을 뚫지 못하고 모가장의 젊은 고수에게 발목을 잡히자 의기소침한 표정이다.

"그만하거라!"

한순간 타유가 청풍에게 큰 소리로 말했다. 그러자 청풍이 두어 번 초식을 전개해 헌원고를 뒤로 물러나게 한 후 그와의 거리를 오 장여로 벌리며 싸움을 멈췄다.

싸움을 멈춘 청풍은 숨조차 거칠지 않았다. 반면 헌원고는 가쁘게 숨을 몰아쉬고 있었는데 두 사람의 상태만 보아도 싸움의 승패가 명확했다. 만약 청풍이 살검을 썼더라면 필시 헌원고의 몸은 피로 얼룩졌을 것이다.

"한 수 잘 배웠습니다."

청풍이 헌원고를 향해 가볍게 포권을 해 보였다. 상대를 조롱하고자 한 말은 아니었다. 처음 헌원고는 청풍의 말을 듣고 자신을 놀린다고 생각해 노기가 치솟았으나 청풍의 표정을 보고는 이내 청풍이 진심이라는 것을 깨달았다.

"음, 모가장에 그대와 같은 신진고수가 있을 줄은 몰랐소. 이름이 뭐요?"

"우청풍이라 합니다."

"우청풍이라…… 내 그 이름을 기억해 두겠소. 아마도 수년이 지나지 않아 강호는 삼십 전의 젊은 일대 검객의 탄생을 보게 될 것 같구려."

"과찬이십니다."

청풍이 다시 포권을 해 보였다. 그러자 헌원고가 고개를 까

딱한 후 모잠을 돌아보며 말했다.

"모 대협, 과연 모가장의 성세가 소문만은 아닌 것 같구려. 이렇게 되면 난 꼼짝없이 그물에 든 고기의 신세가 되었소. 좀 전에 나를 이용해 상원과 거래를 하고 싶다고 했는데 어떤 홍정을 하고 싶으신 건지 들어봐도 되겠소?"

한결 수그러진 헌원고다. 그러자 모잠이 만족한 미소를 지으며 말했다.

"장담하건대 대협과 상원에 그리 나쁘지 않은 제안이 될 것이오. 그러나 한밤중에 도검을 맞대고 거래를 하는 것은 풍취가 없으니 우리 진채로 가십시다."

"좋을 대로 하시오."

어차피 적의 수중에 들어온 헌원고다. 장소를 따질 이유는 없었다. 헌원고가 순순히 승낙하자 모잠이 모가장의 무사들을 보며 소리쳤다.

"진채로 돌아간다! 헌원 대협을 정중히 모셔라!"

"어떠하더냐?"

"음흉한 사람이에요."

타유의 질문에 청풍이 대답했다.

"음흉하다고? 난 그의 무공을 물었는데?"

타유는 청풍이 상대한 헌원고의 무공에 대해 질문한 것이다. 그런데 청풍은 그의 성품을 대답하고 있었다.

"무공을 숨기고 있었어요."

"그 와중에 말이냐?"

타유가 놀란 표정으로 물었다. 청풍과 헌원고가 검을 겨룰 때 헌원고는 계속 수세에 몰린 상태였다. 그 와중에 자신의 무공을 감춘다는 것은 이해하기 힘든 행동이다.

"고수예요."

청풍이 단정적으로 말했다.

"음, 처음부터 네가 자신을 벨 생각이 없다는 것을 알아챈 모양이구나."

"그런 것 같아요. 검을 맞대었을 때 검을 통해 그의 본신 내력을 느낄 수 있었는데 바위처럼 단단했어요. 아마 공력의 삼분지 일을 감추고 있었을 거예요."

"흐음, 역시 상계의 사람이라 음흉한 면이 있군. 그러나… 그걸 감지해 낸 너도 대단하다."

"칭찬이죠?"

"물론. 오늘 정말 잘 싸웠다. 흥분하지 않고 차분하게. 호흡이 무척 좋더구나."

"아버지에게 칭찬을 들으니 기분이 좋은데요?"

"난 네 칭찬을 많이 하는 편 아니었나?"

"다른 면에서는 그랬죠. 하지만 무공에 대해서는 박하시죠."

"음, 생각해 보니 그렇긴 하구나. 하여튼 오늘의 싸움은 무척 좋았다. 그 싸움을 보니 안심이 되더구나. 이제 널 혼자 강호에 내어놓아도 되겠다는……."

"그저 평범한 싸움이었는데?"

청풍이 타유가 이렇게까지 칭찬하는 이유를 모르겠다는 듯 물었다.

"싸움에 임해 평정심을 지킬 수 있다면 고수의 자격을 갖춘 것이다. 넌 오늘 그걸 해냈어. 그간의 싸움에선 조금 흥분하는 면이 있었거든. 그런데 넌 오늘 평정심을 유지하며 싸웠다. 그런 경우 넌 네가 가진 모든 능력을 쓸 수 있지. 그리고 만약 네가 너의 모든 능력을 끌어낸다면 강호 천하에 널 위험에 빠뜨릴 수 있는 자는 그리 많지 않을 것이다."

타유가 정색을 하고 말했다. 그 진지한 태도에 청풍도 마음이 뿌듯해졌다. 드디어 무공으로 타유의 인정을 받았다는 것이 못내 기뻤다. 그러면서도 한편으로는 약간의 서운함이 느껴진다. 마치 아이가 부모의 품을 떠날 때가 되었다는 말을 듣는 것 같았기 때문이다.

"그래도 전 아직 아버지가 필요해요."

그러자 타유가 웃었다.

"하하, 누가 널 정말 떠난다더냐? 나도 네가 필요하다. 무인으로서가 아니라 아들로서 말이야. 그건 영원할 거야."

"그렇죠? 우리 부자는 절대 떨어질 수 없죠?"

"후후, 이 녀석이 갑자기 어린애가 되었느냐?"

타유가 빙그레 미소를 지었다.

진채 안에 마련된 모잠의 막사는 크고 넓었다. 수십 년 축적

한 재물의 힘을 보여주듯 천막의 화려함도 사람들의 눈길을 끈다. 그 막사 안에 모가장의 고수들과 헌원고가 들어 있었다.

"그러니까 대외적으로는 성도 포구들에 대한 모가장의 지배권을 인정해 주고, 대신 우린 상원이 정하는 상가들의 상선에 대해선 최소한의 대가를 치르고 포구를 자유롭게 이용하게 해주겠다는 말이구려."

헌원고가 은근한 시선으로 모잠을 보며 말했다. 그러자 모잠이 고개를 끄덕였다.

"그렇소이다. 사실 나로서도 이 일이 나의 아우가 무리하게 시작한 일임을 인정하오. 그러나 일단 시작했으니 우리 모가장으로서는 아무 소득 없이 물러날 수는 없소. 반면 상원에게 중요한 것은 강호의 평판보다는 실리가 아니겠소? 만약 내 제안대로 한다면 상원에 속한 상가들은 오히려 다른 상가들에 비해 훨씬 유리하게 상행을 할 수 있을 것이오. 이는 마치 상원이 우리 모가장을 통해 성도의 포구를 독점하는 것이나 마찬가지가 될 것이니 말이오."

"음, 듣고 보니 일리가 있는 말이구려."

헌원고가 고개를 끄덕였다. 헌원고는 누가 뭐래도 상가 출신이다. 당연히 명분보다는 이득에 민감한 그다. 상대의 명분을 살려주고 이쪽이 이득을 취할 수만 있다면 상인은 이득에 따라 행동한다. 더군다나 헌원고는 지금 모가장에 잡혀 있는 몸, 그로서는 모가장과 거래할 수만 있다면 그보다 더 좋은 일이 없었다.

"양쪽이 흥정을 통해 각기 얻을 수 있는 것이 있으니 거래를 하고는 싶은데 그동안은 서로 워낙 치열하게 대치하다 보니 그럴 기회가 없었소. 그러나 이젠 헌원 대협을 통해 그 기회를 만들 수 있을 것 같은데… 어떻소?"

모잠이 은근한 어조로 물었다. 그러자 헌원고가 되물었다.

"내가 뭘 해주면 되겠소?"

헌원고의 물음에 모잠이 빙그레 미소를 짓는다. 일이 자신의 생각대로 풀려가고 있기 때문이다.

"한 장의 서찰을 써주시오. 우리 모가장의 제안을 확인해 주는 서찰 말이오. 그러면 헌원 대협의 수하 한 명을 진채에서 내보내겠소. 그에게 서찰을 맡기고 상원 수뇌부의 결정을 기다려 봅시다."

"음, 그것이… 알겠소. 그리합시다."

헌원고가 고개를 끄덕였다. 그러나 그의 표정에는 실망의 기색이 역력했다. 그는 아마도 모잠이 자신을 돌려보낼 것이라 생각했던 모양이다. 그러나 모잠으로서도 헌원고를 그리 쉽게 돌려보낼 수는 없었다. 비록 지금은 서로 웃으며 흥정하고 있지만 일이 잘못되면 헌원고는 모가장에 좋은 인질이 될 터였다.

"지필묵을 가져오너라!"

모잠이 명을 내리자 이미 준비하고 있던 듯 모가장의 무사 한 명이 지필묵을 가져와 모잠과 헌원고 사이의 탁자에 놓았다. 그러자 헌원고가 망설이지 않고 붓을 들어 글을 쓰기 시작했다.

  모가장의 무사들이 헌원고의 수하 한 명을 데리고 포구 쪽으로 이동하더니 그를 배에 태워 멀리 떠 있는 상원의 배 쪽으로 보냈다. 그렇게 풀려난 헌원고의 수하는 힘차게 노를 저어 상원의 배로 향했다. 그러자 상원의 배 주위를 돌던 작은 배들이 헌원고의 수하를 향해 다가왔다. 헌원고의 수하는 마중 나온 상원의 고수들과 몇 마디 말을 나누더니 이내 상원의 대선(大船)에 올랐다.

  그렇게 풀려났던 헌원고의 수하가 다시 포구로 돌아온 것은 한 시진이 지나지 않아서였다. 그는 포구에서 다시 모가장 무사들의 안내를 받아 모가장의 진채로 돌아왔다.

  "어찌 되었는가?"

  초조하게 기다리고 있던 헌원고가 자신의 수하가 막사로 들어오자 모잠보다도 먼저 물었다. 화의의 성사 여부에 따라 자신의 생사가 달려 있으니 당연히 마음이 조급한 헌원고다. 그러자 심부름을 갔던 그의 수하가 대답했다.

  "일단 긍정적으로 생각해 본다 하셨습니다."

  "답을 준 것이 아니고?"

  헌원고는 조금 화가 난 듯 물었다.

  "무상께서도 이 거래에 동의하시는 듯하나 결국은 원주님의 결정이 필요한 일이라 하셨습니다."

"음, 그렇긴 하지. 무상이 홀로 결정할 수 있는 일은 아니지."

헌원고가 고개를 끄덕였다. 그러자 모잠이 헌원고를 보며 말했다.

"헌원 대협을 대접할 시간이 좀 더 늘어난 듯하오."

"아무래도 그래야 할 것 같소이다. 이 일은 중한 일이라 무상 홀로 결정하지 못할 것이오."

그러자 모잠이 물었다.

"상원의 무상은 대단한 고수라지요?"

"음, 무공으로만 보자면 강호에서 적수를 찾기 어려울 것이오. 상원 내 제일고수라 할 수 있소. 그러나… 그래봐야 결국 외족 출신이라 상원의 주류라고 하기는 어렵소."

헌원고의 말에 모잠이 한줄기 미소를 짓는다. 그도 이미 상원 내부의 사정을 어느 정도 알고 있어서 헌원고와 상원 무상의 관계가 썩 좋지 않음을 알고 있었다.

"아무튼 대답이 올 때까지는 그럼 편히 쉬시기 바라오. 내 필요한 것은 무엇이든 제공해 드리리다."

"성의에 감사드리오."

헌원고가 가볍게 고개를 숙여 보였다. 그러자 모잠이 수하들을 보며 명을 내렸다.

"헌원 대협을 모셔다 드려라!"

모잠의 명이 있자 모가장의 무사 한 명이 앞으로 나서서 헌원고를 데리고 모잠의 막사를 떠났다. 그러자 눈을 가늘게 뜨고 그 모습을 보고 있던 모잠이 타유를 돌아보며 말했다.

"대협께서는 저자를 어찌 보셨소?"

"음흉한 자요."

"음흉하다. 날 속이고 있다고 보시오?"

"그건 아니오. 지금이야 자신의 안위가 달려 있으니 대공자를 속일 수는 없을 것이오."

"난 저자가 마음에 드오."

모잠이 말했다. 순간 타유의 등줄기에 소름이 돋는다. 헌원고를 마음에 들어 하는 이유는 모잠의 심성이 헌원고와 다르지 않기 때문일 것이다.

"어떤 면에서 그렇소이까?"

타유가 내심을 감추며 말했다.

"우 대협은 그를 음흉하다 말했지만 나는 그를 이득에 밝은 자라 말하고 싶소. 저런 사람은 쓰기가 편하오. 이득을 주면 그 이득에 따라 움직일 테니 말이오. 본래 상가에서 사람을 쓰는 법이 이렇다오. 물론 우 대협께서는 오로지 무예만 수련해 오신 분이라 상가의 이런 생리가 익숙하지 않을 테지만 말이오."

"하긴 듣고 보니 대공자의 말씀이 맞는 것도 같소이다. 이번의 일을 보아도 그렇고 말이오."

타유가 순순히 모잠의 말에 동의했다. 그러자 모잠이 의미심장한 표정으로 말했다.

"난 이번에 그와 단단히 친해져 볼 생각이오. 상원은… 대단한 집단이오. 솔직히 말해 현실적인 힘으로 보자면 밀문과 견

줄 수도 있을 것이오. 그런 상원을 내 힘으로 만든다면… 생각만 해도 즐거운 일이 아니겠소?"

역시 무가의 피보다는 상가의 피가 흐르는가. 상원에 욕심을 낸다는 것은 모잠이 무림보다 상계에 뜻이 있다는 말이다. 그 스스로 상원의 일원이 되고 싶어 할 수도 있었다. 순간 타유의 눈빛이 반짝인다. 상원에 욕심이 있는 모잠이라면 그것이 모가장을 몰락시키는 한 단초가 될 수도 있다는 생각이 든 것이다.

"상원의 힘을 얻을 수만 있다면 대공자는 날개를 다는 격이 될 것이오. 상원의 힘을 마음대로 쓸 수만 있다면… 모가장은 천하를 향해 나아갈 수도 있을 것이오."

타유가 모잠을 부추긴다. 그러자 모잠이 호탕한 웃음을 터뜨렸다.

"하하하! 우 대협도 그리 생각하신다니 더욱 기분이 좋소이다. 내 오늘날 이렇게 좋은 기회를 만나게 된 것은 모두 다 우 대협의 도움 덕분이오. 우 대협이야말로 나의 생명의 은인이자 스승이라고도 할 수 있소. 내 우 대협께 진심으로 감사드리오."

모잠이 짐짓 타유를 향해 포권을 하며 고개를 숙여 보인다. 그러자 타유가 고개를 저으며 말했다.

"세상의 일이란 것이 어디 한두 사람의 힘으로 성사되는 것이겠소? 한 나라를 세우는 것도 역사에서야 창업의 공신들 이름만 대대손손 남지만 기실은 하늘의 운이 왕조를 세운 자에게 있기 때문이지, 공신들 때문에 나라가 서는 것은 아니지요. 오늘날 대공자에게 천하를 호령할 기회가 주어진다면 그건 나와 같은 사람의 도움 때문이 아니라 하늘이 공자에게 기회를 주었기 때문일 것이오. 공자는… 좋은 운을 타고 태어나신 것 같소이다."

타유의 말에 모잠의 얼굴이 상기된다. 하늘의 운이 닿은 사람이라는 말은 그에 대한 최고의 찬사이다. 그런 말을 듣고 기분이 좋지 않을 사람이 없다.

"아니오, 아니오. 내 어찌 혼자 그런 대업을 이루겠소. 부디 우 대협께서 날 좀 많이 도와주시기 바라오."

모잠이 짐짓 겸손한 표정으로 말했다. 그 모습을 뒤에서 보고 있던 청풍이 조용히 미소를 짓는다.

"아버지가 그렇게 아부를 잘하시는 분인 줄 몰랐어요."

거처로 돌아오자 청풍이 타유를 보며 말했다.

"그게 무슨 말이냐?"

"오늘 모잠은 완전히 아버지께 농락당했잖아요."

"후후, 그와 한 말을 두고 하는 말이냐?"

"예. 그는 이제 자신이 정말 천명을 타고 태어난 사람이라고 생각할 거예요. 그런데 왜 그에게 상원을 욕심내게 만드신 거죠? 어쩌면 모가장의 세력이 더 커질 수도 있잖아요."

"음, 거기에는 두 가지 이유가 있다. 하나는 모가장이 상원의 힘을 일부라도 얻게 되어 세를 더 불린다면 모혼이나 모잠은 밀문에 대해 좀 더 대범하게 대처하게 될 것이다."

타유의 말에 청풍이 대답했다.

"무슨 말씀인지 알겠어요. 모가장의 힘을 키워 서로 반목하게 하려는 것이군요?"

"그렇다. 우리 두 사람의 힘으로 모가장과 밀문을 모두 상대해 내는 것은 거의 불가능하다. 그러니 그들 내부에서 상쟁이 일어나게 해야 한다. 모흔과 모잠이 자신들의 힘을 과신해 밀문 내에서 권력을 얻으려 하면 밀황은 몰라도 그 아래 밀문의 다섯 왕은 필시 모흔 부자를 경계하게 될 것이다. 일단 모가장이 상원과 화의를 맺는 것만으로도 밀문의 오왕은 모가장주에 대해 경각심을 갖게 될 것이다."

"두 번째 이유는 뭐예요?"

"두 번째 이유는 모가장이 삼키지 못할 음식을 삼키게 하려는 것이지."

"그게 무슨 말이에요?"

"사실 상원은 모가장이 감당할 만한 크기가 아니다. 상원은 오랜 역사를 지닌 상가들의 결사체야. 그런 조직은 결코 한 가문이나 문파에 종속될 수 없다. 모가장이 비록 당금에 들어 최고의 성세를 이루고 있다고는 해도 감히 상원을 장악할 수는 없을 것이다."

타유의 말에 청풍이 고개를 끄덕인다.

"오늘은 그들과 화해를 시키지만 결국에는 상원의 상가들로 하여금 모가장을 치게 만드시려는 거군요."

"맞다. 밀문의 수뇌들에게 경계를 받게 되고, 상원의 다른 상가들로부터 공격을 받게 된다면 모가장은 한순간에 몰락하게 될 것이다. 물론 일이 다른 방향으로 진행될 수도 있다. 하지만 어쨌든 밀문이 상원에 들어가게 된다면 밀문의 세력은 성도와 상원 양쪽으로 분산되게 될 테니 우리에겐 또 나름대로의 기회가 생기게 되겠지."

타유의 말이 끝나자 청풍이 타유를 생경한 시선으로 바라봤다.

"왜 그리 보느냐?"

"이제 보니 아버지는 정말 무서운 분이셨군요. 그런 올가미를 준비하시는 줄은 몰랐어요."

"내가 살수란 걸 잊었느냐?"

"이건 도검을 쓰는 문제가 아니잖아요."

"살행이 도검으로만 이뤄지는 것은 아니란다. 뛰어난 살수일수록 오랜 준비를 하지. 사실 검은 가장 마지막 순간에 쓰이는 도구일 뿐 살수의 살행은 검을 들기 전 이미 그 성패가 결정된단다. 이런 일은 이 아비에게 새삼스런 일이 아니다. 물론 좋아하는 일도 아니지만."

타유가 씁쓸한 표정으로 말했다. 천살문에서 익힌 살법을 다시 쓰게 되는 것은 자신도 원치 않은 일이었던 것이다.

"아무튼 다행이에요."

"뭐가 말이냐?"

"이렇게 무서운 사람이 제 아버지라서요."

청풍의 말에 타유가 말없이 미소를 지으며 청풍의 어깨를 한 차례 두드렸다.

*　　　*　　　*

한 척의 소선이 흰 깃발을 꽂고 포구로 다가왔다. 그러자 포구에서 경계를 서던 모가장의 무사들이 바빠졌다. 그중 일부는 모가장의 진채를 향해 달려와 소선의 등장을 알렸다.

그러자 모잠을 비롯한 모가장의 수뇌들이 일제히 막사를 벗어나 포구로 향했다.

삐이걱삐이걱!

처량한 노 젓는 소리를 내며 다가온 소선에는 다섯 명이 타고 있었다. 그중 한 명은 반백의 노인이고, 나머지 네 사람은 중년인이었는데 중년인 중 한 명은 삿갓을 깊이 눌러써 얼굴을 가리고 있었다.

타유는 한순간 마음이 진탕하는 것을 느꼈다. 타유의 시선이 자신도 모르게 곁에 있는 청풍에게로 향했다. 청풍은 다가오는 상원의 사람들을 침착하게 바라보고 있을 뿐 어떤 동요도 없었다.

"후!"

타유가 나직하게 한숨을 내어쉰다. 청풍은 꿈에도 모를 것이다. 갓을 쓴 사람이 자신의 친모라는 사실을. 비록 갓을 쓰고 있었지만 타유는 단번에 복묘상을 알아봤다. 이미 한 번 만났기 때문에 그 기도를 알아채는 것은 어렵지 않았다.

'너무 위험한 행보야.'

타유가 고개를 저었다. 비록 십오 년이 훌쩍 넘는 세월이 흘렀고, 또 갓으로 얼굴을 가렸다고는 하나 모가장의 사람들 중 과거 금석촌의 혈사에 참여한 고수가 아직도 많이 남아 있다. 그들 중 복묘상의 얼굴을 기억해 낼 사람이 분명히 있을 것이다. 그걸 모를 리 없는 복묘상이 모가장의 진채에 나타났으니 타유로서는 걱정스럽지 않을 수 없었다.

'그래도 모정은 어쩔 수 없지.'

타유는 알고 있었다, 복묘상이 위험을 무릅쓰고 이곳에 나타난 이유가 청풍을 보기 위함임을. 타유가 걸음을 옮겨 청풍의 곁으로 다가섰다. 그러고는 손을 들어 청풍의 어깨에 올렸다.

청풍이 의아한 표정으로 타유를 바라본다. 그러자 타유가 말했다.

"정말… 다 컸구나."

"아버지도 참 새삼스럽게……."

청풍이 멋쩍은 표정을 지었다. 이런 행동은 청풍 자신이 어렸을 때 외에는 한 적이 없다. 그러나 청풍은 타유의 손길을 거부하지 않았다. 타유의 손에서 느껴지는 따스한 감촉이 좋았기 때문이다.

타유가 청풍의 어깨에 손을 올린 것은 복묘상으로 하여금 좀 더 쉽게 청풍을 알아볼 수 있게 하기 위해서였다. 십수 년이 지난 지금 장성한 아들을 찾기는 쉽지 않을 것이다. 그러다가 오히려 모가장에 자신의 얼굴을 노출할 수도 있으므로 타유가 미리 청풍의 존재를 그녀에게 알려준 것이다.

"어서 오십시오, 무상 어른!"

배가 닿자 모잠이 얼른 달려 나가 배에서 내리는 반백의 노인에게 정중하게 포권을 해 보였다. 그러자 그 속내를 전혀 짐작할 수 없는 노인이 모잠을 향해 마주 포권을 한다.

"패장을 이렇게 마중까지 나와 주시니 고맙소이다."

"패장이라니 그게 무슨 말씀이십니까? 오늘 이 자리는 상원과 우리 모가장이 화해를 하는 날인데, 승자가 어디 있고 패자가 어디 있겠습니까?"

"하하하, 상원의 사람이 인질로 잡혀 있고, 사천의 포구들에게 대한 모가장의 지배를 인정하는 자리이니 당연히 패장이라고 할 수 있지요. 뭐, 좋게 말하자면 조금 대우를 낮게 받는 패장이랄까?"

노인은 상원의 이상 중 한 명인 무상 목우다. 상원 내 제일 고수로 알려진 그는 상원 외족 출신임에도 불구하고 원주를 제외하면 문상과 함께 이인자의 자리에 올라 있는 사람이다. 그만큼 무공도 강하지만 노련한 사람이다.

"그런 말씀 마십시오. 만약 무상께서 끝까지 싸우기를 결심하셨다면 저희 모가장은 도저히 견딜 수 없었을 겁니다."

"하하하, 대공자께서 이 사람의 체면을 크게 생각해 주시니 정말 고맙소이다."

"자자, 진채로 가시지요."

"그럽시다. 그런데…….."

목우가 슬쩍 시선을 돌려 주변을 돌아본다. 누군가를 찾는 눈치다. 그러자 모잠이 목우의 속내를 알아채고는 급히 입을 열었다.

"헌원 대협은 진채에서 기다리고 있습니다."

목우가 헌원고의 안위를 궁금해하는 것을 알아채고 한 모잠의 말이다. 역시 장사꾼의 피는 속일 수 없어서 눈치가 영악한 모잠이다.

"그렇구려. 난 나와서 기다리고 있을 줄 알았는데…….."

"굳이 막사에 머무시겠다고 하더군요."

"음."

목우가 고개를 끄덕였다. 그러면서도 표정은 좋지 않다. 비록 화의를 위한 만남이기는 하나 모양새가 상원이 수세에 있는 것은 분명했다. 무상인 목우가 직접 모가장의 진채를 찾아온 것부터가 그런 모양새였다.

상원이 수세에 몰린 이유는 분명하다. 상원의 이령주 헌원고가 모가장에 사로잡혀 있기 때문이다.

그런데 일을 이 지경으로 만든 헌원고가 자신을 마중하지 않고 막사에 남아 있다고 하니 무상 목우로서는 불쾌할 수밖에 없었다.

"가시지요."

모잠이 무상 목우의 내심을 알아챘는지 좀 더 공손한 태도로 말했다.

"그럽시다."

목우가 고개를 끄덕였다. 모잠이 앞서서 목우를 모가장의 진채로 인도했다.

타유는 줄곧 복묘상의 시선을 느끼고 있었다. 물론 자신을 보는 것은 아닐 것이다. 자신과 함께 걷고 있는 청풍을 보고 있을 것이다. 복묘상은 뭍에 내리는 순간부터 한시도 청풍에게서 시선을 떼지 않았다.

타유가 슬쩍 고개를 돌려 갓을 쓰고 있는 복묘상을 보았다. 그러자 복묘상이 아무도 모르게 가볍게 고개를 숙여 보였다. 아마도 너무도 훌륭하게 자란 청풍에 대한 감사의 표현일 것이다. 그런데 그때 갑자기 청풍이 타유의 곁으로 붙으며 속삭이듯 말했다.

"이상해요."

"뭐가?"

타유가 되물었다.

"저 갓을 쓴 사람이요. 계속 우리를 주시하고 있어요."

순간 타유가 흠칫했다. 본능이란 이토록 무서운 것일까, 아니면 청풍의 무공이 이제는 다른 사람의 숨겨진 시선을 찾아낼 만큼 진보한 것일까. 청풍은 어느새 복묘상의 시선을 느끼고 있었던 것이다.

"우리만이 아니란다. 여기 있는 모든 사람을 살피고 있어.

아마도 상원에서 무상의 호위를 맡은 사람인가 보구나."

"그런가요?"

청풍이 고개를 갸웃하며 복묘상을 바라봤다. 그러자 복묘상이 시선을 거두고는 다른 쪽을 살핀다.

"기도가……."

청풍이 말꼬리를 흐린다.

"왜?"

"기도가 익숙한 느낌이 들어요."

'피는 속일 수 없어.'

타유가 나직하게 탄식했다.

"세상에는 비슷한 기도를 지닌 사람이 많단다."

"하긴……. 그런데 왜 갑자기 돌아가신 어머니가 떠오르지?"

청풍이 자신도 모르겠다는 듯 중얼거렸다.

"어느 어머니 말이냐?"

타유가 내심 화들짝 놀라며 물었다.

"운룡산 어머니요. 비슷한 느낌이에요."

"음, 그 사람은 무공을 모르지 않느냐?"

"그렇긴 하지만… 시선이 부드러워요."

어머니들은 모두 같은 시선을 지니고 있는 모양이다. 청풍이 복묘상의 시선에서 상목혜를 떠올린 것은 아마도 복묘상의 시선에 담긴 모정 때문이리라.

타유와 청풍이 얼굴을 가린 복묘상에 대해 이야기를 나누고 있을 때 어느새 일행은 모가장의 진채에 도착했다. 그리고 그제야 무상 목우는 헌원고를 볼 수 있었다.

"무상을 뵙습니다."

헌원고가 조금은 뻘쭘한 표정으로 목우에게 인사한다. 그러자 목우가 조금은 냉랭한 표정으로 물었다.

"몸은 괜찮으신가?"

"별 탈 없습니다."

"음, 고생했네."

"고생은 무슨……."

헌원고도 자신의 처지가 쏩쓸한지 말꼬리를 흐린다. 본래 상원 내에서 무상 목우가 대표하는 외족 출신의 사람들과 정통의 상가 출신 사람들은 서로 경원시하는 경향이 농후했다.

외족 출신 사람들은 대부분 강호 무인 출신으로 상가의 사람들을 정통 무인으로 취급하지 않았고, 상가 출신 사람들은 외족은 그저 상원에서 무력을 보충하기 위해 외부에서 들여온 사람들이기에 객으로 생각해서 서로에 대한 경쟁심이 무척 치열했다.

그런데 최근에 들어서 상원 내 외족의 힘이 부쩍 강해졌다. 그 중심에 원주를 보필하는 이상, 그러니까 문상과 무상이 있었다.

본래 상원의 대소사는 네 명의 천상사가 가주들의 모임인 천상회에서 결정한다. 외족 출신의 사람은 아무리 능력이 뛰어나도 천상회에 들 수 없었다. 상원은 결국 천상회의 뜻대로 움직이게 되어 있었다. 그것이 상원이 마음 놓고 외족을 받아 들이는 이유였다.

천상회에서 상원의 일이 결정되면 그 결정된 일을 문상과 무상의 지휘하에 다섯 개의 령에서 수행하게 된다. 전통적으로 이상의 경우 문상은 상가 출신으로, 무상은 외족 출신으로 구성하는 것이 보통이었다.

지나치게 외족을 업신여길 경우 상원에 남을 외족 출신 무사가 없을 것이기에 외족들의 사기를 높이기 위해 무상의 자리를 외족 출신에게 배정하는 전통이 있었던 것이다.

그런데 당대에 들어 수백 년 이어온 이 전통이 깨졌다. 대대로 상가 출신이 차지했던 문상의 자리까지 외족 출신이 차지한 것이다.

당대의 상원 문상은 신산 상평이라는 사람이었다. 그는 별호에서 알 수 있듯 천하의 이치와 재물의 흐름을 꿰고 있다고 알려진 뛰어난 두뇌의 소유자였다.

그러나 아무리 능력이 뛰어나도 외족을 문상의 자리에 앉히는 것은 상원의 전통에서 크게 벗어난 일이다. 그러므로 본래는 신산 상평 역시 문상의 자리에 오를 수 없었다. 그런데 이십 년 전 한 사건으로 인해 수백 년 이어온 상원의 전통을 깨고 신산 상평이 상원 문상의 자리에 올랐다.

이십여 년 전 상원은 거의 몰락의 위기에 처했다. 전통적으로 중원의 상계를 대표해 온 천상사가가 공히 원 조정의 힘을 등에 업은 신진 상가들의 공세에 밀려 하북의 상권을 모두 잃고 장강 이남의 상권까지 위협받게 되었던 것이다.

만약 그 상태로 이삼 년 정도 시간이 흐른다면 상원은 완전히 소멸되고 말 지경이었다. 그런데 그때 원주인 초군 구중원이 한 사람의 현사를 초빙하기로 결정했다.

그가 바로 신산 상평이었다. 초군 구중원은 신산 상평에게 상원 문상 자리를 주겠다고 선언했다. 당연히 상가 출신의 고수들은 반발했다. 문상의 자리를 외족에게 주는 것은 상원의 전통을 깨뜨리는 일이기 때문이다.

그러나 구중원은 결국 사가의 가주들을 설득했고, 천상회에서 신상 상평을 문상의 자리에 초빙한다는 결정이 내려졌다. 그리하여 상원에 들어온 상평은 한 사람의 특출 난 고수를 상원에 초청한 후 원을 등에 업은 신진 상가들을 상대하기 시작했다. 그리고 놀라운 반전이 일어났다.

몇 년 안에 완전히 몰락할 것 같던 상원이 오히려 그들에게 도전했던 신진 상가들을 모두 몰락시키고 외려 그 이전보다 수배는 더 강력한 세력으로 성장한 것이다.

그 놀라운 반전에 신산 상평의 초빙을 반대하던 상가의 수뇌들조차 신상 상평을 칭송하기 시작했다. 천상회는 그런 신산 상평에게 상원의 문상 자리를 종신으로 보장하는 것으로 고마움을 표했다.

당시 신산 상평이 초빙한 외족 출신의 고수가 바로 무상 목우였다. 그 이후 문상과 무상을 모두 차지한 외족의 힘이 급격하게 커졌다. 복묘상이 외족 출신으로 사령주의 자리에 오른 것도 바로 커진 외족의 힘을 대변하는 일이었다.

그러나 세월이 흐르자 외족의 힘이 커지는 것에 대해 상가 출신 사람들의 시선이 사나워지기 시작했다. 신산 상평의 능력에 기대 크나큰 위기를 극복했던 일은 지난 과거일 뿐이다. 고난의 시절은 쉽게 잊히고 사람들은 현재의 이득과 권력을 위해 다투기 시작했다.

그래서 당금의 상원에선 외족과 상가 출신의 고수들 간에 치열한 암투가 벌어지고 있었는데, 외족의 성장에 반발하는 가장 대표적인 사람 중 한 명이 바로 이령주 헌원고였다.

"들어가시지요."

상원의 무상 목우와 이령주 헌원고 사이의 묘한 긴장감을 놓치지 않고 살피던 모잠이 싸움이라도 말리듯 은근한 목소리로 목우와 헌원고를 자신의 막사로 들인다.

모잠의 막사에는 마치 잔치라도 벌인 듯 산해진미가 그득한 상이 차려져 있었다. 이미 일은 성사된 것이나 마찬가지기에 모잠은 최대한 목우와 헌원고의 기분을 맞추려 애썼다. 그건 모잠이 욕심내는 것이 단순히 사천의 뱃길만이 아니기 때문이다. 그는 이 기회에 어떻게든 상원과 인연을 맺어두려 하고 있었다.

타유의 충고대로 상원의 힘을 얻을 수만 있다면 모잠은 정말 큰 꿈을 꿀 수도 있다는 생각이다.

"자, 한잔 드시지요."

"먼저 일을 마무리 지읍시다."

모잠이 술을 권하려는데 목우가 손을 들어 제지하며 말했다. 역시 무인이다. 일의 선후가 명확해 이리저리 재어보고 흥정하는 장사치들과는 다른 목우의 모습이다.

"마무리 지을 것이 뭐 있습니까? 이미 서로 합의한 일이니 말입니다. 우리 모가장은 사천 뱃길의 주인이라는 명분을 얻고 상원은 그 뱃길을 자유롭게 이용할 수 있는 이득을 취하는 것이지요."

"본 원의 원주께서는 그 거래에 하나를 덧붙이고 싶어 하시오."

순간 모잠의 표정이 살짝 변한다. 조건이 늘어나면 거래가 깨질 수도 있다.

"그래, 상원의 원주께서 원하시는 것이 무엇인지요?"

모잠이 손에 들었던 술병을 내려놓는다. 그의 얼굴에서 어느새 웃음기가 사라졌다. 그러자 목우가 입을 열었다.

"원주께서는 모가장이 금석촌에서 내는 철의 삼 할을 본 원과 거래하길 원하시오."

"음……."

모잠이 침음성을 흘렸다. 당대 모가장의 재원은 금석촌의 철이 오 할을 넘게 차지하고 있었다. 십수 년 전 금석촌을 장악한 이후 모가장은 철광의 수를 두 배로 늘렸다. 덕분에 모가장의 이득은 과거 금석촌의 사람들이 취하던 이득에 비할 바가 아니었다.

물론 그 때문에 죽어나는 사람들은 따로 있었다. 금석촌의 토박이들, 대대로 철을 다루며 살아온 그들이 늘어난 일에 노예와 같은 처지로 전락해 있었다.

아무튼 모가장에게 금석촌은 황금알을 낳는 거위와 같은 곳인데 그곳의 철 삼 할의 거래를 도맡겠다는 것은 상원에서 큰 욕심을 내는 것이라 할 수 있었다.

"원주의 욕심이 너무 크시군요."

모잠이 말했다. 그러자 목우가 무심한 어조로 말했다.

"그렇다고 모가장에서 크게 손해나는 것은 없지 않소? 어차피 상원이 아니더라도 다른 곳에 팔아야 하는 철이 아니오?"

"그렇기는 하나……."

문제는 상원에 철을 맡겼을 때 모가장이 지금처럼 금석촌에서 나는 철을 무기로 중원의 무가와 상가들을 다룰 수 없다는 점이다.

금석촌의 철은 천하의 무가에 꼭 필요한 것이었으므로 철을 통해 모가장이 취하는 이득은 꼭 금전의 이득만이 아니었다. 그런데 그런 철을 상원에 삼 할이나 맡기면 중원의 무가들이 모가장이 아니라 상원과 인연을 맺으려 할 수도 있었다.

"명목적으로나마 사천 뱃길의 주인을 모가장으로 인정하는 것은 곧 모가장이 사천의 온전한 주인임을 인정하는 것과 같소이다. 그건 상계의 일만이 아니라 무림의 일이기도 하오. 우리 상원으로서도 다른 무가의 눈치를 보지 않을 수 없는 일이란 말이오. 당가나 아미의 압력을 견뎌내야 하는 상원의 입장이고 보면 그 정도 이득을 취할 자격은 있다고 생각하오만……."

듣고 보면 틀린 말은 아니다. 모가장이 사천, 귀주, 운남의 서남 삼성의 패자라고 자처하기는 해도 여전히 사천에는 아미와 당문이라는 무시할 수 없는 명문이 호시탐탐 재기의 기회를 노리고 있다. 더군다나 그들은 이미 의천맹이라는 은밀하면서도 거대한 조직을 만들어내지 않았는가.

이런 상황에서 상원이 사천의 패자로 모가장을 인정하는 것은 모가장에 무척 큰 도움이 되는 일이다. 그러니 그 대가를 바라는 것이 결코 무리한 요구가 아니었다.

더군다나 상원과 금석촌에서 나는 철의 삼 할을 거래한다고 해도 그 값은 줄이거나 하는 것은 아니기 때문에 금전적으로 모가장에 손해가 가는 일은 아니었다.

그럼에도 불구하고 이 일은 결코 모잠이 결정할 수 없는 일이었다. 금석촌의 철을 거래하는 일은 모가장주 모혼의 결정이 필요했다.

"상원의 뜻은 잘 알았습니다. 그러나 이 일은 아무래도 아버님의 결정이 있어야 할 것 같습니다."

"그럼 우리의 화의도 미뤄지겠구려."

"그렇군요. 오늘은 그저 식사나 대접하는 자리로 만족해야겠습니다."

모잠이 덤덤하게 말했다. 아쉬울 것이 없다는 표정이다. 그도 그럴 것이 급한 것은 상원이었다. 헌원고가 잡혀 있고, 또한 벌써 여러 날째 사천의 뱃길이 끊겨 있어서 상원에 속한 상가들이 입는 피해가 적지 않았던 것이다.

"모가장주의 조속한 결정을 바라겠소."

"내일이면 답을 드릴 수 있을 것입니다. 그런데… 우리 쪽에서도 한 가지 조건이 있습니다."

하나의 조건을 받았으니 다시 하나의 조건을 내야 하는 것이 공정하다. 이것이 상인들의 거래다.

"무엇이오?"

목우가 물었다.

"사실 따지고 보면 우리 모가장도 상가에 그 뿌리를 두고 있지요. 지금이야 강호의 문파로 대접받고 있지만 말입니다. 사실 지금도 가문의 일 중 육은 장사를 하는 일입니다."

"알고 있소."

사천 제일 표국이었던 모가장의 과거를 목우가 모를 리 없다.

"우리 모가장은 오래전부터 중원 상계의 태산이랄 수 있는 상원과 인연 맺기를 원했습니다. 해서 이번 화의가 성립하면 우리 모가장도 상원에 한 발을 들이고 싶은데 그 공간을 내어주실 수 있겠습니까?"

모잠이 은근한 목소리로 물었다. 그러자 목우가 살짝 눈살을 찌푸린다.

"설마 천상사가의 지위를 원하는 것이오?"

목우의 질문에 모잠이 얼른 손을 내저었다.

"그럴 리가요. 처음 인연을 맺는 입장에서 어찌 천상사가의 지위를 원하겠습니까? 그저 상원에 사람 몇 들여놓고 간혹 중원의 행사에서 도움을 얻고자 함이지요."

모잠의 말에 목우가 의심스런 표정으로 모잠을 보다가 무겁게 대답했다.

"그 일이야말로 시간이 필요한 일인 것 같소. 그 일은 본원 천상회의 결정이 필요하오."

"시간이 얼마나 필요하신지요?"

"닷새!"

"역시 상원이군요. 그처럼 빨리 결정을 받아오실 수 있다니."

모잠이 감탄 어린 음성으로 말했다.

확실치는 않지만 상원의 위치는 악양 근처로 알려져 있다. 성도에서 악양까지의 거리를 생각하면 닷새로는 도저히 천상회의 답을 받아올 수 없는 거리다. 그 안에 답을 들어오는 방법은 오직 두 가지 경우를 생각할 수 있었다.

하나는 천상사가의 주인들이 생각보다 성도에 가까이에 와 있다는 것, 다른 하나는 악양의 동정호까지 이틀에 날 수 있는 전서구가 있는 경우다. 둘 모두 모가장에는 무척 위협적인 일이다.

"그야 우리 상원의 일이고, 아무튼 그렇다면 우리가 다시 만나는 것은 닷새 후나 되겠구려."

목우가 말했다. 그러자 모잠이 고개를 끄덕였다.

"그렇겠군요. 만약 이 거래가 성사되면 그때는 제가 아버님을 모시고 나오지요."

"음, 알겠소이다. 모가장주께서 직접 나오신다면 상원으로서도 고마운 일이지요."

"자, 그럼 이제 식사를 하시지요."

"그럽시다."

목우가 고개를 끄덕였다. 그러자 모잠이 얼른 목우의 술잔에 술을 따른다.

"우린 나가죠?"

청풍이 타유에게 속삭였다.

"요기는 하고 가자."

타유의 대답에 청풍이 타유를 의아한 시선으로 바라본다. 본래 타유는 사람 많은 곳을 싫어한다. 모잠과 식사를 하는 것 또한 극히 드문 일이었다. 더군다나 지금은 두 사람이 이곳을 벗어나도 누구 하나 탓할 사람이 없다. 그런 타유가 모잠의 막사에서 요기를 하고 가자니 이상한 일이 아닐 수 없었다.

타유는 청풍의 의문에 아랑곳하지 않고 눈앞에 놓인 음식을 먹기 시작했다. 일단 식사를 시작하면 도통 말이 없는 타유이기에 청풍도 어쩔 수 없이 수저를 들었다. 그런 타유와 청풍을 복묘상이 삿갓 틈으로 줄곧 주시하고 있다.

'건강한 아이다.'

복묘상의 마음이 뿌듯해진다. 본래 복묘상은 청풍을 보기 전에 약간의 두려움이 있었다. 청풍을 키운 사람은 당대의 손 꼽히는 살수, 또한 타유에게 듣기로 청풍은 스스로 고려에 가 는 것을 포기하고 복수의 길을 선택했다고 했다. 그러니 청풍 의 성정이 무척 어두울 거라 생각한 복묘상이었다.

그러나 복묘상은 청풍을 보는 순간 자신의 생각이 틀렸다는 것을 단번에 알 수 있었다. 청풍은 그 이름대로 맑은 바람 같 은 청년으로 성장해 있었다. 보고 있는 것만으로도 시원한 느 낌이 든다. 어느 누가 이런 청풍이 마음속에 깊은 한을 품고 있다고 생각할까.

'잘 자랐구나.'

복묘상의 마음 한곳이 뿌듯해진다. 그러면서 청풍의 옆에서 묵묵히 식사하고 있는 타유에 대한 고마움이 새삼스레 일어난 다. 오늘 이 자리에 타유가 계속 머물러 있는 이유도 알고 있 다. 그는 자신에게 청풍을 조금이라도 더 보여주고 싶은 마음 일 터였다.

긴 식사가 끝이 났다. 목우는 식사를 마치고 나자 금세 자리 에서 일어났다. 목우가 움직이면 복묘상도 움직여야 한다.

"이령주를 모셔가도 되겠소?"

자리를 뜨려고 일어난 목우가 모잠에게 물었다. 그러자 모 잠이 헌원고를 보며 말했다.

"헌원 대협의 거취는 대협께서 스스로 결정하시지요. 저야 이곳에서 좀 더 대접을 하고 싶지만 혹 돌아가시겠다면 떠나시게 준비를 하겠소이다."

그러자 헌원고의 얼굴이 반색이 된다. 그러다가 문득 자신을 바라보고 있는 목우와 다른 상원 고수들을 보고는 이내 얼굴빛을 진정시키고 대답했다.

"그렇게 해주신다면 감사할 따름이지요."

"좋소이다. 그럼 오늘 작별을 하고 다음에 다시 뵙도록 합시다. 그동안 즐거웠소이다."

"하하하, 나 역시 강호의 영웅을 친구로 사귈 수 있어 즐거운 시간이었소이다."

헌원고가 짐짓 모잠과 깊은 우정이라도 나눈 듯 말했다. 그러자 모잠이 빙그레 미소를 지으며 대답했다.

"부디 돌아가시거든 본 장이 상원과 인연을 맺는 것에 대해 좋은 말씀을 부탁드리겠소이다."

"이를 말이요. 나도 모 대협 같은 분과 함께 일할 수 있다면 큰 행운이라 할 수 있지요. 자, 그럼!"

말은 그렇게 하지만 헌원고는 하루라도 빨리 모가장의 진채를 벗어나고 싶은 모양이었다. 헌원고가 재촉하자 목우 등 상원의 고수들이 서둘러 모잠의 막사를 벗어났다.

그런데 막사 밖에는 어느새 준비했는지 모잠이 목우 일행에게 주는 선물이 준비되어 있었다. 그 모습을 보며 타유는 모잠이 이런 면에서는 무척 주도면밀한 사람임을 새삼스레 깨달았다.

목우는 모잠의 선물을 굳이 거절하지 않았다. 이런 경우 선물을 거절하는 것은 오히려 상대에게 적의가 있음을 드러내는 행위일 수도 있기 때문이다.

"이상해요."

문득 청풍이 타유에게 말했다.

"뭐가 말이냐?"

"삿갓을 쓴 사람 말이에요."

"응?"

"뭐랄까, 줄곧 우리를 지켜보다 이렇게 떠나니까 허전해하는 느낌이에요."

본능은 무서운 것이다. 타유가 사람의 본능이란 놈에게 놀라 흠칫 몸을 떤다.

"나도 그렇구나. 아마도 어느새 그의 시선에 익숙해져 있기 때문일 게다."

"그렇겠죠?"

"악의는 없어 보이니까 괘념치 마라."

"누구 닮은 사람을 아나 봐요."

"그럴지도."

타유가 고개를 끄덕였다. 그런데 그때 모잠이 타유에게 다가왔다. 그의 얼굴은 무척 상기되어 있었다.

"우 대협, 일이 생각보다 커지게 되었소이다."

"그렇구려. 대공자께는 큰 기회가 될 것 같소이다."

"나도 그리 생각하고 있소. 만약 이 거래가 성사된다면 모가장의 후계자 자리가 문제가 아니오. 음, 얼른 들어가서 아버님을 봬야겠소. 같이 가십시다."

"준비하지요."

타유가 담담하게 대답했다.

*   *   *

탕!

모가장의 대부인 종청영이 매섭게 탁자를 내려쳤다. 그 기세에 탁자 한 모퉁이가 떨어져 나간다. 보통의 공력이 아니다. 여인임에도 불구하고 종청영은 무시하지 못할 공력을 지니고 있었다.

"상원과 거래를 해요?"

종청영이 앞에 있는 종여득에게 확인하듯 물었다.

"그렇다고 하는구나."

종여득이 고개를 끄덕였다. 그러자 종청영이 노기를 담은 어조로 말했다.

"그놈이 우리 광이를 궁지로 몰고 있군요. 만약 상원과 화친을 하게 되면 그동안 광이가 한 일은 모두 쓸모없는 호승심에서 일으킨 일이 돼요. 애꿎은 모가장의 사람들만 희생시킨 모양새가 되고 말 겁니다. 그래서는……."

"지금으로서는 달리 방도가 없구나."

"당주들과 장원의 수뇌들을 동원하세요. 그리고 상원과의 화의를 어떻게든 막으세요. 수뇌들이 거의 우리 쪽 사람들이니 충분히 가능할 거예요. 특히나 금석촌의 철에 대한 처분이 포함된 거래이니 반대할 명분이 있어요."

그러자 종여득이 고개를 젓는다.

"물론 금석촌의 철을 다루는 문제는 무척 민감한 문제이다. 그러나 이번 화의는 잃는 것보다 얻는 것이 많은 거래다. 장주께서 그걸 모를 리 없지. 섣불리 반대했다가는 오히려 장주의 눈 밖에 나고 말 것이다."

"하지만… 이렇게 당하고 있을 수만은 없어요. 만약 이번 일이 성사되면 결국 잠이 그놈으로 후계자가 정해질 거예요."

"음, 그렇기는 한데 지금으로선 뾰족한 방도가……. 특히나 지왕당주가 대공자 편에 선 이상 함부로 대공자를 공격하기도 어려운 실정이구나."

"뼈아픈 실수예요. 그를 그렇게 방치하는 게 아니었는데. 반드시 우리 쪽으로 끌어들여야 하는 사람이에요."

"그래, 나도 실수를 인정한다. 설마 그가 장원의 세력 싸움에서 한쪽 편을 들리라고는 생각지 못했구나. 그와 난 서로 감정이 좋지 않아서……."

종여득이 탄식을 흘렸다. 그러자 갑자기 종청영이 다시 탁자를 치며 이를 갈았다.

"이게 다 그 우검이라는 자 때문이에요. 그자가 나타나고 나서는 일객이 있을 때보다도 모잠이 더 날뛰고 있어요."

"알고 있다. 그의 존재가 모잠에게 큰 힘이 되고 있어. 처음에는 그저 단순히 무공 고수 정도로 생각했는데 무공뿐 아니라 지모도 대단한 듯하다. 애초에 대공자를 상원을 상대할 책임자로 지목한 것도 그렇고… 듣자 하니 상원과의 화의를 주장한 것도, 또 지왕당주 모불승을 대공자 쪽으로 끌어들인 것도 모두 그자가 한 일이라고 하더구나. 그런데 문제는 오히려 지금부터이다."

"또 다른 일이 있나요?"

종청영이 귀찮다는 듯 얼굴을 찌푸린다.

"만약에 이대로 일이 진행된다면 장원 내 인심이 돌아설 수 있어. 지금이야 절반 이상의 인사들이 우리 편에 서 있지만 그들도 드러내 놓고 광이를 지지하는 것은 아니다. 그런 자들은 언제든 대공자 쪽으로 돌아설 수 있는 자들이지."

종여득의 말에 종청영의 얼굴빛이 변했다.

"그래서는 안 돼요. 우리가 그들을 잡고 있기 때문에 장주께서도 함부로 잠을 후계자로 정하지 못한 것이에요. 그런데 장원의 인심이 잠에게로 쏠리면 장주께서는 결국 잠을 후계자로 정하실 거예요. 사실 요즘 들어 장주께서는 후계자를 공식적으로 정하는 일이 늦어진 것을 후회하고 계세요."

"음, 대공자와 이공자를 두고 장원의 인심이 둘로 갈리니 걱정하실 수밖에. 이래서는 큰일을 도모하기가 힘들거든."

"무슨 수단을 내야겠어요. 이대로 모잠에게 모가장을 내어 줄 수는 없어요. 나중에라도 그놈이 장주가 되면 절대 우리 두 모자를 그냥 두지 않을 거예요."

종청영이 표독한 눈빛을 드러냈다.

"어찌하려느냐?"

"그들을 부르세요."

"대부인, 설마……?"

"그들만이 이 위기를 타개할 수 있어요."

"대공자를 죽이겠다는 말이냐?"

"그놈이 미워도 그놈을 죽일 수는 없지요. 그놈이 죽으면 필시 장주께서 크게 진노하실 테니까요. 장주께서는 우리 두 모자의 목을 베는 것도 망설이지 않을 사람이에요."

"그럼 그들을 불러 무엇을 하려는 것이냐?"

"그 우씨 부자를 베야겠어요."

"그들을?"

"그자 때문에 모잠이 위기에서 벗어났으니 그자가 사라지면 모든 것은 본래대로 돌아올 거예요. 특히 그자가 죽으면 장원 내 사람들이 모잠의 곁에 서는 것을 두려워할 것이니 일석이조죠."

"장주께서 용납하실까?"

"모잠은 몰라도 그들은 괜찮을 거예요. 장주께서 독심을 가졌다는 것은 바로 그런 면이죠. 혈족은 몰라도 다른 자들은 백을 죽여도 눈감으실 거예요."

"하긴… 치열함을 좋아하는 분이기는 하지."

"그들을 불러요."

"알겠다. 그러나… 신중해야 한다. 그들의 존재는 장주님도 몰라. 자칫하다가는 우리 종씨 가문이 절단날 수도 있어.”

“충분히 조심해야죠. 장원을 벗어난 곳에서 일을 치를 수 있도록 준비해 주세요.”

“알겠다. 알아보마.”

종여득이 고개를 끄덕였다.

*   *   *

모가장의 가주 모혼이 거대한 지도 앞에서 오랫동안 침묵하고 있다. 그의 시선은 사천에서 발원해 황해로 흘러드는 긴 장강의 물줄기를 살피고 있었다. 그의 뒤쪽에는 언제나 은밀히 그의 곁을 지키는 호위무사 구융과 모혼의 장자방을 자처하는 삼객 구여분이 서 있다.

“어떻게 생각하나? 우리가 과연 상원의 힘을 손에 넣을 수 있을까?”

문득 모혼이 입을 열었다. 그러자 구여분이 잠시 뜸을 들였다가 대답했다.

“지금으로서는 온전히 상원을 장악하는 것은 무리입니다.”

“그렇지? 무리겠지?”

“상원을 얻으려면 모가장의 전력을 기울여도 불가능한 일입니다. 아시다시피 상원의 저력은 밀문에 못지않으니까요.”

“그래, 그래. 아쉽지만 모가장의 힘으로는 상원을 삼킬 수 없어.”

모흔이 살짝 혀를 내밀어 입술을 축인다. 구여분은 이것이 이 야심만만한 장주의 오랜 습관임을 알고 있다. 욕심은 나는데 방법이 없을 때 나오는 버릇이다.

"어쩔 수 없지. 이번에는 한 발 들여놓는 것으로 만족할밖에."

"철을 내어주실 생각이십니까?"

"후후, 오는 게 있으면 가는 것도 있어야지."

"상원의 힘을 키워주게 될 것입니다."

구여분이 걱정스런 표정으로 말했다. 그러자 모흔이 고개를 저었다.

"내게 방법이 있어."

"……?"

"그놈이 일을 참 잘했어."

"대공자 말씀이십니까?"

"그래. 금석촌의 철을 내어주는 대가로 모가장이 상원에 한 발을 들이게 해달라고 하지 않았나? 그들이 이 제안을 수락하면 난 그 아이를 당분간 상원에 나가 있게 하려고 하네."

"하지만 그건……."

"왜? 문제가 있나?"

"대공자께서 자리를 비우시면 장원의 후계 싸움이……."

"걱정 마. 이번 일이 완결되면 큰놈을 정식으로 본 장의 후계자로 정할 테니까."

순간 구여분의 눈빛이 반짝인다.

"결정하셨습니까?"

"이번 일은 정말 예상치 못한 성과야. 난 상원과의 싸움에서 본 장의 손실이 꽤 클 거라 예상했거든. 그런데 녀석이 싸움을 피하고 거래를 해왔단 말이야. 그건 곧 큰녀석에게 세상을 보는 눈이 생겼다는 말이 되지. 최선은 도검이 아니라 흥정이라는 이치를 깨달았으니 충분히 나의 후계자가 될 만하네."

"감축드립니다."

구여분이 얼른 고개를 숙인다.

"그건 또 무슨 소리야?"

"이제 든든한 후계를 정하셨으니 모가장이 크게 번성할 것입니다. 그걸 미리 감축드리는 것입니다."

"하하하, 자네의 그 아부는 알면서도 기분이 좋아. 그래, 꼭 아부의 말은 아니지. 그동안 모가장이 후계 다툼으로 다소 혼란스러웠던 것은 사실이야. 그래서 장원의 힘을 한데 모으지 못했지. 이번에 잠이로 후계를 정하고 나면 그런 분란은 사라질 거야."

"그런데 대부인께서 과연 동의하실지……."

구여분이 걱정스런 표정으로 말했다. 그러자 모혼이 차갑게 말했다.

"나 모혼의 결정이다. 감히 누가 나의 결정에 반대를 한단 말인가. 만약 그런 일이 벌어진다면 종씨 가문은 멸문을 각오해야 할 거야."

모혼의 말에 구여분이 부르르 몸을 떤다. 자신의 부인조차도 단칼에 베어버릴 수 있는 사람이 모혼이란 것을 새삼스레 깨달은 것이다. 그러자 모혼이 마치 구여분에게 경고하듯 말했다.

"만약 이 일로 그 사람이나 혹은 사객이 자네의 의견을 물어 온다면 그들이 다른 생각을 하지 못하게 정중히 충고해 주게. 나도 내 손으로 친족을 베고 싶은 생각은 없으니까."

"알겠습니다."

구여분이 공손히 고개를 숙인다. 그러자 모혼이 다시 시선을 커다란 지도로 돌리며 말했다.

"상원을 가질 수는 없지만 그들의 힘을 쓸 수는 있을 거야. 그때는 밀문을 위해 좀 더 큰일을 할 수도 있겠지. 그리되면 비어 있는 밀문 삼왕의 자리를 내가 차지하지 말라는 법도 없다. 일단 밀문 삼왕의 자리만 차지하면… 이후의 삶은 누구도 예측하지 못할 것이야. 이 모혼이 과연 어디까지 가게 될지. 하하하!"

모혼의 득의한 음성이 대전을 뒤흔들었다.

*　　　*　　　*

모혼이 모가장의 수뇌들을 이끌고 장원을 나선 것은 이른 아침이었다. 모잠이 상원과의 거래를 허락해 달라며 장원으로 돌아온 지는 이미 십여 일이 지나고 있었다. 상원은 무상 목우의 말과는 달리 화의를 결정하는 데 제법 시간이 걸렸다. 닷새가 열흘이 된 것이다.

물론 그것이 상원 수뇌부와의 거리 때문인지 아니만 그들 내부에서 모가장의 제안을 받아들일지 아닐지를 결정하는 것이 쉽지 않았기 때문인지는 알 수 없었다.

그러나 결국 상원은 모가장의 제안을 받아들이기로 결정했다. 장사꾼은 장사를 하지 않으면 살 수 없는 법, 장강 상류의 뱃길이 막혀서야 상원의 상가들도 견디기 힘들었던 것이다.

거기에 금석촌의 철은 상원의 상가들에게 달콤한 꿀과 같은 유혹이다. 장사치란 이득과 손실을 견주어보아 일 푼이라도 이득이 있으면 결국 거래를 한다. 상원은 결코 이득을 포기하지 않았다.

"결국 성사되었어요."

청풍이 타유에게 나직하게 말했다. 타유와 청풍은 모혼 일행의 가장 뒤쪽에서 포구로 향하고 있었다.

"그러게 말이다. 생각보다 수월해."

"이렇게 되면 결국 모잠이 정식으로 모가장의 후계자가 되겠지요?"

"이 거래가 끝나면 그리될 것이다."

"싸움이 더 치열해지겠군요."

"글쎄… 모르지. 그러나 아무리 대부인이라 하더라도 모혼이 내린 결정에 반발하기는 쉽지 않을 것이다. 이번에 올린 성과가 너무 크기도 하고……."

"그럼 은밀히 움직이겠군요."

청풍이 경계심을 드러낸다. 그러자 타유가 고개를 끄덕였다.

"아마도 그럴 것이다. 그러니 우리도 조심해야겠지."

"설마 우리를 공격할까요?"

"그들은 바보가 아니야. 모잠을 죽여서는 자신들도 몰락할 수밖에 없다는 것을 알고 있을 것이다. 그러니 모잠을 죽이는 대신 그의 팔과 다리를 끊으려 할 거야. 그들이 볼 때 너와 내가 바로 모잠의 팔다리가 아니겠느냐?"

"휴우, 그렇다면 이제부터가 정말 싸움이겠군요."

"그렇다고 할 수 있지. 준비를 잘해야 할 게다."

"각오는 충분히 되어 있어요."

청풍이 눈빛을 빛내며 말했다.

한 척의 배가 포구로 들어왔다. 수십 명의 사람이 타고 있는 중선이다. 배 위에 우뚝 서 있는 사람은 상원의 무상 목우다. 한 자루 검을 들고 서 있는 그의 모습이 천하를 호령하는 신장과 같다.

그의 옆쪽에는 한 자루 흑선(黑扇)을 든 흑의노인이 서 있었는데 멀리서 보아도 그 안광이 형형한 것이 보통 사람이 아닌 했다.

"누구죠?"

청풍이 타유에게 물었다. 그러자 타유가 고개를 갸웃했다.

"글쎄다. 그의 정체를 알 수가 없구나."

그런데 그때 문득 모불승이 두 사람 곁으로 다가서며 말했다.

"저자가 바로 신산 상평인 듯하오."

"그가 오는 것이오?"

타유가 놀란 표정으로 물었다.

"그렇다고 하더구려. 나도 방금 전에야 들었소. 그의 행보는 철저히 비밀에 가려져 있어서 본 장도 그가 오는 것을 지금에서야 알게 되었다고 하오. 아마도 그가 올 것을 기다리느라 저들이 닷새의 약속을 지키지 못한 것 같소."

"음, 상원의 문무이상이 모두 모습을 보이다니 그들이 본 장을 어렵게 생각하는 것이 확실한 모양이오."

"하하하, 그럴 수밖에요. 아무리 상원이 대단하다고 해도 우리 모가장은 사천, 귀주, 운남 삼성을 장악하고 있는 대파요. 모가장을 무시하고는 저들도 제대로 장사할 수 없다는 것을 알고 있을 거요."

"아무튼… 일은 대공자의 뜻대로 된 것 같소."

타유가 은밀하게 말했다. 그러자 모불승이 은근한 미소를 지으며 대답했다.

"그러게 말이오. 이게 다 우 대협의 공이오."

"무슨 말씀을! 모두가 힘을 합친 결과지요."

"하하, 우 대협은 참으로 호인이시오. 자신의 공을 내세우지도 않고."

모불승이 기분 좋게 웃음을 터뜨렸다.

"사다리를 내려라!"

우렁찬 명이 떨어진다. 그러자 배에서 두 개의 사다리가 포구에 걸쳐졌다. 사다리가 내려지자 먼저 상원의 무사들이 내려와 길을 열고 뒤를 이어 상원의 문무이상 신산 상평과 목우가 배에서 내렸다. 그러자 기다렸다는 듯이 모혼이 앞으로 나아가 두 사람에게 포권을 해 보인다.

"어서 오십시오, 두 분. 오늘 이 모혼이 중원 상계의 천외천이라 불리는 상원의 문무이상을 뵙게 되어 큰 영광이외다."

모혼의 인사에 상평과 목우도 마주 포권을 한다. 그러면서 상평이 입을 열었다.

"영광은 오히려 저희 쪽이지요. 상계의 역사에서 상가의 불리함을 극복하고 무림의 대파로 성장한 곳은 그리 흔치 않은데 오늘 그 주인공이신 모가장주께 가르침을 받게 되었으니 고마울 따름이외다."

상평의 말에 모혼이 빙그레 미소를 지으며 말했다.

"서로 주고받을 이득이 많고 또한 조언하고 배울 것이 많은 사이이니 상원과 모가장의 만남은 오히려 늦은 감이 있구려."

"저도 오면서 그런 생각을 했소이다. 서로가 좀 더 일찍 만났다면 강호의 정세가 어찌 변했을지는 아무도 장담할 수 없었다는 생각 말이지요."

"하하하, 이거 단 몇 마디 말로 벌써 서로 마음이 통하니 양파의 화의는 이미 성립된 것이나 마찬가지구려. 자자, 본 장의 진채로 가십시다."

모혼이 은근한 어조로 두 사람을 인도한다. 그러자 두 사람이 가볍게 고개를 숙여 보인 후 모혼을 따라 포구를 떠났다.

타유의 얼굴에 그늘이 생겼다. 복묘상이 보이지 않았다. 청풍을 볼 수 있는 기회를 마다할 그녀가 아닌데 상원의 문무이상을 호위해 온 사람들 중 복묘상은 없었다.

그녀가 오지 않았다는 것은 그녀에게 청풍을 보는 일보다 더 급한 일이 생겼다는 의미다. 당연히 타유로서는 걱정하지 않을 수 없었다.

'한 몸 간수하는 것은 어렵지 않은 분이니 걱정할 필요는 없겠지.'

이미 복묘상의 무공을 본 타유였으므로 애써 복묘상에 대한 걱정을 떨쳐 냈다. 그런데 그때 문득 모불승이 그의 곁으로 다가왔다. 그러고는 은밀한 어조로 말했다.

"결정이 났다고 하오."

"……?"

"장주께서 대공자를 모가장의 정식 후계자로 정하기로 했답니다. 이번 화의가 끝나면 바로 공표하실 예정인 모양이오."

"음, 잘됐구려."

타유가 만족한 듯 고개를 끄덕였다. 그러자 모불승이 다시 말했다.

"그런데 그 이후 대공자님을 상원으로 보내실 생각인 듯

하오."

"상원으로 말이오?"

조금은 뜻밖의 일이다. 본시 한 가문의 후계자가 정해지면 그는 철저한 보호를 받게 된다. 그런데 모잠을 상원으로 보내려 하고 있으니 특이한 일이 아닐 수 없다.

"장주께서는 이번 기호에 상원에 단단히 뿌리를 내리려는 것 같소이다."

"음, 중원에 욕심을 내시는가 보구려."

"나도 그렇게 생각하오."

"위험한 일인데……."

타유가 걱정스레 말했다. 그러자 모불승이 고개를 끄덕였다.

"맞소이다. 지금 비록 모가장의 성세가 대단하기는 하나 중원을 도모하기에는 역부족인 게 사실이오. 밀문의 도움이 있다면 모를까."

모불승의 입에서 스스럼없이 밀문에 대한 이야기가 흘러나왔다. 그것이야말로 타유가 바라는 바였다. 모불승이 밀문에 대해 스스럼없이 이야기한다는 것은 그가 타유를 굳게 신뢰하고 있다는 의미다. 그렇다면 타유는 그를 통해 밀문에 한 걸음 더 다가갈 수 있다.

"밀문에선 이번 일을 어찌 생각할 것 같소?"

무심한 듯 타유가 물었다. 그러자 모불승이 대답했다.

"그러지 않아도 이번 일을 사왕께 전했소이다. 사왕께서 조만간 들르신다니 그때 답을 들을 수 있을 것이오. 그러나… 뭐 크게 반대할 일이야 있겠소이까? 상원의 힘을 조금이라도 얻을 수 있다면 오히려 밀문에서도 크게 기뻐할 일일 것이오."

"그렇다면 다행이지요."

타유가 걱정을 덜었다는 듯이 대답했다. 그러자 모불승이 좀 더 은밀한 어조로 속삭이듯 말했다.

"이번에 사왕께서 오시면 내 우 대협을 그분께 소개시켜 드리도록 하겠소."

'좋군.'

타유가 내심 쾌재를 불렀다. 그가 원하던 일이 큰 노력 없이도 이뤄지고 있었다.

"그분이 날 만나주시겠소?"

타유가 짐짓 걱정스레 말했다.

"하하하, 그건 걱정 마시오. 다른 건 몰라도 그 일만큼은 내가 보증할 수 있소. 사실… 그분을 만나게 되면 우 대협께 새로운 세상이 열릴 수도 있소."

"그게 무슨 말이오?"

"사왕께서는 눈이 밝으신 분이오. 그분이 어찌 우 대협 같은 인재를 알아보지 못하겠소. 어쩌면 그분께서는 우 대협을 밀문으로 인도하실 수도 있을 것이오."

"나야 모가장에 만족하는 사람이오. 아니, 모가장도 필요없지. 그저 성도에 무관 하나 내면 족한 사람인데 내가 밀문에 들 이유가 뭐가 있겠소?"

타유가 심드렁하게 대답했다. 그러자 모불승이 오히려 급해져서 말했다.

"우 대협, 만약에라도 사왕께서 우 대협을 밀문에 들이시겠다면 제발 거절하지 말아주시오."

"왜 그래야 하오?"

"음, 솔직히 말하리다. 모가장과 밀문이 인연을 맺게 된 것은 사실 나 때문이라오."

"물론 그건 나도 알고 있소."

"오래전 장주께서 금석촌에 욕심을 내고 계실 때 첫 번째 도발에서는 크게 패했소. 그래서 다시 장주께서 무척 의기소침해하셨는데 내가 그때 밀문을 장주께 연결해 준 것이오. 그 덕에 난 지왕당주가 되었지만 사실 내 꿈은 모가장에 있지 않소."

"……?"

타유가 말없이 모불승을 바라본다. 그러자 모불승이 말했다.

"장주도 마찬가지겠지만 나 역시도 모가장을 넘어 밀문의 수뇌가 되고 싶소. 그 꿈을 위해 지금껏 사왕을 모셔온 것이라오. 그러나 사왕께서는 사람을 쓰는 데 무척 냉혹한 분이오. 실력이 없는 자를 그 이상으로는 중용치 않으시오. 나를 총애하시면서도 밀문으로 인도하지 않으시는 이유도 바로 그 때문일 거요. 그런데 이번에는 조금 다르오. 상원과의 화의를 이룬 것이 비록 밀문의 입장에서는 유불리가 있겠지만 사람의 능력을 평가하는 면에서는 분명 인정받을 만한 일이 아니겠소?"

"그렇겠지요."

타유가 고개를 끄덕였다.

"그러니 만약 내가 이 일에 크게 관여하였다고 한다면 사왕께서 날 보는 시선이 조금은 달라질 것이오. 아, 물론 이 일의 최대 공로자가 우 대협임을 내 어찌 숨기겠소."

모불승이 겸연쩍은 미소를 짓는다. 그제야 타유는 모불승의 속마음을 모두 읽었다.

"그러니까 모 대협의 말씀은 이번 상원과의 일을 내세워 함께 밀문에 들어가자는 말이구려. 그런데 내가 밀문 사왕의 제안을 거절하면 그대의 밀문 입성도 물거품이 될 수 있다는 것이고."

"그렇소이다. 내 이렇게 부탁드리오."

모불승이 정중하게 고개를 숙여 보인다. 그러자 타유가 고개를 갸웃하면서 물었다.

"그럼 모가장에서의 성취는 포기하는 것이오?"

"그런 것이 아니오. 만약 내가 정식으로 밀문의 사람이 된다면 그날로 난 모가장에서 사풍객 이상의 지위를 얻게 될 것이오. 장주도 정식으로 밀문의 문도가 된 나를 당주로 남겨둘 수는 없을 것이오."

"음, 그렇기도 하겠구려. 만약 당주께서 밀문의 사람이 되면 오히려 당주가 장주 위에 군림하는 모양새가 될 수도 있으니."

"그렇게까지 어디 바라겠소? 그래도 장주는 장주시지. 그리고 조만간 장주께서도 밀문의 초대를 받으실 것 같고."

"그렇소?"

타유가 뜻밖이라는 듯 물었다. 그러자 모불승이 고개를 끄덕인다.

"지난번에 사왕을 베었을 때 그리 말씀하시더이다. 이제 모가장의 힘이 밀문의 한 축을 맡을 만큼 성장했기에 밀황께서 모가장주를 밀문에 들여 가볍지 않은 직책을 맡길 거라고 말이오. 그러면서……."

모불승의 목소리가 더욱 낮아졌다.

"사왕께서는 은근히 장주를 경계하는 눈치셨소."

"그렇구려. 장주님의 위세가 대단하구려."

"맞소이다. 그러니 더욱 사왕이 우 대협을 밀문에 끌어들이려 할 것이오."

"난 모가장의 사람인데 사왕이 장주를 경계하고 있다면 오히려 날 내쳐야 하는 것 아니오?"

"그렇지가 않소. 이미 장주의 밀문 입성이 확실해진 이상 사왕은 장주의 곁에 자신의 사람을 심어둘 필요를 느낄 것이오. 일단 장주께서 밀문의 수뇌가 되면 두 사람은 지금까지의 관계와 달리 대등한 경쟁 관계가 될 테니 말이오."

순간 타유가 얼굴을 찌푸렸다.

"나에게 간자 노릇을 하란 말이오?"

"아아, 오해는 마시오. 어찌 우 대협 같은 분에게 그런 일을 시키겠소. 그런 일이야 내가 할 일이고, 우 대협께서는 그저 지금처럼 나의 든든한 친구가 되어주시면 그것으로 족하오."

모불승은 어떻게 해서든 타유를 자신과 한 몸으로 묶으려

하고 있었다. 그는 이미 타유의 능력에 크게 감복하고 있었으므로 타유를 놓치고 싶지 않은 것이다. 그러자 타유가 잠시 생각에 잠겼다가 입을 열었다.

"난 솔직히 강호의 부귀영화에는 관심이 없소. 그러나 또한 벗의 입장을 생각하지 않을 수도 없구려. 내 당주의 말처럼 밀문 사상이 밀문에 들기를 제안하면 그리하리다. 그러나 한 가지 약속은 해주어야 하오."

"말씀하시오. 무엇이든."

모불승은 정말 무슨 부탁이든 들어줄 기세다.

"밀문에서나 모가장에서나 복잡한 일은 모두 당주께서 맡아주셔야 하오. 난 머리 아픈 것은 질색인 사람이라……."

"하하, 그야 걱정 마시오. 지금까지 내가 해온 일이 바로 그런 것들이라오."

"그리고 또 하나, 내가 당주의 힘이 되어주듯 당주도 어떤 일에서든 내 힘이 되어주셔야 하오."

"그야 여부가 있겠소. 분명 그리하리다."

모불승의 대답에 타유가 빙그레 미소를 짓는다. 그러면서 은근한 말투로 말했다.

"좋소. 지금까지 우리는 대공자를 위해 뜻을 모은 동지였지만 이제부터는 서로 속내를 나눈 벗이 되는 것으로 합시다."

"그래 준다면야 나야 감사하지요."

"대신 앞으로 술값은 모두 당주가 내시오. 난 무관 하나 열 재물이 없어 모가장에 몸을 의탁한 사람이니."

"여부가 있소. 일 년 내내 술을 마셔도 내 충분히 그 술값을 감당하리다."

"좋소이다. 그럼 이번 일이 끝나면 제대로 한잔합시다."

"나 또한 바라던 바요."

모불승이 만면에 웃음이 가득하다.

포구에 인접한 모가장의 진채에서 크고 화려한 잔치가 벌어졌다. 모혼은 성도의 성내에서 가장 뛰어난 숙수들을 모두 불러와 진채에 잔칫상을 차렸다.

그가 상원과의 일을 얼마나 중시하는지 잘 드러나는 대목이다. 상원의 문상 상평 역시 시종일과 정중한 태도로 모혼을 상대했다. 그렇게 서로 간에 화기애애한 술자리가 이어지는 도중 문득 상원의 무상 목우가 자리에서 일어나 모혼에게 포권을 하며 말을 건넸다.

"이 사람이 장주께 한 가지 청이 있소이다."

갑작스런 목우의 말에 모혼이 눈을 가늘게 뜨며 물었다.

"무상께서 부탁을 하신다면 당연히 들어드려야지요. 그래, 청이 무엇이오?"

"이 사람은 비록 상원에 몸을 담고 있지만 평생 동안 무(武)를 숭앙하며 살아왔소. 그래서 특별한 무공을 지닌 사람을 보면 그와 한 수 겨루고 싶어 잠을 이루지 못하지요."

"음, 무상께서 무도에 심취해 있다는 소문은 들어 알고 있소."

모혼이 말했다.

"그런데 오늘 이 자리에 제 관심을 끄는 분이 한 분 계시오. 그래서 그분과 비무를 해보고 싶은데 장주께서 주선을 좀 해 주시면 고맙겠소이다."

목우의 말에 모혼의 표정이 변했다. 그 역시 흥미가 돋는 듯 얼른 물었다.

"무상께서 관심을 가진 사람이 누구요? 나 또한 무상의 무공을 보고 싶으니 어서 말씀을 해보시구려."

모혼의 재촉에 목우가 갑자기 시선을 돌려 타유를 바라봤다. 그러고는 정중하게 타유에게 말했다.

"듣자 하니 최근 모가장에 한 명의 이인이 들어와 오늘 우리 상원과의 다툼을 화의로서 해결하게 했다고 하더구려. 더군다나 지난번 본 원의 이령주가 성도 성내로 들어가려 할 때 그를 막아 대공자의 손에 사로잡히게도 했던 분이 바로 우 대협이라 들었소이다. 맞소이까?"

타유는 마치 기습을 당한 듯한 느낌을 받았다. 설마 목우가 자신을 지목할 것이라고는 생각지도 못했다. 그러면서 한 가닥 불길한 예감이 그의 뇌리를 스치고 지나간다.

'설마 제수씨에게 정말 일이 생긴 것일까?'

목우가 자신에게 관심을 두는 것이 순수한 호기심 때문이라면 걱정할 필요가 없지만 복묘상과의 관계를 알아냈다면 이건 너무도 위험한 일이다. 그러니 이 비무는 피할 수 없다. 그가 비무를 청한 것은 분명 그만한 이유가 있을 것이기 때문이다.

그런데 목우의 요청에 정작 곤란해진 사람은 타유가 아니라 모혼이었다. 장내의 모가장 사람 중 모혼의 한마디 명이면 누구라도 목우와 비무에 나설 것이지만 타유만큼은 달랐다.

타유는 비록 모가장에 몸담고 있지만 모가장주의 수하라기보다는 귀한 손님 같은 존재이다. 그런 타유에게 함부로 비무를 권할 수 없는 모혼이다.

"음, 이것 참 곤란하게 되었소. 우 대협은 본 장의 사람이기는 하나 귀빈과 같은 분이라 저로서도 감히 비무를 권할 수가 없는데… 우 대협, 어찌 생각하시오?"

모혼이 조심스런 목소리로 물었다. 그가 타유를 얼마나 어렵고 중하게 생각하고 있는지 잘 드러나는 순간이다. 그런데 모혼의 걱정과 달리 타유가 순순히 자리에서 일어났다.

"무인이 어찌 비무를 피하겠습니까? 더군다나 상원의 무상이라면 강호 무인 누구라도 한 수 가르침을 받고 싶어 하는 고수, 오히려 제가 감사하지요."

뜻밖에도 타유가 선선히 비무에 응하자 모혼의 얼굴에 화색이 돈다.

"아이고, 이거 고맙소이다. 이 모혼의 체면을 이리 보아주니. 하하하! 사실 나 역시 두 분의 무공을 직접 내 눈으로 보고 싶었소이다. 모두 상을 물리고 자리를 마련하라!"

모혼의 명이 떨어지자 진채 한가운데 놓였던 잔칫상이 모가장의 무사들에 의해 금세 치워졌다. 상이 치워지자 사람들 역시 뒤로 물러나 자연스럽게 진 채 한가운데에 둥근 공간이 생겨났다.

비무장이 만들어지자 목우가 앞으로 걸어 나왔다. 그러고는 타유를 향해 정중하게 포권을 한다. 그러자 타유가 마주 포권을 하고는 검을 들어 앞으로 나가려는데 문득 청풍이 타유의 소매를 잡았다.

"꼭 하셔야 해요?"

청풍은 비무를 응낙한 타유를 이해할 수 없었다. 자신들은 최대한 모습을 숨겨야 하는 사람들이다. 그런데 이렇게 만인의 이목이 집중된 가운데 비무를 승낙한 타유의 심사를 청풍으로서는 이해할 수 없었던 것이다.

"필요한 일이다."

타유가 말했다.

"왜요?"

'네 어머니 때문이다.'

타유가 목구멍까지 올라온 말을 삼키고 청풍의 귀에 대고 나직하게 말했다.

"능력을 보여야 그의 마음을 잡을 수 있다."

"그라뇨?"

"밀문 사왕."

"예? 그가 왔나요?"

"그건 모르지만 적어도 이 비무 이야기는 그의 귀에도 들어갈 것이다."

"그렇지만……."

"걱정 말거라. 생사결도 아니고 비무일 뿐인데."

"조심하세요."

"오냐."

타유가 청풍의 어깨를 가볍게 두드리고는 신형을 돌려 천천히 목우가 서 있는 곳으로 걸어 나갔다.

목우는 큰 나무와 같았다. 바람이 불어오면 바람에 따라 움직이면서도 땅속 깊이 뿌리를 박고 있어 결코 중심이 흔들리지 않는 거목, 무인으로서 목우는 그런 느낌이었다.

'도끼질을 열심히 해야겠군.'

타유는 속으로 생각했다. 과거 그가 살수였던 시절, 자신보다 강한 무인 여럿이 그의 손에 죽음을 당했다. 그때 그는 강자를 상대하는 법을 배웠다.

강자를 상대로 단 일 검에 승부를 내겠다는 생각은 치기에 가깝다. 끊임없이 작은 타격이라도 계속해서 입혀 나가면 결국 거목도 쓰러지게 마련이다. 필요한 것은 빠름과 인내심이다.

"비무에 응해주어 고맙소."

타유가 자신의 앞에 서자 목우가 다시 한 번 포권을 해 보인다. 그러자 타유 역시 가볍게 포권을 해 보였다.

"한 수 배우겠소이다."

"그럼!"

목우가 먼저 검을 뽑았다. 그러자 가뜩이나 커 보이던 그의 몸이 더욱 크게 보였다. 태산과도 같은 그의 기도에 한번 빠져들면 도저히 헤어 나오지 못할 것 같은 느낌이다.

타유도 검을 뽑았다. 단천마검은 아니다. 이곳에서 단천마검을 뽑았다가는 반드시 상대의 피를 보고 말 것이기에 단천마검은 청풍에게 맡겨두고 나온 타유다.

목우가 거목처럼 우뚝 서 있는 반면 타유는 약간 등이 굽은 듯한 자세를 취했다. 볼품없는 자세지만 싸움에 임해서는 가장 실용적인 자세이다. 허세가 없는 자세이니 검 또한 군더더기가 없을 수밖에 없다.

타유의 자세에 목우가 가볍게 고개를 끄덕였다. 기대한 대로라는 뜻일까, 아니면 생각보다 대단하다는 뜻일까. 그의 생각은 알 수는 없지만 그가 타유를 인정한 것만은 분명했다.

슥!

목우가 한 걸음 앞으로 나아갔다. 그러자 그의 주변에 있던 모든 것이, 두 사람의 비무를 지켜보고 있던 사람들조차도 타유를 향해 한 걸음 동시에 다가가는 듯한 느낌이 들었다. 그건 곧 목우가 장내의 기운을 모두 장악하고 있다는 뜻이다. 그 기운에 휘말려들면 타유는 검 한 번 휘둘러보지 못하고 패하고 말리라.

타유가 반 족장 정도 뒤로 물러났다. 그러면서 목우에게서 흘러나오는 기운을 양옆으로 흘려보냈다. 검도 사선으로 비껴 들었다. 검을 타고 상대의 기운이 느껴진다. 타유가 물속에서 길을 찾듯 진중한 목우의 기운 속에서 결을 찾기 시작했다. 결을 찾아 따라 들어가다 보면 상대의 허점이 나올 것이다.

"그럼 먼저 가겠소."

목우가 검을 들어 올리더니 가볍게 반 장 정도 앞으로 나오며 무겁게 검을 내리그었다. 그러자 그의 검에서 강력한 파공음이 일어나더니 이내 검보다 먼저 검기가 타유의 머리를 쪼개왔다.

타유가 신형을 틀었다. 그의 발이 교묘하게 움직이면서 목우의 검기를 피해낸다. 동시에 검을 수평으로 들어 목우의 측면에서 강하게 검을 찔러 넣었다.

팟!

한줄기 검기가 타유의 검에서 뻗어 나와 목우의 겨드랑이 사이를 파고들었다. 강맹한 검기를 목우가 무시하지 못하고 급히 팔을 들었다. 그러자 목우의 겨드랑이 사이로 타유의 검기가 매섭게 지나갔다.

순간 목우가 신형을 틀며 검으로 타유의 어깨를 쳤다. 타유가 부드럽게 검을 뒤로 젖히며 목우의 검을 막았다.

깡!

한순간 불꽃이 튀며 검과 검이 충돌했다. 두 개의 검은 마치 자석처럼 붙어 떨어지지 않았다. 그렇다고 두 사람은 진기의 대결을 하는 것도 아니었다. 비무에서 진기의 대결은 과한 수법이다. 한쪽이 큰 부상을 입어야 끝나는 진기의 대결을 두 사람이 할 리 없었다.

두 사람은 단지 서로 검을 맞대고 상대의 허점을 만들어내려 기회를 엿보고 있었다. 단 몇 초식의 격돌이었지만 두 사람의 대결은 어느 한쪽으로 기울지 않았다.

상대에 대한 날카로운 공격과 그 공격을 피해내는 유려한 신법들이 보는 사람들을 감탄케 했다. 그리고 검을 맞대며 대치하고 있는 두 사람이 다시 어떤 검술을 보여줄지 사람들의 눈에 호기심이 서린다.

지잉!

맞대고 있는 검이 밀리며 날카로운 마찰음이 일었다. 그리고 한순간 두 사람이 벼락처럼 떨어지더니 사람들의 눈에 보이지 않는 속도로 공수를 주고받기 시작했다.

창창창!

처음과 달리 검기를 만들어내지도 않았다. 그저 맨 검으로 초식을 겨룰 뿐이다. 검의 속도가 너무나 빨라서 사람들은 두 사람이 어떤 초식을 겨루고 있는지조차 알아챌 수가 없었다.

목우의 눈에 은은한 경탄의 기색이 흐른다. 그는 비록 타유가 모가장의 극진한 대접을 받는 고수라는 것은 알고 있었지만 무공에 있어서 자신에게 필적할 것이라고는 예상치 못한 듯싶었다. 그런데 직접 경험하는 타유의 무공은 그가 생각했던 것보다 몇 수 위의 경지에 있었다.

온 힘을 기울여도 상대는 단단한 바위처럼 빈틈을 보이지 않았다. 그것뿐인가. 간혹 선보이는 날카로운 반격은 그때마다 목우를 흠칫흠칫 놀라게 했다. 한편으로는 이 기이한 고수가 자신의 사정을 봐주고 있다는 생각까지 들었다. 만약 타유가 검에 살기를 싣는다면 오히려 자신이 큰 위험에 처할 것 같은 느낌을 받은 목우였다.

그러나 그럴수록 목우의 호승심도 커져 갔다. 그는 비록 상원에 적을 두고 있지만 스스로 평생 무인을 자처한 사람이다. 무인에게 강자에 대한 호승심은 천성과도 같은 것이다.

쾅!

한순간 두 사람이 강력한 충돌음을 일으키며 다시 검과 검을 맞댔다. 사람들은 눈에 잡히지 않는 검의 움직임을 보이던 두 사람의 모습을 그제야 다시 자세히 볼 수 있었다. 그러나 둘 중 누구 하나도 처음 비무를 시작할 때와 달라진 것이 없었다. 타유는 여전히 날카로웠고, 목우는 여전히 거목과 같다.

"놀랍소."

검을 맞대고 목우가 입을 열었다. 진기의 대결을 벌이지 않으니 말을 해도 상관없었다.

"크게 배우고 있소."

타유도 대답했다. 그러자 목우가 갑자기 모기 소리보다도 작은 목소리로 입을 거의 움직이지 않고 물었다.

"사령주와는 어떤 사이오?"

순간 타유의 등줄기에 소름이 끼친다. 이자가 복묘상과 자신이 특별한 관계라는 것을 알아챈 것이다. 도대체 어떻게 알게 되었을까. 복묘상은 무사한 것일까. 온갖 생각이 타유의 머릿속을 헤집어놓는다. 그러나 그중 가장 중요한 것은 복묘상의 안위다.

"그분에게 무슨 일이 있소?"

타유가 진탕되는 가슴을 진정시키며 물었다. 그러자 목우의 눈빛이 살짝 변했다.

"정말 인연이 있는 사이구려."

'속은 것일까?'

복묘상의 안위를 묻는 것으로 이미 타유는 자신과 복묘상이 특별한 관계에 있다는 것을 시인한 것이나 마찬가지다. 그런데 그 말을 들은 목우의 반응을 보았을 때 그는 아마도 타유와 복묘상이 어떤 인연을 맺고 있다는 것은 어렴풋이 느끼고 있지만 확신은 하지 못하고 있었던 듯싶다.

아차 하는 생각이 타유의 머리를 스치고 지나갔다. 그러나 이미 엎질러진 물이었다.

"그분은 안전하오?"

다시 타유가 물었다.

지잉!

질문과 함께 밀어댄 검이 마찰을 일으키며 귀에 거슬리는 소리를 낸다. 그러자 목우가 마주 검을 밀어 올리며 말했다.

"지금은 안전하오."

모호한 말이다. 나중에는 안전하지 않을 수도 있다는 의미가 내포되어 있다.

"무슨 일이 있는 것이오?"

타유의 마음이 조급해진다. 검이 흔들린다. 마치 비무에서 수세로 몰리는 듯한 모습입니다.

"오늘 밤 조용히 만납시다."

목우가 말했다. 아마도 비무를 청한 것은 이 말을 하기 위해서일지도 모른다.

"좋소."

타유가 망설이지 않고 대답했다. 그의 검에 다시 힘이 들어간다. 목우는 타유가 살기를 일으켰음을 느꼈다. 검에서 느껴지는 긴장감이 앞서와 비교할 바가 아니다. 살수를 쓰지는 않겠지만 목우는 본능적으로 경계심을 일으켰다.

"자시에 포구 남쪽에서 봅시다."

깡!

맞대고 있던 검과 검 사이에서 다시 강렬한 충돌음이 일어났다. 사람들이 보지 못하는 사이 두 사람이 번개처럼 검을 떼었다가 다시 격돌한 것이다.

마치 둘 중 한 사람의 검이 부러질 것 같은 강렬한 충돌이다. 그러나 검도 사람도 상한 것은 없었다. 대신 두 사람의 거리가 다시 오 장여로 멀어졌다.

"잘 배웠소이다."

거리를 두고 멀어지자 타유가 검을 거꾸로 잡고 포권을 해 보인다. 이쯤에서 비무를 그만두겠다는 의사다. 한쪽이 비무를 포기했으니 다른 쪽도 포기할 수밖에 없다.

"나 또한 배운 바가 크오."

목우도 타유에게 정중히 포권을 한다. 그런 목우를 타유가 싸늘한 눈초리로 노려보고는 이내 신형을 돌려 청풍 곁으로 다가왔다. 목우 역시 부드럽게 검을 거둬 그의 일행이 있는 곳으로 이동했다.

모혼이 갑자기 크게 손뼉을 쳤다.

"하하하! 강호에 기인이사가 많다지만 내 오늘에서야 드디어 고수라 불리어도 손색없는 분들의 비무를 구경했소. 아마도 오늘의 구경은 평생 잊지 못할 것이오."

모혼이 두 사람의 무공을 칭찬하자 신산 상평도 거들었다.

"나 역시 지금껏 이런 비무는 본 적이 없소이다. 아무튼 모 가장에서 대단한 분을 초빙하셨구려. 내 오늘에서야 본 원의 무상과 평수를 이루는 고수를 보았소이다."

상평의 말에 모혼의 얼굴에 만족한 미소가 감돈다. 그러고는 갑자기 기분이 좋아졌는지 자리에서 일어나 좌중을 돌아보며 입을 열었다.

"오늘은 참으로 기분 좋은 밤이오. 이렇게 상원과 좋은 인연을 맺을 수 있어서 좋고, 강호의 절대고수 두 분의 비무를 볼 수 있어서 좋고, 그리고… 이제 또 하나 좋은 소식을 알려드리겠소."

모혼의 말에 사람들이 호기심이 동한 표정으로 모혼을 바라본다. 그러자 모혼이 사람들의 관심에 만족한지 살짝 미소를 짓고는 입을 열었다.

"또 하나 좋은 소식은 오늘 이 자리에서 나 모혼의 후계자가 공식적으로 결정된다는 사실이오. 잠!"

모혼이 갑자기 모잠을 불렀다. 그러자 모잠이 예상치 못한 부름에 놀라면서도 자리에서 일어났다.

"예, 아버님!"

"잠, 오늘 본 장이 상원과 이렇게 화의를 맺고 서로 좋은 인연이 된 것은 모두 너의 공이다. 너는 이번에 힘보다는 지혜를 써서 상원과의 화의를 이끌어냈다. 대저 강호란 곳이 힘이 앞서는 곳이기는 하지만 그래도 세상사 힘보다는 지혜로써 난제를 풀어내는 것이 이득이 많다. 그런데 넌 그런 이치를 깨닫고 어려운 난제를 지혜로 풀었으니 향후 모가장을 맡을 만하다 하겠다. 해서 난 이제 널 정식으로 모가장의 다음 대 장주가 될 사람으로 결정하겠다."

"아버님!"

모잠이 감격에 겨운지 그 자리에서 부복해 모혼에게 머리를 조아린다. 그러자 장내의 사람들이 하나둘 일어나 모혼과 모잠에게 동시에 축하를 한다.

"장주, 오늘 뛰어난 후계를 얻으신 것을 감축드리오. 또한 대공자께도 축하드리는 바이오."

상원의 문상 신산 상평도 상원을 대표해 모혼과 모잠에게 축하의 말을 건넸다. 그러자 모혼이 기분 좋은 미소를 지으며 대답했다.

"감사하오. 내 오늘 이곳에서 잠을 본 장의 후계자로 정한 것은 특별한 이유가 있소. 이 일을 본 장의 형제뿐 아니라 상원의 귀빈들께도 알려 강호에 잠이 본 장의 정식 후계임을 널리 알리려 함이었소. 그러니 부니 상원의 귀빈들께서는 오늘 이 자리의 결정에 대한 증인이 되어주셨으면 하오."

"이를 말입니까? 상원의 모든 상가에 이 소식이 전해지는 것은 그리 오래 걸리지 않을 것이오. 저 또한 불민하지만 장주님의 오늘의 결정에 증인으로서 그 역할을 다하겠소이다."

"감사하오. 해서 내 하나 더 청이 있소이다."

"말씀하시지요."

상평이 정중하게 대답한다. 그러자 모혼이 잠시 뜸을 들였다가 모잠을 가리키며 입을 열었다.

"대저 강호에서 한 가문을 맡으려면 무공과 지혜가 모두 필요하지만 그보다 더 중요한 것이 경험을 쌓는 일이라 할 수 있을 것이오. 잠이 그동안 본 장의 대공자로서 수십 년 표행을 다녀 강호에 익숙하지 않은 것은 아니나 장시간 장원을 떠나 강호에 머문 적은 없소. 해서 이번 기회에 잠을 상원에 잠시 맡길까 하는데 혹 폐가 되지 않는다면 본 장의 대표로서 잠을 상원에 보내는 것을 허락해 주시겠소이까?"

모혼의 말에 상평의 기다렸다는 듯이 대답했다.

"물론 가능하지요. 애초에 상원과 모가장이 서로 화의를 맺으며 모가장 역시 상원의 일원으로 참여하기로 하였으니 이제 우리는 한가족이나 다름없소이다. 그러니 어찌 대공자의 상원행을 거부하겠소이까? 저희로서야 대공자의 상원 입성이 고마울 따름이외다."

"그리 대답해 주시니 감사하오. 잠!"

모혼이 모잠을 불렀다.

"예, 아버님!"

"본 장의 공식 후계자로서 첫 번째 일을 맡기겠다."

"하명하십시오."

모잠이 고개를 숙인다.

"이후 넌 본 장을 대표해 상원에 머문다. 원주께서 주시는 직책을 받아 상원을 위해 최선을 다하라."

"알겠습니다."

"또한 네가 상원에 머무는 동안 넌 모가장의 사람이 아니라 상원의 사람이니 가문의 이득보다는 상원의 이득을 위해 모든 일을 결정하도록 하라."

"명심하겠습니다."

모잠이 다시 공손하게 고개를 숙여 보인다.

"삼 년이 지나 네가 장원에 복귀하게 되면 그때의 성과를 보아 난 뒤로 물러나고 네게 장주 자리를 물려주도록 하겠다. 그러니 최선을 다하도록 하라."

"아버님, 그게 무슨 말씀이십니까. 전 아직 장원을 맡을 준비가 되어 있지 않습니다."

모잠이 놀란 듯 고개를 저으며 말했다.

"네 나이 이미 오십이다. 어찌 한 가문의 수장이 될 자격이 없다고 할 수 있겠느냐? 그리고 앞으로 삼 년의 시간이 있으니 넌 상원에 머물며 원주와 문무이상께 많은 가르침을 받도록 하거라. 그것이 네가 모가장을 이끌어 가는 데 큰 도움이 될 것이다."

"아버님!"

모잠이 감격한 듯 머리를 조아린다. 그러자 모흔이 고개를 한 번 끄덕이고는 장내를 돌아보며 말했다.

"한 가지 말해두겠소. 지금까지 본 장의 식솔끼리 후계를 두고 암암리에 편 가르기가 있었던 것을 알고 있소. 물론 지금 그걸 탓하고자 하는 것은 아니오. 강호의 문파라는 것이 치열한 쟁투에 의해 성장해 가는 것은 당연한 일이니까. 그러나 이제 후계자가 정해진 마당에 다시 그런 분란은 문파의 힘을 약화시키는 일이 되오. 해서 한 가지 경고를 하겠소. 향후 잠을 대할 때는 나를 대하듯 하시오. 다시 잠을 두고 모략을 하거나 혹은 후계자의 권위에 도전하는 행위는 내가 용납지 않겠소. 모두 이를 명심하시오."

"명을 받듭니다!"

장내의 모가장 식솔들이 일제히 대답한다.

"좋소. 부디 내 당부를 가슴 깊이 기억해 두기 바라오. 나로 하여금 형제들을 향해 검을 들게 하지 마시오."

모흔의 시선이 한쪽 구석에서 얼굴이 붉게 달아 있는 모광과 흙빛이 된 종여득에게 향했다. 두 사람은 모흔의 시선을 받자 고개를 숙일 뿐 아무 말도 하지 못했다.

모흔의 경고로 장내의 분위기가 차갑게 가라앉았다. 그 와중에 모흔이 타유를 찾았다.

"그리고 우 대협!"

모흔이 타유를 바라본다.

"예, 장주!"

타유가 가볍게 고개를 숙여 보인다.

"지난 며칠간 우 대협께서는 본 장을 위해 큰일을 해주셨소이다. 오늘 날 상원과 이렇게 좋은 인연을 맺게 된 것은 모두 우 대협의 공이라 할 수 있소."

"어찌 저 하나의 공이겠습니까?"

타유가 머리를 조아린다.

"아니요. 우 대협이 있어서 잠이 현명한 판단을 내릴 수 있었소. 그래서 난 약속대로 우 대협에게 본 장의 중요한 직책을 맡기려 하오."

"사풍객의 자리라면 사양하겠습니다."

"음, 그건 이미 우 대협이 사양의 의사를 밝혔으니 더 거론치 않겠소. 대신 우 대협께서 본 장의 좌호법을 맡아주시오. 사실 이는 본 장에 없던 직책이나 앞으로 내 좌우호법 두 사람을 임명해 본 장의 안위를 지키고자 하오."

"무슨 일을 하오리까?"

타유가 물었다.

"좌우호법은 말씀드린 대로 본 장의 안위를 지키는 직책이오. 어떤 경우라도 본 장의 근간에 위험이 되는 일이 있다면 그를 찾아 제거해 주시오. 장원 내, 외부의 불안을 나누지 않고 말이오. 사실 본 장의 경우 오랜 역사를 지니고 있어 그 안에 서로의 인맥이 실타래처럼 얽혀 있다오. 해서 분란의 소지가 있는 경우에도 인맥의 힘으로 그 위험을 방치할 때가 있소. 그런데 우 대협께서는 새롭게 본 장에 들어오셨으니 그런 인맥으로부터 자유로우실 거요. 해서 이리 부탁드리는 것이오."

"알겠습니다. 명대로 하지요."

"고맙소이다. 우 대협이 순순히 응낙해 주니 마음이 든든하오."

"이미 모가장의 사람이 되었으니 당연히 장주님의 명에 따라야지요."

"한 가지 부탁이 더 있소."

"말씀하시지요."

"번거로우시더라도 이번에 잠과 함께 상원에 잠시 다녀와 주시오. 잠의 나이 오십이지만 그래도 아비로서 새로운 곳에 적응하는 일을 걱정하지 않을 수 없구려. 상원에서 잠이 자리를 잡을 때까지만 함께 있어주시기 바라오."

모혼의 말에 타유가 고개를 끄덕였다.

"알겠습니다. 애초에 전 대공자의 초청으로 모가장에 들어왔으니 대공자를 돕는 일을 마다할 수 없지요. 그리하겠습니다."

"고맙소이다. 자, 오늘 내가 할 말은 모두 끝났소. 이제부터는 모두 편히 즐겨봅시다. 상을 다시 차리고 술을 더 들여라!"

모혼의 명이 진채를 흔든다. 그러자 모가장의 식솔들이 분주하게 다시 술상을 차리기 시작했다.

차가운 바람이 분다. 흥청거렸던 연회도 끝이 난 지 오래다. 타유는 조용히 모가장의 진채를 벗어났다. 그러고는 빠르게 포구를 가로질러 남쪽 강변으로 나아갔다.

한순간 타유의 신형이 허공으로 치솟았다. 그의 몸이 강변에 장승처럼 서 있는 이십여 장 높이의 거대한 미루나무 위로 올라갔다. 주변이 태고처럼 조용하다.

무성한 미루나무 가지 사이로 들어간 타유가 날카로운 눈으로 주변을 살폈다. 뒤를 따르는 자는 없었다. 이렇게 은밀히 진채를 벗어나 상원의 고수를 만나는 것은 그로서는 무척 위험한 일이다. 자칫하다가는 그가 애초부터 상원과 내통하고 있었다는 오해를 살 수도 있다.

만약 모가장의 누군가가 그를 감시하고 있었다면 오늘의 행적이 문제가 될 수도 있기에 타유로선 목우를 만나는 일을 조심할 수밖에 없었다.

뒤따르는 자가 없음을 확인한 후에도 타유는 미루나무에서 내려오지 않았다. 이곳에서 목우를 기다릴 생각이다. 그는 살수다. 살수가 만나려는 사람보다 먼저 모습을 드러내는 경우는 없다.

타유가 미루나무 가지에 편히 걸터앉아 달빛을 받으며 도도하게 흘러가는 강물을 바라봤다. 그러자 갑자기 근심이 몰려온다. 도대체 복묘상에게 무슨 일이 일어난 것인지 짐작할 수가 없었다.

상원의 무상 목우가 복묘상의 스승과 마찬가지라고 했으니 그가 복묘상에게 위해를 가했을 것 같지는 않다. 그렇다면 복묘상에게 듣던 대로 상원 내부의 권력 다툼에서 복묘상이 해를 입었을 수도 있었다.

'그래도 이상한 일이다. 어떻게 그는 내가 제수씨와 인연이 있다는 것을 알았을까?'

아무리 목우가 복묘상의 스승이라 해도 복묘상이 자신과 타유의 관계를 그에게 이야기했을 리는 없다. 모든 것이 안개 속처럼 불확실한 상황이다.

타유가 허리춤의 검을 잡아갔다. 싸늘한 기운이 검을 통해 몸 안으로 밀려들어 온다. 단천마검의 기운이다.

"어쩌면 오늘 널 써야 할지도 모르겠구나."

여차하면 타유는 목우의 목을 벨 생각이다. 혹여 그가 복묘상과 자신의 관계를 알고 있고, 그것을 이용해 협박을 해온다면 타유는 그의 목을 벨 것이다.

그가 이렇게 은밀히 자신을 만나자고 한 것을 보면 비록 목우가 두 사람의 관계를 알았다고 해도 다른 사람에게는 전하지 않았을 가능성이 컸다. 그렇다면 타유에게도 기회는 있다. 이곳에서 목우를 베고 모잠을 따라 상원에 들어가 복묘상을 구해내면 되는 일이다.

타유는 목우의 목을 벨 자신이 있었다. 지난 저녁 그와 비무할 때 느낀 바로 목우는 뛰어난 무인이기는 하지만 타유를 능가하는 것은 아니었다. 그렇다면 단천마검을 든 타유를 그가 감당할 수는 없을 터였다.

"부디 그런 일이 벌어지지 않기를 바라오. 그건 우리 모두를 위해 좋지 않으니."

타유가 나직하게 중얼거렸다. 그런데 그때 갑자기 포구 쪽에서 한 명의 인영이 나타났다. 그는 강변의 초지 위를 빠르게 달려 타유가 올라 있는 미루나무를 지나쳤다. 그러고는 좀 더 아래쪽에 있는 바위더미 속으로 사라졌다.

"왔군."

타유는 달빛에 비친 목우의 모습을 확인했다. 그러나 타유는 즉시 미루나무를 내려가지 않았다. 혹여 목우가 누군가를 데려왔을 가능성이 남아 있었다.

다시 일각이 지났다. 목우 이외의 인기척은 없다. 이젠 그를 만날 때였다.

은은히 흐르는 강물을 바라보고 있던 목우가 흠칫하며 고개를 돌렸다. 어느새 유령처럼 그의 앞에 타유가 서 있다. 그런 타유를 목우가 기이한 시선으로 바라봤다.

"늦었소."

타유가 짧게 말했다. 그러자 목우가 고개를 끄덕였다.

"나도 방금 전에 왔소. 그런데… 살법을 수련했소?"

타유의 은밀한 움직임을 보고 하는 말이다.

"과거에."

"음, 그랬구려. 그런데 이상하군. 사령주는 금석촌 출신인데 어떻게 당신 같은 살수를 알고 있을까?"

목우의 말에 안도의 한숨이 나온다. 이자는 자신과 복묘상의 관계를 정확히는 모르고 있다. 그건 두 사람의 관계에 대해 복묘상이 목우에게 전한 말이 거의 없다는 뜻과 같다.

"그분은 괜찮소?"

"좋지는 않구려."

목우의 말에 타유의 눈이 가늘어진다. 무슨 일일까.

"무슨 일이 있는 거요?"

"그 전에 두 사람의 관계를 알아야겠소."

목우는 자신이 먼저 복묘상의 일을 전할 생각이 전혀 없는 듯 보였다. 타유의 머릿속에 갈등이 생긴다. 여기서 복묘상과 자신의 관계를 모두 말한다면 과연 이자는 자신이 모가장을 통해 하고자 하는 일의 비밀을 지켜줄까. 잠시 고민에 빠졌던 타유가 고개를 젓는다.

'사람의 입은 믿을 게 못 되지. 그럼… 벤다!'

결심이 서자 오히려 마음이 편해진다. 이자를 제압해 복묘상에게 일어난 일을 알아낼 수도, 혹은 그의 입에서 복묘상에 대한 이야기를 단 하나라도 들을 수 없을지도 모른다.

그러나 한 가지 확실한 것은 있다. 이자가 본심을 드러내지 않는다면 타유와 청풍, 그리고 어떤 상황인지 알 수 없지만 복묘상에게도 현재로선 가장 위험한 사람이다.

.타유는 위험을 방치할 생각이 없었다. 이자를 베고 대공자 모잠을 따라 상원으로 간다면 그곳에서 복묘상의 일을 알아볼 수 있을 것이다. 그러니 위험은 지금 제거하는 것이 옳다. 이자가 다시 상원의 무리에 들어가게 된다면 칼을 쓸 기회는 없을 터였다.

"살아는 있소?"

타유가 조금 누그러진 목소리로 물었다. 방심을 유도하기 위함이다.

"물론 살아 있소. 그리고 그대의 대답 여하에 따라… 흡!"

목우가 말을 하다 말고 기겁하며 뒤로 물러났다.

삭!

어느새 허공을 가른 타유의 검이 몸을 비튼 목우의 허벅지를 베어냈다.

팟!

목우의 허벅지로부터 붉은 피가 흐른다. 목우로서는 전혀 상상도 하지 못한 공격이다. 목우는 타유가 복묘상의 안위에 마음이 조급해져 있다는 것을 눈치채고 있었다.

이런 경우 보통의 사람이라면 복묘상의 처지를 상세히 알고 있는 목우에게 머리를 조아리고 그녀의 상태를 확인하거나 혹은 그녀의 안전을 부탁하는 것이 보통이다. 그런데 이 기이한 자는 오히려 검을 썼다.

스슥!

허벅지에서 피를 뿌리며 뒤로 물러나는 목우을 향해 타유가 귀영팔보를 펼치며 다가들었다. 어둠에 휩싸인 타유의 신형은 아예 보이지도 않는다.

창!

목우도 다급하게 검을 뽑아 들었다. 어느새 타유의 검이 그의 가슴을 찌르고 있다. 목우가 어렵게 몸을 비틀며 검을 들어 가슴을 가렸다.

지잉!

그의 가슴 바로 앞에서 검과 검이 마찰을 일으키며 소름 끼치는 소음을 만들어낸다. 순간 타유의 발이 뒤로 뉘어지듯 기울어진 목우의 허리를 차올렸다. 격중된다면 척추가 부러져 나갈 것이다. 목우가 대경하며 허공에서 몸을 회전시켰다.

탁!

아슬아슬하게 타유의 발이 목우의 옆구리에 걸린다.

"음!"

급소는 피했지만 그렇다고 하더라도 타유의 발에 스치듯 맞은 옆구리에서 강렬한 통증이 일어나 목우가 낮은 신음성을 흘렸다.

타탁!

아픔을 참고 목우가 연신 뒤로 물러난다. 그런 목우를 향해 타유가 최후의 일격을 가하듯 검을 머리 위로 올리며 상대를 향해 날아들었다.

"지나치구나!"

목우가 노성을 토해냈다. 그러고는 자세를 낮추며 검끝으로 땅을 쓸더니 떨어져 내리는 타유를 향해 번개처럼 검을 쳐올렸다.

목우의 검에 땅의 기운이 모두 전해진 듯 투명한 검기가 일어난다. 낮의 비무에서 보여주었던 그 거목의 기운이 다시 느껴지는 순간이다. 그러나 타유는 그에 아랑곳하지 않고 허공에서 목우를 향해 벼락처럼 검을 내리찍었다.

쩡!

사람의 혼을 흔들어대는 짧고 강렬한 파열음 일어났다. 순간 타유의 검이 거침없이 목우의 검을 잘랐다. 눈부신 광채가 목우의 눈앞에서 번쩍였다.

목우의 몸이 자신의 이름처럼 나무처럼 굳었다. 그의 이마에 한 자루 검이 드리워져 있다. 작은 핏방울이 그의 이마를 타고 흘러내린다. 목우는 자신에게 일어난 일을 믿을 수 없었다.

물론 낮의 비무를 통해 타유가 보통 이상의 무공을 지니고 있다는 것은 알고 있었다. 그러나 충분히 자신의 무공으로 타유를 제압할 수 있을 거라 자신한 목우였다. 낮의 비무에서 그는 삼 푼의 힘을 숨겼다. 그게 낮의 비무에 숨겨져 있는 승부의 비밀이 아니었던가.

그런 그가 지금 자신에게 일어난 일을 받아들이는 것은 쉽지 않았다. 그의 당혹한 마음이 그의 몸을 굳혔다. 그래서 그는 타유가 느긋하게 손을 뻗어 자신의 혈도를 제압할 때에도 아무런 반항을 하지 못했다.

"사람은 가끔 하지 말아야 할 실수를 할 때가 있소. 당신이 바로 그런 실수를 했소. 당신이 한 실수는 단 하나, 나에 대해 몰랐다는 것이오. 당신 말대로 난 살수였소. 그리고 살수는 흥정을 하지 않지. 살수에게는 오직 생과 사 두 개의 선택만이 존재하니까. 그런데 당신은 나와 흥정을 하려 했어. 그것도 내가 견딜 수 없는 가장 민감한 문제로."

타유가 소름 끼치도록 차분한 목소리로 말했다. 목우는 그제야 현실을 인식했다. 그가 처한 지금의 상황이 머릿속에 명확하게 정리된다. 그러면서도 한편으로는 두려움이 일어난다.

이 예측 못할 괴이한 고수가 어떤 행동을 취하게 될지 이젠 계산이 서지 않는다.

"앉읍시다."

툭!

타유가 목우의 오금을 건드렸다. 그러자 목우가 힘없이 강변의 모래사장에 주저앉았다. 그 앞에 타유가 가부좌를 틀고 앉았다. 그러고는 목우의 눈을 보며 말했다.

"두 번 묻지는 않겠소. 나에게는 사람을 고신하는 많은 방법이 있소. 그러나 그대를 고신하지는 않겠소. 그대와 같은 사람을 고신해 답을 얻는다는 것도 불가능하거니와 그건 그분에 대한 예의가 아니니까. 대신 내 물음에 답을 하지 않으면 내 검이 그대의 사지를 하나씩 잘라 나갈 거요. 분명히 말하지만 이건 고신이 아니오. 왜냐하면 고통은 없을 테니까 말이오. 고통을 주려면 다른 방법을 생각했을 거요. 아무튼… 그렇게 나의 질문은 이어질 테고 답이 없어 사지가 모두 잘리면 당신은 아주 편하게 저 세상으로 가게 될 거요. 이것이 내가 당신에게 베풀 수 있는 최대한의 호의요. 당신이 그분의 생명을 구해줬다는 것에 대한 답례로 말이오."

타유가 잠시 말을 끊었다. 그러고는 자신과 목우 앞에 단천마검을 내려놓았다. 그 어떤 고신의 경고보다 두려운 타유의 행동에 목우는 미처 단천마검의 정체를 알아챌 여유조차 없었다.

"묻겠소. 그분은 어찌 되었소?"

"무사하오."

"그건 알고 있는 사실이고. 그분은 어디 있소?"

"동정호에 있소."

"너무 넓군."

"동정호 상원의 본거지로 호출되었다는 말이오."

"좋소. 그분에게 어떤 일이 일어났소?"

"그 아이는… 상원의 옥에 갇혔을 거요."

순간 타유의 눈이 꿈틀거렸다. 단 십여 일 전에 만났던 복묘상이다. 그런데 그사이 무슨 일이 있어 상원의 뇌옥에 갇혔다는 말인가?

"이유는?"

"문도를 해쳤다는 죄목이오."

"도대체 누굴 해쳤다는 것이오?"

"삼령주 척준홍의 동생 척인홍을 죽였다는 의심을 받고 있소."

"도대체 왜……?"

"사령주는 무죄를 주장하고 있소. 그러나 증인들이 존재하오. 두 사람이 함께 있는 것을 보았고, 고성이 오갔고, 직후에 척인홍이 죽었다는 것이오. 해서 사령주의 변명은 지금 힘을 잃고 있소. 때문에 원주의 명으로 상원으로 돌아가게 된 것이오. 그 일로 내가 그대를 찾아온 것이지. 며칠 전 사령주가 그대를 만났다는 것을 알고 있소. 그래서 어쩌면 사령주 그 아이가 척인홍을 죽일 만한 이유가 따로 있을 수도 있다고 생각했소. 난 사령주를 믿지만 그래도 정황상 사령주가 척인홍을 죽였을 가능성이 충분하기 때문이오. 그래서 그대에게 확인하고 싶었소. 도대체 그대와 사령주가 어떤 관계인가 하고 말이오. 그 이야기는 사령주도 나에게 말하지 않았는데… 혹 그 일이 사령주와 척인홍 사이에 일어난 일을 설명해 줄 수 있을 것 같아서 말이오. 사령주를 살리려면 난 사령주의 모든 것을 알아야 하오."

'믿을 수 있을까?'

목우의 말을 들으며 타유가 고민했다. 과연 이자를 믿을 수 있을 것인가. 정말 복묘상을 걱정해서 자신을 만나러 온 것일까. 설혹 그렇다고 해도 자신과 복묘상의 관계가 복묘상이 저질렀다는 살인을 정당화시킬 수는 없다. 오히려 자신의 정체가 밝혀지는 순간 복묘상에게 더 큰 위험이 될 수도 있었다.

"당신의 힘으로 그분을 살릴 수 있소?"

타유가 물었다.

"쉽지는 않소. 죽은 자가 사해표국의 척인홍이라면 나라도 쉽지가 않소. 사해표국은 상원의 천상사가에 속하는 가문이고, 척인홍은 삼령주 척준홍의 하나뿐인 동생이오. 이 일은 정말 쉽지가 않소."

"그분의 말이 진실일 수도 있지 않소? 정말 척인홍을 죽인 것이 아닐 수도 있지 않소?"

타유가 물었다.

"물론 그렇긴 하오. 그러나 상황은 사령주에게 몹시 불리하오. 증인 몇이 사령주에게 불리한 증언을 하고 있고, 또 평소 사령주를 못마땅하게 생각하던 자들이 치열하게 사령주를 공격하고 있소."

아마도 상원 내 외족과 기존 천상사가 출신 무사들 간의 알력을 말하고자 함일 것이다. 타유가 잠시 생각에 잠겼다가 입을 열었다.

"당신의 목숨값은 얼마나 하오?"

"······?"

갑작스런 타유의 물음에 목우가 의아한 표정으로 타유를 바라봤다.

"당신을 볼모로 잡고 상원과 거래하면 그분의 목숨을 살릴 수 있소?"

그러자 목우가 고개를 저었다.

"모르겠소. 나로서도 장담할 수 없는 일이오. 내 비록 상원의 무상이지만 천상사가의 사람이 아니니······."

자신의 목숨을 두고 흥정을 하는 데도 목우는 두려움이 없다. 그 모습에 믿음이 간다. 만약 간악한 자였다면 당연히 자신을 풀어주면 복묘상을 살릴 수 있다고 말했을 것이다.

그런데 목우는 그 일이 쉽지 않음을 스스로 자인하고 있다. 타유는 다시 깊은 생각에 잠겼다. 그러다가 목우의 혈도를 풀어주었다. 그러면서 그에게 말했다.

"나와 그분과의 관계를 알아도 그분을 살리는 데에는 아무런 도움이 되지 않소. 그러니 그 일은 묻지 마시오. 그러니··· 돌아가서 최선을 다해 그분을 구원해 주시기 바라오."

"음······."

목우가 나직한 침음성을 흘린다. 복묘상을 구원해 달라는 타유의 말이 범상치 않게 들렸기 때문이다.

"최선을 다해보겠지만⋯⋯."

"최선을 다해서는 안 되오. 반드시 그분을 살려야 하오. 그게 내가 당신을 죽이지 않고 살려 보내주는 이유요."

"만약 내가 사령주를 살리지 못한다면 어찌하겠소?"

목우가 물었다. 그러자 타유가 나지막이 대답했다.

"내가 상원에 도착했을 때 그분이 살아 있지 않다면 그땐⋯ 상원도 없을 것이오."

"설마 그게 가능한 일이라고 생각하시오?"

아무리 타유가 자신을 꺾었다 해도 타유 혼자의 힘으로 상원을 와해시킬 수는 없다. 그동안 수많은 사람이 상원에 도전했지만 상원은 수백 년의 세월을 두고 지금껏 살아남아 중원의 상계를 호령하고 있다.

"불가능할 것 같소?"

타유가 되물었다. 그러자 한순간 목우의 가슴이 두근거렸다. 어쩌면 정말 이자로 인해 상원이 세상에서 사라질 수도 있을지 모른다는 생각이 든 것이다.

"으음, 최선을 다해보겠소."

"내가 도착할 때까지 목숨만이라도 보존해 준다면 그 이후의 일은 내가 책임지겠소."

타유가 말했다. 그러자 목우가 천천히 고개를 끄덕였다.

"그것은 가능할 것이오."

"부탁드리오."

타유가 목우에게 정중하게 포권을 해 보였다. 그러고는 그 자리에서 유령처럼 사라져 버렸다. 그러자 목우가 멍하니 타유가 서 있던 자리를 보고 있다가 얼굴색을 굳히며 중얼거렸다.

"부끄러운 일이다. 수십 년간 상원을 지켜온 내가 겨우 그 하나에게 두려움을 느끼다니⋯⋯. 그런데 왜 그의 협박이 정말 가능하게 생각되어지는 걸까. 묘상⋯ 너는 그와 도대체 어떤 관계더냐?"

*　　　*　　　*

거대한 불꽃 앞에 두 사람이 서 있다. 그중 젊은 쪽의 사내는 등에 검은색 쇠를 짊어지고 있다. 지저에서 끓어오르는 용암의 열기가 두 사람의 얼굴을 붉게 달군다.

"이곳이 화동의 중심부다."

노인 방남산이 말했다. 화암골을 떠난 강검산과 방남산은 백두의 한 자락, 화기의 원천이랄 수 있는 화동에 들어와 있었다.

"사람이 살 곳이 못 되는군요."

강검산이 대답했다.

"아주 오래전 전대의 화마경주 중 한 분이 이곳에서 화마경의 진수를 얻었다고 전해진다. 이후 화마경주들은 누구라도 이곳을 한 번씩은 다녀갔지."

"이곳에서 뭘 하지요? 설마 저 지저의 용암에 이 쇠를 녹이

로 화의(和議)의 책략(策略) 303

라는 말인가요?"

"후후, 이놈 참 말 고약하게 하네. 하지만 틀렸다. 단련할 것은 쇠가 아니라 너 자신이다."

"저 자신이라뇨?"

"이곳에서 화신밀공을 한 단계 더 높이 성취해라. 화신밀공의 수련이 깊어져야 그 쇠를 다스릴 수 있을 듯하구나. 대장간의 불로는 불가능하니."

"그리되면 젊은 시절을 허비하게 되는 일인데……."

"망할 놈, 화신밀공을 수련하는 것이 어찌 세월을 허비하는 일인고? 넌 마지막 화마경주다. 꼭 검을 만드는 일이 아니라도 화마경주로서 화마경의 정수에 가깝게 다가서기 위해 노력은 해야 할 것 아니냐. 그러니 어찌 네게 손해나는 일이라고만 하겠느냐?"

방남산이 다시 한 번 솟구치는 뜨거운 열기를 온몸으로 받으며 말했다. 그러자 갑자기 강검산의 마음속에서도 호승심이 일기 시작했다. 지저에서 끓어오르는 거대한 대자연의 열기에 대한 호승심이었다.

『수선경』 4권에 계속…

면왕백리휴

麵王麵体

무진등 新무협 판타지 소설

FANTASTIC ORIENTAL HEROES

'맛있는' 무협이 펼쳐진다!

가문의 선조가 남긴 비서
'백리면요결(百里麵要訣)'
모든 이야기는 이 서책으로부터 시작되었다.

『면왕 백리휴』

면요리의 극의를 알고자 하는 자,
모두 나에게로 오라!

Book Publishing CHUNGEORAM

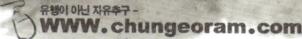

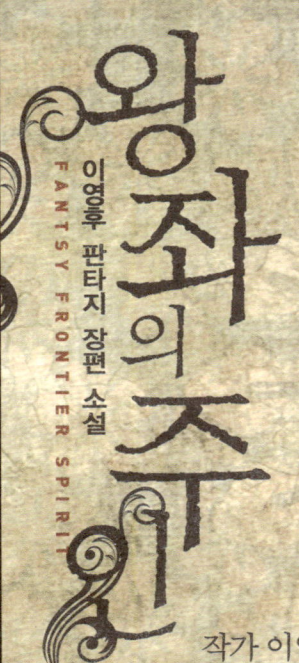

이영후 판타지 장편 소설
FANTSY FRONTIER SPIRIT

작가 이영후가 선보이는 야심작!
가슴을 떨어 울리는 판타지가 찾아온다!

『왕좌의 주인』

세계를 몰락 위기로 몰았던 이계의 절대자들
그들의 유적이 힘을 원한 자들을 불러들이고…
그 힘을 취한 어둠은 암암리에 세계를 감쌀 뿐이었다.

"세계를 구원할 것은 너뿐이구나."

어둠을 걱정한 네 영웅은 하나의 희망을 키워낸다.
이계 최강의 절대자 티엔마르.
그리고 이 모두의 힘을 이어받은 새로운 존재…
은빛의 절대자 레오!

Book Publishing CHUNGEORAM

유통이 아닌 자유추구 -
WWW.chungeoram.com

『가면의 레온』『무적문주』『신필천하』의 작가
눈매 新무협 판타지 소설

『가면의 마존』

중원을 공포에 떨게 만든 희대의 악마, 혈마존.
혈마존의 혼을 잃어버린 염라계는 결국 레온의 영혼을
혈마존의 몸에 집어넣는데!

'내가…그렇게 흉악한 사람이었다니! 믿을 수가 없어!'

기억을 잃은 채 혈마존의 몸에 부활한 레온.
본성이 착한 레온은 천하의 악인이 되어
혈마교를 이끌어야 하는데……

"아무래도 여긴 나랑 안 맞아!"

Publishing CHUNGEORAM

유행이 아닌 자유추구 –
WWW.chungeoram.com

눈매 新무협 판타지 소설

FANTASTIC ORIENTAL HEROES

가면의 마존

『가면의 레온』『무적문주』『신필천하』의 작가
눈매 新무협 판타지 소설

『가면의 마존』

중원을 공포에 떨게 만든 희대의 악마, 혈마존.
혈마존의 혼을 잃어버린 염라계는 결국 레온의 영혼을
혈마존의 몸에 집어넣는데!

'내, 내가‥그렇게 흉악한 사람이었다니! 믿을 수가 없어!'

기억을 잃은 채 혈마존의 몸에 부활한 레온.
본성이 착한 레온은 천하의 악인이 되어
혈마교를 이끌어야 하는데……

"아무래도 여긴 나랑 안 맞아!'

Book Publishing CHUNGEORAM

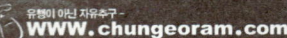

유행이 아닌 자유추구 -
WWW. chungeoram.com